Der kurze Traum
des Jakob Voss

Matthias Göritz

Der kurze Traum des Jakob Voss

Roman

BERLIN VERLAG

Eins

Der Junge stieß sich vom Kantstein ab. Seine Fußgelenke knackten noch immer, wenn er die Pedale durchtrat. Das Fahrrad war neu. Er pendelte den Schwung aus, den ihm das Aufsteigen verschafft hatte, und fuhr den Hügel hinab, nach Hause, zur Farm. Er ließ sich rollen. Auf dem Asphalt brachen kleine Zweige unter den Rädern. Er nahm den Bogen am Sportplatz entlang, wo die festgestampfte Erde des Spielfelds einen trockenen, lehmigen Geruch verströmte, kam am Clubhaus vorbei. »Rotweiß bleib dir treu.« Leicht nach rechts gelegt, fuhr er durch den Schatten der großen Kastanie, schlug nach ein paar Früchten. Dann ging es geradeaus weiter, freihändig die Dorfstraße hinunter.

Die Weißdornhecken mit ihren dachartigen Baumkronen bildeten einen Tunnel, der den Blick verengte, der Junge kam sich vor wie eine Kugel im Kanonenrohr.

Tief über die Lenkstange nach vorn gebeugt, schoß er hindurch. Wie die Profis im Fernsehen, Tour de France, wo sich die Körper der Fahrer zu Käferbuckeln krümmten, über die der Fahrtwind strich. Er erreichte eine Geschwindigkeit, die alles um ihn her in Striche und Schlieren verwandelte. Wie ein Schwimmer tauchte er durch die Landschaft. Vor seinem Vorderrad löste sich die Straße in Farbspuren auf, er sah Linien, grüne, rote, graue. Und gleich hinter ihm bog die Welt aus dieser Verflüssigung wieder in den Stillstand ein, nahm ihre ursprüngliche Form und Festigkeit wieder an.

In den frühsommerlichen Gärten standen aufgeblasene

Plastikwannen. Das Wasser schwappte, als hätte gerade noch jemand geplanscht, wäre nun untergetaucht und müßte nach ein paar Zügen unter Wasser wieder zum Vorschein kommen. Hier wohnten die Honoratioren des Ortes. In Häusern aus der Zeit nach der Jahrhundertwende, nicht aufwendig, aber auffallend in der satten Sommerlandschaft, versteckt hinter Hecken und Pappelansammlungen, im Vorbeifahren sah man lediglich etwas Rotes und Weißes aufschimmern.

Die meisten Gärten lagen noch im Schatten. Die Sonne schien schräg auf die Häuser, schnitt Muster in die Waschbetonplatten auf den Terrassen. Wo das Gras von der Sonne beschienen wurde, roch es nach Sommer. Es würde ein heißer Tag werden. Er schlug sich eine Fliege vom Bein. Die Sonne hatte den Rand von Martens rotgoldenem Becken erreicht; wenn Ralf in ein paar Stunden aus der Schule käme, würden die Spielzeugfiguren und die Taucherbrillen, die noch im Wasser trieben, mit Hitze aufgeladen sein. Der Beckenrand würde sich aufgebläht anfühlen, wie die Haut einer verwesten Schlange, und warmen Plastikgeruch ausdünsten. Vollgesogen und aufgeweicht, ein paar vom Morgenwind ins Wasser gewehte Blätter. Beim Hineingleiten müßte man die Berührung dieser schlaff dahintreibenden Körper mit der Haut aushalten, das Gefühl eines anderen, aufgeweichten organischen Materials, das an einem hinge wie das eigene Haar. Man vergäße das Wasser, das auf der Haut kleine Gänsehautbuckel aufwerfen und einem den Atem wegreißen würde, und machte ein paar Züge. Dann spürte man nichts mehr, wäre für einen Augenblick gewichtslos.

Er könnte am Nachmittag wiederkommen.

Vor zwanzig Minuten hatte er allein auf der Rückbank des leeren Busses gesessen und den Fahrer angestarrt, der die anderen zur zweiten Stunde gebracht hatte. Die Schule war kürzlich umgebaut worden. Sein Vater hatte einiges investiert, zum Beispiel war die Sporthalle auf ihre jetzt 2000 Plätze europatauglich erweitert worden, für die Frauenmanschaft der Handballbundesliga aus dem Nachbarort. An der Bande hing Werbung für Jägermeister, die Raiffeisenbank und auch für die Farm.

Der Busfahrer, der auf seinem Gesundheitskissen über der Straße thronte, war ein hagerer Mann. Seine Haut hing schlaff das Gesicht herunter. Sein riesiger Adamsapfel hüpfte jedesmal, wenn er schluckte. Er hieß »das Klapperskelett«. Vielleicht war er früher sehr dick gewesen, und die Haut hatte sich, als er abnahm, einfach nicht an den ungeheuren Verlust von Masse gewöhnen können. Er wirkte ausgeleiert.

Andere aus seiner Klasse hatten ihn einmal beim Pinkeln gesehen und erzählten, daß er ein ganz großes Ding hatte, so eins, an dem man Handtücher aufhängen könne. Das Klapperskelett beobachtete ihn im Rückspiegel, so daß der Junge den Kopf wegdrehte und demonstrativ zum Fenster hinausstarrte. Die Landschaft hatte begonnen aufzuwachen. Nebel hing im Gras, verharrte an Koppeltoren, er sah deutlich, wie sich die Maulwurfshügel auf der Wiese abzeichneten. Ein ganzer Vormittag lag vor ihm, wie für ihn reserviert. Ein Tag nicht mehr in Schulstunden, Mittagessen, Hausaufgaben und Nachmittagsmüdigkeit zerzählt, sondern frei.

Der Bus hielt. Sein Rad lehnte an der Eiche am Sportplatz. Es war ein heißer Sommermorgen. Er hätte noch in der Schule sein müssen. Vielleicht fanden die Bauern, die an der Gaststätte standen, es seltsam, ihn zu dieser frühen Stunde zu sehen, aber sie sagten nichts, als er auf sein gelbes Racing-Rad stieg. Der Trecker von Ahrens, ein grüner Fendt, fuhr gerade vom Hof. Die Kordmütze ruckte über dem müden Gesicht, es hätte auch zufällig beim Einlegen eines höheren Ganges passiert sein können. Und wenn schon, Ahrens war sein Freund.

Er trat wieder mit Wucht in die Pedale, stand aus dem Sattel auf, fiel in Wiegetritt, nahm Geschwindigkeit auf. Ein großer Kasten glitt an ihm vorbei, die Klinkervilla von Bost, dem Hausarzt, der in der Kreisstadt praktizierte. In seiner kleinen Notfallpraxis, im Arbeitszimmer mit der nach altem Leder und Desinfektionsmitteln riechenden Couch, behandelte er manchmal die ihm vertrauten Patienten auch außerhalb seiner Sprechstunden. Aus den Augenwinkeln sah der Junge einen Mann und eine Frau in dem Zimmer stehen. Sie schienen heftig zu streiten – die Frau hatte die Handflächen an die Fensterscheibe gedrückt, der Mund war geöffnet, die Wange weiß verfärbt, und ihre linke Gesichtshälfte verzog sich, als der Mann, der hinter ihr im Halbschatten stand, sie gegen das Fenster stieß. Ein gläserner Knall, als ob jemand klopfte. Dann war der Junge vorbeigerast an dem Paar, die Frau war wohl Frau Bost, aber der Mann nicht der Arzt für Allgemeinmedizin.

Ihm wurde kalt. Seit er in den Schatten der Kastanien eingetaucht war, zerrte der Fahrtwind an ihm, fegte durch seine Kleider und kühlte ihn aus. Er hatte die Hände nebeneinander auf die Mitte der Lenkstange gelegt. Um die Vibration des Vorderrades zu dämpfen, preßte er das Knie ans Rahmenrohr. Die Schwingungen übertrugen sich, und einen Moment lang fühlte es sich so an, als bohrte jemand ihm in die Knochen. Dann hörte das Flattern auf. Er sah den Kantstein entlang. Die Geräusche des Fahrtwinds drangen in seine Ohren, es pochte und rauschte, als wollten sie in das Innere seines Kopfes. Der Wind steckte ihm einen kühlen Finger in den Mund, sein linker Backenzahn schmerzte.

Wäre er blind gefahren, er hätte allein anhand der Geräusche sagen können, wo er sich befand. Der Ruck um die Kurve bei Martens Haus, ein Pfeifen, die lange freie Gerade zu Ziegler, dann die Hügelkuppe und der Absturz in die letzte, alles entscheidende Abfahrt auf der Höhe von Baathmanns. Die Räder sirrten, der Junge lag über dem Lenker wie ein Geschoß. Er kniff die Augen zusammen, damit keine Insekten hineinfliegen konnten. Jetzt hätte er eine Brille brauchen können, mit Gummizug hinten. Brillenträger, dachte er, haben es leichter beim schnellen Bergab. Der Wind ließ ihm die Tränen seitlich aus den Augen treten.

Der Pool in Meyers Garten, gleich neben Baathmanns, leuchtete künstlich blau. Es war die Farbe von Schlumpfeis. Meyers Pool war der erste fest in den Rasen eingelassene Swimmingpool der Gegend gewesen. Er soll damals beheizt gewesen sein, erzählten sich die Leute, nach amerikanischem Vorbild, sogar mit Sprungbrett, was das an Unterhalt kostet. In diesem Pool war Meyers Sohn ertrunken. Knapp zweijährig, sein einziges Kind. Zwölf Jahre war das her. Einen Moment lang sah der Junge in den blauen und roten Wasseraugen des Pools kleine Fratzen auftauchen, die von unten den Himmel anstarrten. An diesem Garten vorbeizurasen machte ihm angst. Angst, wie Meyers Sohn einfach zu verschwinden, eine kleine Geschichte zu werden, die sich anderen wie eine Spirale in den Kopf bohrte. Es blieb nur die glatte Oberfläche des Pools, den der Vater noch immer einmal im Monat reinigen ließ. Das einzige, was sich darin noch bewegte, waren die Schläuche der Selbstreinigungsmaschine, die Absaugpumpe und die Insekten, die dort einen langen einsamen Kampf führten, ehe sie ertranken. Er mußte immer daran denken, wenn er diese Route fuhr. Heut abend, auf dem Jubiläumsfest für die Farm, würden sie alle hier tanzen. Er schaltete hoch und beschleunigte seinen Tritt. Die Geschwindigkeit gab ihm das seltsame Gefühl von Sicherheit, als mache sie ihn unsichtbar.

Kurz bevor es am steilsten nach unten ging, schon an Rhodes Auffahrt, riß die Kette mit einem unwirklich sanften Geräusch. Die zwei Gipslöwen auf den Säulen des Tors lächelten ihr komisches Lächeln, er war inzwischen zu schnell, um registrieren zu können, ob die Bauarbeiten von Eckehard fortgeschritten waren; zu schnell auch für die üblichen Manta-check-ups, welcher Wagen auf welcher Bühne sich in welchem Stadium der Ausweidung befand.

Er fiel nach vorn und stieß sich an der Stange die Eier, dem Schub in die Pedalen bot sich kein Widerstand mehr, so daß die Beine für eine Viertelumdrehung ins Leere traten. Der Oberkörper bekam seitliches Fallgewicht, die Hände hielten den Lenker umkrampft, mit ruckartigen Bewegungen versuchte er den Spurverlust auszugleichen. Das Quarzglitzern von Harms Auffahrt, das graue T-Muster der Betonpflasterung, alles strömte an ihm vorbei, als hätte man an einer Schnur gezogen, ließe Wasser aus dem Ausguß laufen. Wirbeln. Er spürte die Sonne nicht mehr. Sein Schweiß war eiskalt.

Die Angst roch wie ein Tier, ein Etwas, das er schon die ganze Kindheit lang neben sich gehabt und nur nicht richtig verstanden hatte, und das sich jetzt plötzlich in eine Bestie verwandelte. Erstarrt saß er auf dem Sattel und raste auf die Kreuzung zu. Den Abgrund.

Er war immer ein Rücktrittbremser gewesen, hatte die Vorderradbremse nie benutzt, gerade das leichte Ausbrechen des Hinterrads, wenn man voll in die Eisen ging, machte ihm Spaß. Mit dem alten Rad hätte er an dieser Stelle leicht heruntergebremst, die Kette stocken lassen, um nicht zu schnell zu werden. Aber jetzt die Handbremse vorne zu ziehen, Vollbremsung, da hätte er sich unweigerlich überschlagen und die Knochen gebrochen. Er zog an der Hinterradbremse, drückte den Schalthebel fest an die Noppenkappe des Lenkergriffs. Der Bremszug reagierte nicht. Er spürte keinen Zug. Gerissen, durchgeschnitten – das einzige, was der Junge wußte, war, daß er schneller wurde, immer schneller; er saß jetzt steif und aufrecht, nur sein Hemd flatterte wie ein Segel und bot dem Wind Widerstand. Zerbrechlich wie eine Porzellanfigur raste er auf die B4 zu. Fast hätte es ihn vom Fahrrad gezogen, aber seine Hände umklammerten den Lenker wie festgefroren. In der Angst spürte er noch den feinen Kitzel der Noppen in seinen Handflächen. Seine Hoden waren geschrumpft, seine Brustwarzen standen hart hervor, hielten als kleine Stifte den Stoff auf Distanz. Es ist aus, dachte er.

Vor ihm öffnete sich die Kreuzung. Die B4 war eine stark befahrene Straße. Es hatte hier schon viele Unfälle gegeben. Ein Mann im Cabrio war vor zwei Jahren beim Überholmanöver von einer ungesicherten, seitlich aus einem Laster herausragenden Eisenstange geköpft worden.

Man fuhr hier zu schnell, und einmal war der Fahrer eines Scania-Sechsachsers am Steuer eingeschlafen und erst in Thomsens Vorgarten, mit seinem Laster halb im Gebäude hängend, wieder aufgewacht. Das war sogar in den Nachrichten gekommen. Regelmäßig unterschätzten Autofahrer die scharfen Kurven und bremsten zu spät. Die Gemeinde hatte eine Ampel mit Knopfdruckanlage gebaut, aber das nützte ihm jetzt nichts. Die Hecken der Eckgrundstückke von Schmäler und Specht schossen auf ihn zu. Der Junge hörte durch den Wind den Verkehr, sah eine weiße Lasterwand an sich vorbeisausen, *Alles von Hansano ist gut,* dachte ans Sterben, dachte nicht daran. Vielleicht nicht in diesem Moment, vielleicht Millisekunden danach, nur vom Fahrtwind des Milchlastkraftwagens erfaßt, weggewirbelt wie ein Blatt. Er dachte an den Frogger, das neue Elektronikspiel von Atari, das sie letzte Woche bei Horten in der Kreisstadt gesehen hatten. Man steuerte einen Frosch zwischen den Autos auf einer dreispurigen Straße hindurch, sonst war er nur noch Matsch. Vielleicht ist es solch ein Moment, in dem sich entscheidet, ob du im Leben ein Held bist oder nur einer mit Schiß. Den Jungen interessierte das jetzt nicht. Er sah bloß in die Weite auf der anderen Straßenseite und hörte die nächste Lasterwelle heranrollen, *Carl Luppy Junior – Umzüge, fern und nah,* dann war wieder Licht da, eine orangefarbene Sicherheitsbirne leuchtete am Absperrschild, Vorsicht: Baustelle. Alle würden so weitermachen.

Und dann war er durch. Durch. Auf der anderen Seite. Der Sog eines hinter ihm die Lücke schließenden LKWs riß ihn mit kurzer Wucht zurück. Dann wurde er ausgespuckt. Ein Horn tutete böse wie ein verirrtes Ungeheuer der Tiefsee. Er hatte den Mund geöffnet und hörte sich schreien, was er schon die ganze Zeit über getan haben mußte, ein langgezogenes, in viele Silben gestrecktes »Nein«.

Neben seinem linken Ohr drehte sich das Vorderrad in der Luft. Kreise und immer Kreise. Er hatte den Mund voll Sand; offenbar war er schreiend in den Haufen gestürzt, hatte seine Fahrt am Fuß der Betonmischmaschine beendet. Als er den Mund schloß, knirschten die Zähne. Er spuckte aus, stand auf und klopfte sich ab. Es schien alles heil. Die Augen taten ihm weh. Die Welt waberte, und seine Knochen schienen das einzig Feste darin zu sein. Sie steckten in ihm wie Löffel im Gelee, auf einem Kindergeburtstag. Er hob das Fahrrad auf, es sah nicht wirklich beschädigt aus, und lehnte sich an den Sattel. Die Arbeiter hatten zugeschaut. Dicht vor ihm stützte sich einer auf seine Schaufel und zog eine Zigarette aus der Packung.

Für den Rest des Wegs schob er das Rad.

Die Farm tauchte hinter der Biegung der Straße am Ende des Wäldchens auf. Er hatte das Gehen kaum gespürt. Es kam ihm vor, als hätte die Straße ihn wie ein Gepäckförderband hier abgeliefert. Zuerst sah man Zäune aus Maschendraht aufragen, zweieinhalb Meter hoch, befestigt an grünen Plastikpfeilern. Dann glänzte, noch vor den Stallungen, der silberne Siloturm, der nicht mehr benutzt wurde und in dem jetzt ausrangiertes Gerät herumstand. Wer die kleine Luke an seiner Seite öffnete und nach innen kroch, tauchte in staubiges Dunkel ein. Er war immer wieder überrascht, wie kalt es drinnen war. Der Geruch von Metall, Moder und Erde drang auf einen ein. Die wenigen Lichtstrahlen, die durch die Luke fielen, reichten nur ein paar Schritt weit. Über einem türmte sich Schwärze, hoch und schwer, als wäre alle Dunkelheit hier drinnen eingesperrt. Man hörte nichts. Alle Geräusche schienen auf Kurvenfahrt an den runden Wänden des Turms entlang, ohne das Ohr jemals ganz zu erreichen. Man mußte schon eine Taschenlampe mitnehmen, um überhaupt etwas zu sehen zwischen den scharfkantigen Futterrutschen und den zerbrochenen Tränken, die hier gelagert wurden. Der Turm war sein letztes Versteck. Ein Geheimort, von dem weder Ralf noch sein Vater wußten. Jetzt lag er links vor ihm in der prallen Sonne. In großen leuchtenden Buchstaben stand da *VGG* – Voss Geflügel GmbH.

*

An dem Tag vor etwas über einem Jahr, als sein Vater die Farm kaufte, hatte er bei ihm im Auto gesessen, den Kopf in der Ritze zwischen den Vordersitzen. Sie hatten den schlanken, hellblau blitzenden BMW schnell durch die Landschaft gelenkt. Sein Vater war stolz auf das Auto. Ein Alpina Coupé mit kastanienbraunen Ledersitzen. Ein Auto, sagte Jakob Voss immer, ist nicht nur dein Markenzeichen – es ist dein Ausweis.

Sie drängten die Opas in ihren Opel- und Fordlimousinen von der linken Spur. Leise summte der Junge dabei vor sich hin: *Mein Maserati fährt zweihundertzehn / Schwupps, die Polizei hat nichts gesehn / Das macht Spaß / Ich geb Gas / Ich geb Gas.* Die Leitplanke zog sich wie ein Faden dahin und nähte das Auto mit dem Himmel zusammen. Eine Zeitlang hatte er Nummernschilder gezählt. Rendsburg, Kiel und Neumünster wurden immer häufiger, auch gelbe dänische Kennzeichen. Im Wagen roch es nach Staub und dem Filzbezug der Hutablage. Er hatte die

Schuhe ausgezogen und bekam warme Füße vom Wagenboden.

Sie trafen Meyer an einer Raststätte. Der Junge wollte eine Cola. Meyer war ein ziemlich großer Mann, der einen breitgestreiften Anzug trug und die ganze Zeit in seiner Aktentasche herumsuchte. Er war selbst erst vor acht Jahren in die Gegend gezogen, in der er Voss das Grundstück zeigen wollte, erzählte er. Nach und nach hatte er billig viel Land gekauft und hoffte nun auf die Erschließung durch größere, flächenintensive Betriebe. Bis auf Voss aber hatte ihm noch keiner etwas Nennenswertes abgekauft. Meyer sammelte Gemälde, dunkle Jagdszenen aus den Rauch- und Kaminzimmern der dänisch-schleswigschen Herrenhäuser. Er galt als Sonderling, der sonntags gern in den »Krug hinter den Eichen« ging und dort seit Jahren sein Bier trank, immer allein im hinteren Teil der Gaststube.

Damals wußten die beiden noch nichts von Meyers Sohn.

»Ah, der Junior«, sagte Meyer, während er sich von seinem Sitz erhob. Sein Vater und Meyer unterhielten sich. Später fuhren sie hinter Meyers Kombi her. Es hatte angefangen zu regnen. Die Landschaft war langweilig. Äcker, Wiesen, eine Siedlung, Äcker. Vielleicht lag es am Wetter. Hin und wieder fuhren sie durch alte Alleen, über schwarzglänzendes Kopfsteinpflaster, das einen Damm zwischen den Gräben bildete. Durch die Bäume schimmerten nasse Wiesen. Die Geräusche der Reifen und der weite Blick auf den Himmel hatten den Jungen fast zum Einschlafen gebracht. Dann kam das Hügelland, wo sich die Dörfer jetzt öfter abwechselten. Die kleinen Kirchen am Ende von Sandwegen, schmiedeeiserne Friedhofstore, Kriegerdenkmäler. Die öde Leere des Regentags ließ seinen Vater aufseufzen.

»CDU-Land«, sagte er und setzte den Blinker.

Von einem Landwirtschaftsweg, wo das in der Mitte stehende Gras am Boden des Autos entlangstrich, bogen sie auf den Hof. Schon aus der Entfernung hatten sie die aufgegebenen Gebäude gesehen, die aus den Wiesen aufragten und einen großen, rechteckigen Innenhof umschlossen. Bis auf das Tröpfeln war alles still. Die Scheunen und Wirtschaftsgebäude waren ein trostloser Anblick. Der Junge blieb im Wagen sitzen, als sein Vater ausstieg und auf Meyer zuging. Zwei Männer im Mantel, Meyer mit Hut, der kantige Schädel seines Vaters unbedeckt. Sein Vater hatte den Kragen hochgeschlagen. Beide hoben sich dunkel gegen das Grau des Himmels ab und gestikulierten. In der Mitte des Hofes senkte sich eine leere Betonwanne in den Boden – hier mußte einmal der Misthaufen gewesen sein. Hinter ihnen, mit der Eingangstür zur Straße, lag ein Stall, der direkt an ein Wohnhaus grenzte. Die Scheiben waren blind vor Schmutz, der Dachstuhl eingefallen. Die aufgebrochene Fläche des Reets erinnerte den Jungen an das Haar alter Leute. Der Hof war riesig, die beiden Autos standen verloren auf dem schlammigen Boden, der sich leicht nach vorn zu wölben schien. Es war, als ob sein Vater und Meyer einen Globus abliefen, als sie zu den hinteren Ställen gingen. Eine Wölbung, die an Eier erinnerte, als hockte etwas Seltsames unter der Erdschale. Ihm wurde schlecht. Das leise Klopfen des Nieselregens auf der Wagenhaube und dem Autodach klang wie ein Radio mit miserablem Empfang. Er putzte die beschlagenen Scheiben mit dem Ärmel. Rechts lag ein Pferdestall. Alte Riemen vergammelten an einem Pfosten. Aus einer hinteren Tür ragte die Deichsel eines Wagens.

Anfangs wurde keiner im Dorf schlau daraus, wieso ein Städter den Haupthof von Harms kaufte, der schon lange nicht mehr dort wohnte und die Stallungen als Unterstand für Maschinen an die Landwirtschaftsgenossenschaft vermietet hatte.

Meyer feixte später jedesmal, wenn er erzählte, wie aus der belustigten Verwunderung der Bauern größte Sorge wurde, als Voss auch noch das Nachbargrundstück und die alte Stellmacherei kaufte und das ganze Gelände mit Maschendraht umzäunte. Meyer, den nicht auskunftsbereiten Verkäufer der drei Grundstücke, ließ man das sonntags im Krug spüren. Die Leute bohrten nach und wandten sich schließlich verärgert ab. Man erzählte sich immer dunklere Geschichten. Keiner konnte sagen, woher der Neue kam und woher Meyer ihn kannte, ob er womöglich ein Freund von Meyers Frau aus früheren Tagen war.

»Der macht einen Reiterhof auf.«

»Der geht in Schweine.«

»Der macht einen Fehler.«

Denn offensichtlich mußte Jakob Voss etwas Größeres vorhaben mit dem Grund und Boden, den er zusammengekauft hatte. Als erstes ließ er die alten Gebäude umbauen und neue runde Wellblechhallen errichten, die an Flugzeughangars erinnerten. Dort erschienen dann die Vögel zum ersten Mal – flauschige Küken, die mit ihren Reptilienfüßen das Gras vor Halle A bald plattgetreten hatten.

Es waren die Anfänge einer Flugentenfarm gewesen, der Grund ihres Umzugs.

*

Das Schutzblech klapperte, als der Junge nun durch das Nebentor ging.

Sein Ziel war der Siloturm. An der Rückseite führte außen eine kleine verrostete Leiter empor. Bereits auf halber Höhe hatte man einen guten Blick über die Dächer der Stallungen, die sich wie langgestreckte Baracken in geraden Reihen vor ihm erstreckten. Wenn der Wind richtig stand, drang aus dem Inneren der Ställe etwas von dem kehligen Geschnatter der Vögel herauf.

Aus einem Buch über Saurier wußte der Junge, daß die Urzeitechsen die Vorfahren der heutigen Vögel waren. Immer, wenn er abends auf der Farm alleine draußen war, glaubte er, daß in den Ställen die Enten ihre Tarnung aus Federn und Schwimmfüßen und das listige Quaken abgelegt hätten und nun, zurückverwandelt in Echsen mit Schwänzen und Krallen, auf die Jagd gehen würden.

Er war etwa in halber Höhe des Turms angelangt, als er innehielt. Ihm war schwindlig. Vielleicht kam das von dem Sturz. Er hielt sich an den Metallsprossen fest und ruhte sich einen Augenblick aus. Er versuchte zu schätzen, wie viele Leute heute am Parkplatz standen und noch eine rauchten, bevor sie mit der Arbeit begannen. Es war Schlachttag. Da gab es Extraarbeiter, Arbeitslose, die sich sein Vater vom Arbeitsamt aus der Kreisstadt kommen ließ, oft Aussiedler, die kaum Deutsch sprachen, aber auch Leute ohne festen Wohnsitz, die gern an einem Tag den Lohn verdienten, der für eine ganze Woche reichte. Anfangs hatte sein Vater sie noch selbst abgeholt mit dem klapprigen alten VW-Transporter. Jetzt standen zwei von den Kleinbussen herum mit ihrem roten Kunstleder, das an vielen Stellen aufgeschlitzt war, so daß die Schaumstoffüllung wie weiches Eingeweide heraushing. Die Rückseite eines Sitzes war mit dicken Filzschreibern beschmiert, sie hatten »echt geil« hingeschrieben oder mit den zwei gekreuzten Schenkeln eines unvollendeten Dreiecks ein vögelndes Paar eingezeichnet. Er mochte die Leute nicht. Sie rochen ungewaschen, und ihre Bartstoppeln zeichneten Schatten in ihre Gesichter. Sie starrten Ruth hinterher.

Auf dem Asphalt vorm Pferdestall standen Kühlwagen, die mit frischem Schlachtgut beladen werden sollten. Überall glänzten die Scheiben der Gebäude im Sonnenlicht, und hinter jedem der Fenster war hektischer Betrieb. Die zwei Sekretärinnen seines Vaters streckten abwechselnd die Hand nach dem Telefon aus und riefen sich etwas zu. Er konnte sie von hier oben aus natürlich nicht verstehen. Es ging sicher um Angebot und Nachfrage.

*

Angebote hatte sein Vater auch damals erhalten, nachdem er aufgehört hatte, sich in seinem Zimmer in ihrem alten Haus zu verstecken, und endlich auf die Suche nach einer neuen Aufgabe gegangen war. Bis dahin war er Bürgermeister gewesen, Verwaltungschef einer kleinen Stadt, deren höchsten Turm, das Dach eines Teppichgeschäfts, und die wenigen Wohnblocks des Vogelviertels man schon von der Ausfahrt der Autobahn aus sehen konnte. Den Jungen hatte es erschreckt, seinen Vater so zerknirscht zu erleben nach dieser Versammlung, die eigentlich nur eine Anhörung zum geplanten Kanalisierungsprojekt hatte sein sollen und die für ihn, Voss, der Anfang vom Ende wurde. Am Tag danach war er einsilbig und mürrisch gewesen, sprach kaum mit seinem Sohn und auch nicht mit seiner Frau. Statt dessen wanderte er durch das Haus wie ein Geist oder saß den ganzen Tag in seinem Zimmer, verkroch sich, hörte Platten, rauchte. Man hatte gegen ihn gestimmt! Auch die »Freunde« aus seiner Partei. Sie hatten ihn fallenlassen. »Beschissen.« Als ob man ihn nicht mehr brauchte.

Er solle sich nicht gehenlassen, hatte seine Frau zu ihm gesagt, man könne immer noch etwas aus sich machen, jede Situation habe auch ihr Gutes.

Für sie hatte immer alles sein Gutes, auch wenn es anfangs nicht danach aussah. Es war ein Test. Wenn man ihn bestand, dann würde man stärker werden, besser als zuvor. Sie war in dem Glauben erzogen worden, daß sich alles wieder einrenkte, wenn man nur weitermachte.

Der Junge hatte ihr geglaubt.

Es war um die Kläranlagen gegangen; Jakob hatte die Finanzen der Stadt mit dem schnell hochgezogenen Gewerbemischgebiet und der Ansiedlung neuer Firmen von Grund auf saniert und war der Auffassung gewesen, daß die Situation genutzt werden sollte, jene allzu lange, schon seit den dreißiger Jahren aufgeschobenen Sanierungsmaßnahmen durchzuführen – oder wollte wirklich jemand glauben, daß man mit den noch aus dänischer Zeit stammenden Kanälen und Abwasserrohren bis ins nächste Jahrhundert überdauern könnte?

Er hatte viel Überzeugungsarbeit leisten müssen, bis seine Partei – er sprach das Wort nur noch aus, als hätte ihn eine Schlange gebissen – den Plänen, die er mit der Landesregierung und den zuständigen Planungsämtern bereits abgestimmt hatte, positiv gegenüberstand. Dann hatten sie ihn plötzlich in der Luft hängenlassen. Die Gegner der Grundwassersanierung und des Kanalbaus hatten das Thema auf einer Anhörung zu einer öffentlichen Sache gemacht und die anschließende Abstimmung mit einer Erdrutschmehrheit für sich entschieden.

Nach dieser Sitzung und ein paar Zeitungsartikeln, in denen Voss ein selbstherrlicher Führungsstil vorgeworfen und seine Niederlage als ein gerechtfertigter Dämpfer dargestellt wurde, hatte er abgedankt. Drei Jahre lang hatte er diese Sache betrieben. Sich drei Jahre Tag und Nacht »für die Leute den Arsch aufgerissen«. In Wahrheit mußte da aber noch etwas anderes gewesen sein. Etwas Tieferes, eine Kränkung, die man nicht begriff, wenn man nicht Voss war.

»Eine Intrige«, versuchte seine Frau zu beschwichtigen.

Natürlich hatte es Leute gegeben, die den raschen Aufstieg des Jakob Voss mit Neid und mit Mißtrauen verfolgten. Der schüchterne, stotternde Junge, jener Jakob, das Flüchtlingskind, das sein Abitur über den zweiten Bildungsweg nachgeholt hatte, die abgelegten Kleider seiner älteren Geschwister trug und nicht einmal ein Fahrrad besaß, war ihnen noch gut im Gedächtnis. Und von dem sollten sie sich sagen lassen, wie ihre Stadt zu regieren sei?

Aber die Unterstützung zu Hause, die Jakob von seiner Frau bekam, half nicht. Zu sehr hatte er den Schmeichlern geglaubt, denen, die sich, solange es gutging mit diesem Jungen »aus der Mongolei«, womit das Siedlungsgelände für Flüchtlingsfamilien hinter der alten Ziegelei gemeint war, deren aufgelassener, harter Boden sich gerade einmal zum Anlegen kleiner Gemüsebeete eignete, als Befürworter seines neuen Kurses ausgegeben hatten. Voss wurde immer noch bleich und zornig, wenn jemand davon anfing, dann lief der Schweiß ihm die Stirn hinunter, als hätte er im Sommer zu lange im Garten gearbeitet. Die Leute waren stolz auf ihn gewesen. *Der jüngste Bürgermeister Deutsch-*

lands, Ein politisches Phänomen, hatten die Zeitungen damals geschrieben. Nach dem Studium hatte er auf eigene Faust eine Wählergemeinschaft gegründet und mit ihr auf Anhieb die beiden alten Parteien aus dem Rathaus gefegt. Viele dachten nicht im Traum daran, daß er es schaffen würde, diesen Posten länger als zwei, drei Jahre zu behalten, aber sie irrten sich.

Sieben erfolgreiche Jahre sollten sie sehen, mit ihrem *Phänomen.* Aber der Absturz zog Folgen nach sich. Voss begann zu trinken und schlecht zu riechen. Der Junge hörte seine Mutter nachts weinen, wenn er auf halbem Weg zwischen dem Schlaf- und dem Arbeitszimmer seines Vaters auf der Treppe saß, den Orten, zwischen denen sich jetzt eine unsichtbare Demarkationslinie spannte und die das Haus in zwei Kraftfelder teilte. Manchmal kamen Jakobs alte Freunde vorbei, um ihm Mut zu machen oder ihn zur Rückkehr auf die städtische Bühne zu bewegen, aber »es hatte alles keinen Sinn«.

Der Junge versuchte, sich vorzustellen, was sein Vater hinter der Tür in seinem Zimmer trieb. Er, der Vater, der sonst immer so ordentlich gewesen war, frisch nach gestärkten Hemden und seinem Eau de Cologne roch, rasierte sich nicht einmal mehr, trug eine Pyjamahose und darüber ein zerknittertes Hemd. Sein Haar war zerzaust. Er sah wie ein Penner aus. Er schrie den Jungen an, wenn er ihn im Gang vor seinem Zimmer auf dem Weg zur Toilette traf.

Der Junge ging ihm aus den Weg, schaute aber, solange sein Vater auf dem Klo war, in dessen Zimmer. Es sah furchtbar aus. Flaschen standen herum, Kleidungsstücke hingen über den Sesseln, auf dem Boden lagen aufgeschlagene Bücher, Gläser, Kaffeetassen und Aschenbecher türmten sich. Alles roch nach kaltem Rauch. Die Vorhänge zum

Garten hatte er zugezogen. Der Junge verstand ihn nicht mehr.

Von dem Angebot, das man seinem Vater schließlich gemacht hatte, erzählte ihm seine Mutter erst später. Eine Delegation der Landtagsfraktion war gekommen, nachdem sie Schmitti vorgeschickt hatten. Schmitti war eigentlich ein politischer Gegner seines Vaters gewesen, aber auf kommunaler Ebene zählten manchmal nicht die Parteien, sondern die Menschen, wie sein Vater sagte. Sie saßen in seinem Zimmer. Ehe sie eintraten, hatte seine Mutter noch schnell die gröbste Unordnung beseitigt. Stundenlang saßen sie da, und mehrmals wurde es laut. Sein Vater solle den Sumpf in diesem Kaff vergessen. Es werde sich schon etwas finden, irgendein Ausschuß, mit seiner Erfahrung könne er dort etwas schaffen, und bei der nächsten Wahl …, man könne nie wissen, vielleicht sogar ministeriale Ebene! Es war ja immer knapp gewesen zwischen den beiden großen Parteien – und obwohl die Konservativen bisher immer die Oberhand behalten hatten und, wie er, Voss, ja wohl am besten wisse, gerade in der Verwaltung den ganzen Mief des Reformstaus ausmachten, müsse nun endlich ausgelüftet werden.

»Wir brauchen dich, Jakob!« hatte der Pfeifenraucher mit dem Seemannsbart gerufen, der diese Gruppe, die seinen Vater für eine andere Aufgabe auf der großen politischen Bühne zurückzugewinnen versuchte, anführte. »Wir brauchen Leute, die anders denken und anders handeln können.«

Aber sein Vater hatte nichts von dem Bild der neuen Besen gehalten. Er wollte nicht ein Schlangennest gegen das andere tauschen, er fing sich auch ohne solche Unterstützung.

»Ein Voss gibt nicht auf«, hatte er in stolzem Trotz geäußert, nachdem er das Land von Meyer gekauft hatte. Er war wieder da und voller Tatendrang. Der Kauf war mit Handschlag besiegelt worden, und sein Vater war mit ihm in die Kreisstadt gefahren, um die Papiere für den Kreditvertrag zu unterzeichnen. Es hatte sich eingeregnet. Die Außentemperatur war so stark gesunken, daß die Scheibe trotz der Lüftung von ihrem Atem beschlug.

»Komischer Sommer«, sagte sein Vater, »immer wenn solches Wetter ist, könnte man denken, daß wir schon Herbst haben, oder Winter.«

Sie fuhren eine Weile auf der Bundesstraße, bis sie ein Rasthauszeichen sahen.

»Ich glaube«, sagte sein Vater, »ich würde jetzt gern einen Kaffee mit dir trinken.«

Sie hielten an. Sie beeilten sich, unter das Vordach der schäbigen Gaststätte zu treten, die zwischen Bäumen und Wiesen an einem Parkplatz lag. Etwas abseits stand ein einsamer Wohnwagen. In der Scheibe neben der Tür ging ein Herz aus kleinen roten Glühbirnen immer wieder an und aus.

»Das horizontale Gewerbe«, sagte sein Vater belustigt und zeigte mit dem Finger auf das künstliche Herz. Der Junge nickte, er verstand ihn. Aber im nachhinein sollte ihm das blinkende Herz wie ein Vorzeichen erscheinen. Es schien anzudeuten, daß man sich nicht auf dieses Organ, diesen pumpenden Muskel, verlassen konnte. Daß die Liebe schön war, wenn das Herz leuchtete, und leer, wenn sich der Strom ausschaltete. Und was für die Liebe galt, galt für das Leben um so mehr.

Am Eingang der Gaststätte putzten sie sich die Schuhe ab. Sein Vater hielt ihm die Tür auf, und gemeinsam schoben sie den schweren Vorhang zurück, der den Gastraum abtrennte. Von außen hätte man in diesem Gebäude alles mögliche vermuten können. Eine Schwimmhalle, eine Schreinerei, ein Gewächshaus. Die Gaststube war leer. Sein Vater bestellte Kaffee. Die Wirtin brachte ihnen zwei Tassen auf einem Tablett. Man sah ihr an, daß sie müde war. Sie stellte die dampfenden Tassen vor ihnen ab und lächelte dem Jungen zu. Ihr dickes schwarzes Haar war mit einer großen Schleife zusammengebunden. Sie trug eine Schürze mit Spitzenbordüren, und der BH unter dem tiefausgeschnittenen Kleid preßte einen großen, wabbeligen Busen zusammen.

»Zum Fünfmarkscheine-Einstecken«, zwinkerte sie ihm zu, als sie den Blick des Jungen bemerkte. Er wurde rot, doch sein Vater lachte.

An seiner Tasse waren Spuren von Lippenstift. Der Junge sagte nichts, sondern setzte seine Lippen genau an diese Stelle. Der Kaffee war trinkbar, wenn man genug Milch hineintat. Nach hinten hinaus hatte die Gaststube zwei große Fenster, aus denen man in einen Garten sah. Eine Schaukel mit einem Autoreifen als Sitz, verkrautete Beete, Dornenbüsche und ein Stück Rasen.

Sein Vater liebte Gartenarbeit. Für ihn war es das Paradies, abends auf der Terrasse zu sitzen und in den eigenen Garten zu sehen. Er war ein leidenschaftlicher Umpflanzer und ließ die Bäume, auch wenn sie schon Jahre an einem Ort standen, nicht in Ruhe, bis er den, wie er glaubte, perfekten Platz für sie gefunden hatte. Alles in seinem Garten, auch die Steine und die Kanten der Beete, hatte eine von ihm bestimmte Form und vermittelte den Eindruck von großer Ruhe und Ordnung. Er sagte, er werde ihren Garten vermissen, ihren alten Garten in der Stadt. Wenn der Junge später an die Pause in dem Café dachte, kam es ihm wie ein Abschied vor.

Dann waren sie weitergefahren. In der Kreisstadt hatte sein Vater bei Meyers Anwalt den Kaufvertrag für die Grundstücke unterschrieben und bei dem Vizedirektor der Kreisbank noch einen Kredit zu sehr günstigen Konditionen für den Neubau des Wohnhauses ausgehandelt. Sein Vater erklärte ihm alles, der Junge fühlte sich wichtig, wie sein Freund. »Bravo, Herr Voss, Sie haben sich schnell entschieden.« Danach waren sie noch ein bißchen in der Stadt geblieben; sie fanden einen Gartenladen, in dem sie Wasserpflanzen kauften und vier große Fische. Es waren unterarmlange japanische Kois, Zierkarpfen mit fetten Lippen und einer rot- oder gelbsilbernen Zeichnung auf der Haut. Das Stück zu vierhundert Mark. Sie seien sehr zutraulich, versicherte ihnen der Verkäufer. »Und wenn Sie die Füße still ins Wasser halten, dann kommen sie und saugen an Ihren Zehen.« Er sprach wie ein Experte für Zierfische.

»Kois«, sagte sein Vater und zwinkerte dem Jungen vielsagend zu, wie er es immer tat, wenn er jemanden aufziehen wollte. Und zum Entsetzen des Fischexperten zog Voss seine Schuhe und Strümpfe aus und hielt die Füße ins Bekken.

»Kois sind ja auch keine Karpfen, sondern eher mit Haien verwandt.«

Er machte eine ganz leichte Bewegung mit den Zehen, und schon kamen die Kois und nuckelten daran.

»Kois«, sagte der Verkäufer und schluckte, »werden bis zu einem halben Meter groß.«

»Ihre Zähne wachsen nach«, sagte sein Vater.

»Wie bei Haien«, sagte der Verkäufer.

»Wie bei Haien«, sagte sein Vater.

Sie verstauten den großen Plastiktank mit den Fischen auf der Rückbank, und der Verkäufer empfahl ihnen, gleich nach Hause zu fahren und die Kois innerhalb der nächsten halben Stunde in ein anderes Becken zu setzen. Sie ließen die Fische für ein paar Tage in einer alte Regentonne auf dem Hof, bis sein Vater den Teich gegraben hatte. Diese Arbeit kostete ihn das ganze folgende Wochenende, und später, als das Haus gebaut wurde, mußte er den Teich mit rotweißem Baustellenband abspannen, damit die Arbeiter, die Material für das Fundament heranfuhren, nicht aus Versehen zu nahe an den Teich kamen und die empfindliche Plastikplane zerstörten. Der Junge glaubte, sein Vater brauchte den Teich als ein Zeichen, daß er seine neue Umgebung in Besitz genommen hatte. Als er fertig war, holte er den Jungen und Ellen zu einem Sonntagsausflug aus der Stadt ab und zeigte ihnen seinen Teich: eine stolze kleine Wasserlandschaft mit Schilf ringsum und den schillernden Farben der vier Kois, die das frische Wasser zwischen dem künstlichen Grund und der Oberfläche scheinbar schwerelos kreuzten. Sein Vater war angekommen.

Die Fahrt zum Hof sollte für lange Zeit ihre letzte gemeinsame sein, denn sie lebten nun an verschiedenen Orten. Voss hatte beschlossen, daß seine Familie nicht gleich mit aufs Land ziehen sollte, sondern daß er zunächst allein, als Vorhut sozusagen, die Farm aufbauen wolle. Sie sollten nachkommen, wenn alles fertig war. Und seine Freunde in der Schule würde der Junge auf diese Weise nicht von heute auf morgen verlieren. Er hätte Zeit, sich an den Gedanken zu gewöhnen. Ein Übergangsjahr. Der Junge begriff nicht, daß sich trotzdem alles ändern würde, daß sein Vater den Hof nur kaufen konnte, wenn er ihr altes Haus verkaufte und obendrein einen Kredit aufnahm. Er begriff nicht, daß sie auf jeden Fall umziehen mußten, ob sie es wollten oder nicht, und daß er eine Zeitlang ohne seine Eltern leben müßte, wenn er wirklich bis zum Ende des Schuljahrs auf seiner bisherigen Schule blieb. Er hatte nicht begriffen, daß von da an alles anders war.

*

Als das Schwindelgefühl nachließ, konnte er die Leiter wieder hinabsteigen. Direkt vor ihm lagen die Hallen, die sich bis an den Rand des alten Hofs erstreckten, darin befanden sich Futtersilo, Kotgrube und insgesamt sechzigtausend Enten für die Mast. Jede der Hallen war hundert Meter lang und vierzehn Meter breit, aus der Höhe hatten die Gebäude wie eingeknickte Karten gewirkt, die ein Spieler auf einem mit grünem Tuch bezogenen Tisch ausgelegt hatte. Doppelscheibenfenster waren nach Westen und Osten gleichmäßig verteilt ins Satteldach eingelassen, zusätzliche Luftklappen an beiden Längsfronten angebracht. Vierzig Leute arbeiteten für seinen Vater. Wer sich mit Geflügelmast beschäftigte, wußte, daß man sich von vornherein keine Illusionen über Gewinnmöglichkeiten machen durfte. Pro Kilo blieben oft nur Pfennigbeträge übrig, aber Voss setzte darauf, alles, die Aufzucht, die Jungtiermast, die Schlachtung und den Vertrieb unter einem Dach zu bündeln. Er hoffte, so die Gewinne bei seinem Tiermaterial vollständig als innerbetrieblichen Profit zu verbuchen.

Bei der Weihnachtsfeier im ersten Jahr, für die der Maschinenraum im Schlachtgebäude geputzt und in eine kleine Festhalle verwandelt worden war, hatten die Arbeiter seinen Vater noch hochleben lassen. Sie hatten ein kleines Podest zwischen den Traktoren errichtet und den Raum mit Zweigen und Weihnachtskugeln geschmückt. Sein Vater war gerührt gewesen, als er sich bei allen für ihre Mitarbeit bedankte.

»Ich weiß, es war schwer. Und es wird auch noch eine Weile schwer bleiben. Aber unsere Arbeit ist nicht umsonst.«

»Nee, Sie bezahlen uns doch, Voss.« Gelächter im Saal. Sein Vater grinste und setzte seine Rede fort, jetzt schon weniger sentimental.

»Es ist das erste Weihnachtsfest, das wir hier gemeinsam mit unseren Familien feiern«, dabei sah sein Vater zu ihm und zu seiner Mutter herüber. »Und es wird nicht das letzte sein. Was wir hier aufbauen, ist für die Zukunft. Es wird ein Kindergarten entstehen, eine Schule, wenn die Produktion erst mal läuft. Jeder hier kann sein Glück machen. Ich will, daß eure Familien, eure Kinder mit Chancen aufwachsen, daß eure Kinder wissen: Ihre Eltern arbeiten in einem Betrieb, an dem sie Anteile haben, von dem ein kleines Stück ihnen gehört. Und wenn sie erwachsen werden, dann gehört ihnen vielleicht auch ein Stück. Und diese Anteile werden nicht kleiner: Sie werden größer mit jeder Halle, die wir bauen. Mit jedem neuen Küken, jedem Kühllaster vergrößert sich das Unternehmen, der Besitz. Wenn wir arbeiten – und wir arbeiten (vereinzeltes Gelächter) –, dann tun wir das im Vertrauen darauf, daß die Zukunft uns gehört, daß der Wert des Unternehmens sich steigert und daß niemand, der dabei mithilft, vergessen wird. Auf den Erfolg. Frohes Fest. Und ein glückliches neues Jahr.«

Er war dem Jungen wie ein Robinson vorgekommen, ein Mann, der mit seinen zwanzig Getreuen auf einer Insel lebt und immer weitermacht, der nicht lockerläßt, bis er seinen Traum verwirklicht sieht, der hofft, daß alles, was er bisher geschafft hat, nur ein Vorgeschmack ist auf das, was noch kommt. Vielleicht dachte er auch, daß er sich mit einem Erfolg hier auf der Farm, mitten im ökonomischen Niemandsland, an denen rächen könnte, die ihn als Bürgermeister abgeschrieben hatten, die ihm nicht länger zutrauten, für die Menschen dazusein. Er wollte etwas beweisen. Sich selbst. Seiner Frau. Seinem Sohn. Dies hier war sein Fest. Sein erstes Weihnachten in der neuen Umgebung, und er konnte stolz sein. Jedenfalls schien er glücklich, was alle, die es bemerkten, ansteckend fanden.

Der Junge war gefangengenommen von den unzähligen neuen Gesichtern, die am Tisch des Chefs das O *Tannenbaum* mehr schunkelten als sangen. Er sah durch die Fenster auf die Tannenbäume, die sein Vater extra fürs Fest in der Senke des ehemaligen Misthaufens hatte aufstellen lassen. Das Wasser, das sich dort gesammelt hatte, war zugefroren, und man hatte Löcher in das Eis gehackt, um die Bäume einzusetzen. Einige waren zusätzlich noch mit Seilen abgespannt. Im weihnachtlichen Licht erschien dem Jungen dies alles wie eine Fortsetzung seines bisherigen Lebens, nur daß die Gemeinde nun kleiner war. Dennoch war Jakob kein Festmensch. Das Feiern interessierte ihn nicht. Ihn interessierte die Verbindung, die er mit seinen Reden, mit seinen Gesten zu seinen Leuten an diesem Weihnachtsfest aufbaute. Für ihn hatte der Moment des Zusammenseins fast etwas Heiliges. Er konnte sie alle – auf seine Art – segnen, indem er versprach, indem er sagte, was in Zukunft getan werden mußte. Beim Schunkeln fröhlich mitzutun war ihm nicht möglich, da verkrampfte er. Der Junge fühlte sich ihm fast nah, fühlte er sich doch genauso unwohl unter den Halbstarken im Bus. Die Beleuchtung der Bäume spiegelte sich im Eis vor dem Maschinenraum. Es würde noch Stunden dauern, bis einer nach dem anderen umkippte, erst die ausgelassensten Glühweintrinker bei einer Zugabe von *Es ist ein Ros' entsprungen,* und dann die drei schlecht abgespannten Bäume auf dem Eis, nachdem sich einer der Arbeiter, der das Klo nicht rechtzeitig fand, beim Wasserabschlagen draußen in den Seilen verheddert hatte: ein denkwürdiges Weihnachtsfest, eines, an das man sich noch oft erinnern würde.

Jetzt würden die Frauen von der Rupfhalle wohl noch in ihrem kleinen Kabuff an dem Tisch mit der Wachsdecke sitzen und Kaffee trinken. An ihnen vorbeizukommen war kein Problem. Nachdem er die Leiter vom Siloturm wieder ganz heruntergestiegen war, stoppte er kurz auf dem kleinen Wirtschaftsweg. Das Schutzblech klapperte. Er zog sich einen Schnürsenkel aus dem Schuh, um es provisorisch zu befestigen. Als er wieder aus der Hocke hochkam, sah er Siegfried auf einem Traktor sitzen. Von weitem sah Siegfried aus wie eine Axt: Der Kopf mit dem ausgeprägten Kinn und der eckigen Stirn über dem schmalen Hals und dem noch schmaleren Körper, der wie ein Werkzeugschaft wirkte, wenn er im blauen Drillich steckte. Der Junge ließ sich nichts anmerken, aber er änderte leicht seine Richtung und ging mit der Hand am Lenker zwischen den Ställen auf ihr Haus zu. Seit der Geschichte mit Ruth gab es Spannungen zwischen Siegfried und ihm. Seit seiner kleinen Expedition in ihr Zimmer. Auch vorher hatten sie sich nicht viel zu sagen gehabt. Siegfried war sein Onkel, das war alles. Lupinen füllten das hektargroße Gelände mit Farbpunkten. Der Weg führte in einer leichten Kurve vom

Silo weg auf die parallel zueinander gebauten neuen Ställe zu. In den grauen, fensterlosen Eternithallen wurden die Puten gehalten, mit denen sein Vater expandieren wollte, sein Joker, wie er es nannte. Die zusätzliche Produktion von Puten würde die Basis des Geschäfts verbreitern, hatte er ihm erklärt. Ihre höhere Fleischleistung verringerte die Erzeugungskosten je Kilogramm, zudem schien man anzunehmen, daß der Marktanteil des sehr fettarmen Putenfleisches wachsen würde. Die Wiese vor diesem neuen Komplex war überwuchert von Schachtelhalm und blühendem Klee. Die langen Gräser strichen dem Jungen um die Beine.

*

Nur ein paar Wochen, nachdem sein Vater das Land von Meyer gekauft hatte, war jener Anruf gekommen.

»Siegfried?« hatte er seinen Vater in den Hörer fragen hören, und seine Mutter bekam große Augen. Am Sonntag darauf waren sie zu einem Besuch bei Jakobs Bruder aufgebrochen. Noch immer schien seine Mutter es kaum glauben zu können. Siegfried, ganze zehn Jahre älter als Jakob, der überhaupt der Jüngste in der Familie gewesen war – ein Nachzügler, ein Nesthäkchen, kurz vor der Flucht in Tilsit geboren, allein in einem Keller von einer Bombe verschüttet, sie hatten ihn ausgraben müssen.

Die beiden ältesten Brüder seines Vaters waren im Krieg gefallen, Jungen noch, damals, die letzte Reserve. Voss besaß keine Fotos von ihnen, kannte nur ihre Namen – Hartmut und Paul. Auch seiner Mutter schien er, wie der Junge an ihrem Gesichtsausdruck und ungläubigen Kopfschütteln bemerkte, nicht viel von seiner Familie erzählt zu haben.

Siegfried lebte in einem schäbigen Häuschen an der Durchgangsstraße eines Vororts der Stadt. Die Mutter hatte Skrupel gehabt mitzufahren, wenn Jakob seinen Bruder nach so langer Zeit zum ersten Mal wiedersah. Die beiden waren sich nie wirklich nahe gewesen. Siegfried war schon früh aus dem Haus gegangen, er hatte Geld verdienen müssen, um die Familie, die hinter der Ziegelei lebte, über die Runden zu bringen, und Jakob hatte als Jüngster alle Aufmerksamkeit bekommen. Es gab auch noch zwei ältere Schwestern, zu denen er keine Verbindung mehr hatte.

»Und du hast die ganze Zeit gewußt, daß dein Bruder hier lebt?« fragte Ellen entsetzt. »Warum hast du nie etwas gesagt? Wir hätten sie doch besuchen können. Du hättest es mir erzählen müssen. Zwölf Jahre ohne ein Wort darüber! Ich weiß so wenig über dich! Vertraust du mir nicht?«

Seine Mutter war verletzt. Sie sah ihren Mann an, als wäre sie sich nicht mehr sicher, wer er eigentlich war, nach dem Schock seiner Abdankung, der alles, auch sie und ihre Vorstellung von ihrem Zusammenleben, in Frage gestellt hatte. Ein Mann, der, wie sich jetzt herausstellte, Geheimnisse mitschleppte. Der Junge beobachtete die beiden auf der Fahrt zu Siegfrieds Haus besorgt von der Rückbank aus. Sein Vater stieg aus, und seine Mutter rollte die Blumen, die sie am Bahnhofskiosk gekauft hatten, aus ihrer Cellophanverpackung.

»Vielleicht hätten wir Kuchen mitbringen sollen.«

Sie ließ sich von seinem Vater aus dem Wagen helfen, ohne die Blumen aus der Hand zu geben. Ihre Linke zerknüllte das Cellophan. Als der Junge auch ausgestiegen war, verschloß sein Vater den Wagen mit der Zentralverriegelung.

Er kontrollierte noch einmal den Sitz der Krawatte, die

er seinem Sohn gebunden hatte, und sah dann selbst mit prüfendem Blick ins Fenster. Sein zu einem Seitenscheitel geföhntes Haar war, dank des Sprays, in Form geblieben.

Als Siegfried sie den kleinen Plattenweg zum Eingang entlangkommen sah – sein Gesicht tauchte wie ein weißer Fleck in der Scheibe des Fensters neben der Tür auf –, ließ er die vergilbte Gardine fallen und wartete mit dem Öffnen, bis sie klingelten.

»Hallo Jakob.«

»Hallo.«

»Kommt doch rein. Ist das dein Sohn?« Siegfried blickte auf den Jungen, und Jakob nickte.

»Nicholas.«

»Nicholas!« Er gab ihm die Hand. Dann stellte er sich Ellen vor, die dem dünnen, etwas abgehärmt wirkenden Mann im Kordjackett und kariertem Hemd mit zu großem Kragen mit einem gequälten Blick begegnete und sich ein »Freut mich, euch endlich kennenzulernen« abrang.

Der Junge hatte schon vorher gewußt, wie es in der Wohnung aussehen würde, grau, und es war feucht und roch nach alten Sofafüllungen. Siegfried führte sie in das Wohnzimmer. Ellen setzte sich vorsichtig auf das alte graue Sofa, lehnte sich aber nicht an. Siegfrieds Frau kam mit einem Tablett, das zerbrechlich wirkte, wie Puppenspielzeug vor ihrem riesigen Körper, aus der Küche.

»Kaffee?« fragte sie mit hoher Stimme.

Sie hatte einen Katzenschnurrbart, der sich in die Länge zog, wenn sie lächelte. Offensichtlich war sie glücklich, Gäste zu haben. In blauer Strickjacke über der Küchenschürze schlurfte sie geräuschvoll über den Estrich. Streifen von Teppichresten, Auslegeware, deren ursprüngliche Farbe man nicht mehr erkennen konnte, lagen in der Wohnung aus. Von draußen drang das Dröhnen eines Lasters herein, der gerade die Kurve nahm.

Es war naß und kalt, ein Tag, an dem man sich nach einer warmen Jacke sehnte. Sie tranken Kaffee, und Siegfrieds Frau nötigte ihnen dazu Brötchen auf. Sie war bestimmt die fetteste Frau, der der Junge je begegnet war. Die ganze Zeit schnaufte sie vor sich hin, wogte von links nach rechts und von rechts nach links, als schaukelte sie im Stand. Sie brachte Kekse in einer weißen Schüssel, die wahrscheinlich sonst als Gemüseschüssel diente. Der Junge wollte höflich sein. Er nahm sich zwei. Der süße, fast scharfe Geschmack des mit Zuckerschaum gefüllten Gebäcks zog ihm den Mund zusammen. Hinter vorgehaltener Hand pulte er an seinen Zähnen. Die Waffelschicht, die sich auf Zunge und Gaumen wie eine Raspel anfühlte, schmolz zu einer papierartigen Masse. Siegfrieds Frau sah ihm mißtrauisch beim Kauen zu, und ihre Verlegenheit wich einem Lächeln, als er endlich schluckte.

Seine Mutter hielt ihr die Blumen hin. »Die sind für Sie.«

Ellen war aschfahl geworden und kniff den Mund zusammen. Vielleicht spürte sie, daß jede Nähe zu dieser Familie Unglück bedeuten würde. In diesem Haus schien der Abstieg überall gegenwärtig – noch in den auf Karton geklebten und an die Wand gehängten Puzzles: Gebirgslandschaft, eintausendfünfhundert Teile, Flußdelta, dreitausend, und Schlittschuhläufer, fünfhundert Teile.

»Oh, sind das schöne Blumen! Danke. Vielen Dank!«

Siegfrieds Frau freute sich, und der Junge fand es fast peinlich, wie sehr sie sich freute. Sie schlurfte wieder in die Küche, um die Blumen in eine Vase zu stellen.

»Ich habe dich in der Zeitung gesehen«, fing Siegfried das Gespräch mit Jakob an.

»Ja.«

»Und dann dachte ich, ich ruf mal an.«

Sein Vater war oft in der Zeitung gewesen, einmal sogar, als ihm der Ministerpräsident die Hand schüttelte und in ihrem Garten der Spielmannszug zu seinen Ehren spielte. Die Männer in grün-weiß schwingenden Röcken und mit unbequemen Kniestrümpfen in schwarzen Lackschuhen. Der Junge hatte sich vorgestellt, wie man unter den falschen Bärenfellmützen schwitzte, wie sich an der Augenbraue des Musikanten ein Tropfen verfing und er nicht mit der Wimper zucken durfte, weil es weiterging: O *when the saints,* O *when the saints,* O *when the saints go marchin' in* … Und dazu das Gestampfe der Füße. Rammtammtamm. Rammtammtamm. Und der Fahnenschwenker vorweg, der Tambourmajor in seiner cremefarbenen Uniform mit dem Barett, der beim Trommelwirbel die Fahne hochwarf und sie gekonnt wieder auffing mit einer Hand. In der Pause hatten sie um seine Mutter herumgestanden, die selbstgemachte Bowle ausschenkte.

Aber nie war sein Vater so häufig in der Zeitung zu sehen gewesen wie im vergangenen Jahr, kurz vor seinem Rücktritt.

An dem Tag in Siegfrieds Haus sahen sie sich über ihre Tassen hinweg an. Jakob saß ruhig und aufmerksam im Sessel, wie jemand, der sich an etwas erinnert, der in sich hineinhorcht und eine Entscheidung zu treffen versucht. Er schien in Siegfrieds Augen zu lesen. Siegfrieds Frau setzte sich wieder zu ihnen, nachdem sie noch ein weiteres Brett mit Mettbrötchen gebracht hatte. Das einzige, was man hörte, waren ihr Schnaufen und das Geräusch, wenn der Junge wieder ein Stück Brötchen abbiß, und das Geklapper der Tassen. Stille ist eine Einbildung. Als könnte man die Gedanken der Anwesenden hören. Sein Vater schwieg, seine Mutter schwieg, Siegfried schwieg. Und Siegfrieds Frau lächelte.

»Willst du für mich arbeiten, Siegfried?« fragte sein Vater schließlich.

Siegfried kaute an seinem Brötchen weiter und schien nicht antworten zu wollen. Seine Frau konzentrierte sich darauf, ihre Schürze glattzustreichen. Er hatte »ja« gesagt.

*

Siegfrieds Traktor folgte ihm nicht. Bei den Putenställen hielt der Junge kurz. Noch vor zwei Wochen war hier nichts außer Strohballen und Abfallcontainern gewesen. Auch die neuen Ställe waren Fertigbauten, das Eternit schon zurechtgeschnitten, so daß die Platten nur noch zusammengesteckt werden mußten, sobald das Fundament gegossen war. Wie Legosteine oder Fischertechnik.

Als er die Wände berührte, fühlte es sich an wie Schmirgelpapier. Das Gras zwischen den Ställen war noch plattgedrückt von den Lastern der Baufirma. Zwischen den Ställen war nicht viel Platz. Als der Junge mit seinem Fahrrad durchging, hatte er das Gefühl, er müßte die Schultern einziehen.

»Ein Provisorium«, hatte sein Vater gesagt. »Wenn alles gutgeht, kommen die Puten später auf das neue Grundstück nebenan, das ich demnächst noch kaufen werde.«

Er meinte die Wiese, die sich hinter den Knicks bis zur Russenkuhle, dem kleinen Badesee, erstreckte. Meyer war bereits von ihm beauftragt worden, die Konditionen mit der Gemeinde auszuhandeln, der dieses Stück Brachland gehörte. »Expansion ist der Motor des Geschäfts.«

Auf dem Hof achtete niemand auf den Jungen. Die Lastwagen wurden an die Verladerampe gewinkt, ein Vorarbeiter überwachte das Ausladen. Jeweils acht Arbeiter bildeten eine Kette und beförderten die Transportkäfige direkt aus den LKWs ins Schlachthaus. Arbeiten am Tiermaterial waren heikel. Quetschungen und Knochenbrüche minderten den Verkaufswert, deshalb setzte man an den Ausstallungstagen, vor allem beim Fangen, auf Rot- oder Blaulicht, weil die Tiere dabei kaum etwas sahen und deshalb ruhiger blieben. Der Rest war Routine: Man nahm das Tier am rechten Bein und setzte es in den Drahtkäfig ein. Das mußte zügig und vor allem vorsichtig geschehen. Überfüllte Käfige führten zu Streß und Überhitzung, beides konnte zu Gewichtsverlusten, Verletzungen und in besonderen Fällen sogar zu Kannibalismus unter den Vögeln führen. Daß die Entfernung zwischen Stall und Schlachterei auf der Farm äußerst gering war, verminderte allerdings das Transportrisiko erheblich. Der Junge hielt kurz an und sah den Männern beim Entladen zu.

Stichprobenartig begutachtete der Vorarbeiter die Tiere in der Aufhängezone. War die Haut unverletzt, Befleischung und Befiederung zu seiner Zufriedenheit, gab er ein Zeichen, und die Arbeiter nahmen die Vögel aus den Käfigen, packten sie an den Flügeln und hängten sie an die Haken. Sein Vater wollte Qualität. 95 Prozent Handelsklasse A, vollfleischige, unverletzte, nicht-gequetschte und sauber entkielte A-Ware, möglichst viel davon als Frischware abgesetzt. Vorheriges Einfrieren verdarb die Preise.

Viele Enten flatterten beim Aufhängen wild, und wenn man nicht aufpaßte, entwischte die eine oder andere. Das hielt den Betrieb auf. Hingen sie erst einmal, dann wurden sie, sobald sie durch das weitere Vorrücken der Kette unter das Rotlicht kamen, schnell ruhig. Der Raum war mit Federn gefüllt, so daß einem das Atmen schwerfiel. Das Licht schmerzte in den Augen, und die Arbeiter gaben sich Mühe, möglichst schnell mit ihrer Partie fertig zu werden und wieder an die frische Luft zu kommen. Der Junge sah, wie die Vögel mit den Köpfen nach unten in einer Reihe hingen und dann einer nach dem anderen hinter der halbdurchsichtigen Lamellenwand im eigentlichen Schlachtraum verschwanden.

Nach einer Weile ging er weiter. Er hielt sich dicht an den Pferdestall, so daß die Lastwagen und der Betrieb rund ums Schlachthaus auf der anderen Seite des Hofs von ihm ablenkten. Das neue Wohnhaus der Voss' stand an der Stirnseite des Rechtecks, dessen Längsseiten Pferdestall und die Betriebsgebäude einfaßten, den neuen Stallgebäuden genau gegenüber. Der Hof war verlängert und bis zur Garagenauffahrt asphaltiert worden. Vor dem Bürogebäude rechts standen zwei Blumenkübel aus Waschbeton. Jakob hatte Azaleen pflanzen lassen.

Der Junge stellte das Rad hinter der Garage ab. Das Haus war nicht so schön geworden, wie er es sich nach den Plänen seines Vaters vorgestellt hatte: Es war kein Haus geworden, das in etwa so aussah wie ihr altes – weiß, mit zwei hohen Tannen davor, wie ein Block geschnitten und mit riesigen Fenstern zum Garten hinaus, wo der hohle Baum stand, in dem er seinen Ausguck gehabt hatte. Es war viel Platz gewesen in ihrem alten Haus, der Villa in der Stadt, unter anderem drei Zimmer, in denen sich nichts befand außer Schränken und einem Gästebett, als hätten die Räume zusammen mit ihm nur auf Geschwister gewartet. Platz gab es zwar auch im neuen Haus, aber es sah nicht so aus, als würde es auf Kinder warten. Es glich eher einer Mischung aus Bunker und Ferienhaus.

Die Betontreppe, die zur Haustür führte, endete in einem Windfang. Es ist ein »Bungalow«, hatten sie immer gesagt, obwohl der Architekt, der mit der Ausführung der Pläne seines Vaters beauftragt war, jedesmal komisch zusammenzuckte, wenn sie es in seiner Gegenwart so nannten. Sie meinten damit: ein modernes Haus.

Es besaß zwei Stockwerke, von denen das Erdgeschoß höhere Zimmer hatte als der erste Stock. Der Windfang, der die Eingangstür abschirmte, lief nach hinten in die Garage aus. Das Ganze wirkte wie ein langer Keil, ein künstlicher Felsen, mit einem Fluchtpunkt hinten im Garten, glatt und flach, ein Segelschiff, dem nur die Takelage fehlte, der Wind und das Meer.

Es war ihm bisher fremd geblieben. Die Räume waren hoch, und wegen des Flachdachs dachte er manchmal, daß noch etwas fehlte. Irgendein Schutz, ein Schirm, vor allem bei Regen.

»Aber auf dem Dach«, sagte seine Mutter, »kann man sitzen und tanzen.«

Sie spielte auf die kleine Wendeltreppe an, über die man durch eine Luke aufs Dach steigen konnte. Aber bisher hatte da noch keiner gesessen, geschweige denn getanzt. Er selbst war einmal oben gewesen, ohne daß seine Eltern es wußten, hatte sich auf das schwarze, glitzernde Teerdach gelegt und sich gesonnt.

*

Sein Zimmer befand sich, wie alle Schlafräume, im ersten Stock. Er hatte am Morgen das Fenster offengelassen. Trotzdem war es stickig. Der Junge zog sich um. Seine Schulsachen waren durchgeschwitzt, und von dem Sturz hatte er Kies und Grassamen an der Hose und einen leichten Riß in den Jeans, am rechten Knie. Er sah hinaus. Unten auf dem Hof ging die zweite Schicht an die Arbeit. Das Verladen, vor allem aber der Akkord an den Bändern, machte die Frauen und Männer schnell müde. Viele hatten Probleme mit dem Blutgeruch, der ihnen den Magen umdrehte. Ganz schwach schien er bis zu dem Jungen zu dringen, ein Geruch, süß und faulig, der in seinem Mund einen pelzigen, leicht metallischen Geschmack hinterließ. Die Arbeiter hätten sicher nicht so nah am Haus gestanden, wenn sein Vater schon wieder im Büro gewesen wäre und deutlich sichtbar hinter der großen Thermopanescheibe an seinem Schreibtisch gesessen hätte. Nach einer Weile schob man Zigarettenpackungen in Schürzen- und Kitteltaschen.

»Besser man raucht, als daß man stinkt«, sagte Frau Brasch lachend.

Dann, als die letzte der Frauen sich ihr Kopftuch umgebunden hatte und in der Rupfhalle verschwand, roch er für einen kurzen Moment heißes Wachs.

Sein Vater hatte ihm die Mechanismen des Schlachtens bei ihrem ersten gemeinsamen Rundgang erklärt, er wollte, daß sein Sohn alles verstand. Der eigentliche Schlachtvorgang vollzog sich in drei Phasen. Zunächst wurden die Tiere betäubt. Das geschah nicht mit Strom, denn wegen des Flatterns bei elektrischer Betäubung traten an den Schlachtkörpern vermehrt blutunterlaufene Stellen auf. Das Fleisch war dann weniger zart. Statt dessen wurden die

Tiere mit Gas narkotisiert. Die Kette lief, gleich nach dem Eintritt in den Schlachtraum, durch einen großen Kasten voll CO_2. Die Lüftungsanlage lief auf Hochtouren, um das mit den Tieren in kleinen Dosen austretende Gasgemisch abzusaugen. Trotzdem roch es in der Halle nach Blut und nach Autoabgasen. Dann wurden die Tiere abgestochen. Richtiges Abstechen, so hatte sein Vater ihm erklärt, geschah durch einen kreisförmigen Schnitt vom Halsrücken her durch den Muskel zwischen Kopf und Halswirbel. Dabei durften weder der Knochen noch die Luftröhre verletzt werden, sonst zappelten und zuckten die Tiere zu sehr. Bei einem präzisen Schnitt hing der Kopf zur Seite, und das Blut konnte ungehindert in die Auffangrinne austreten. Man hatte den Prozeß des Ausblutens genau berechnet: Bei Enten war eine Zeitspanne von zwei Minuten einzuplanen, was, bei normaler Bandgeschwindigkeit, einer Auffangrinne von zwanzig Metern entsprach. Bei Puten würde man noch eineinhalb Minuten dazugeben müssen. Seitdem der Junge den Schlachtraum das erste Mal gesehen hatte, betrat er ihn nie wieder.

Wenn die frischgeschlachteten Tiere die Schlachtabteilung verließen, die durch undurchsichtige Plastiklamellen vom Rupfraum getrennt war, hingen sie an einer langen Kette, die den Jungen an eine Fahrradkette erinnerte. Nach dem vollständigen Ausbluten wurden die Tiere, immer noch am Haken, auf einer quadratischen Palette zusammengeführt. Wenn das Quadrat voll war mit baumelnden Kadavern, senkte ein Arbeiter die Vögel in einen Bottich. Die Schlachtkörper blieben ungefähr dreißig Sekunden im heißen Wachsbad. Dann wurden sie wieder herausgeholt. Die Enten waren nun mit einer tropfenden Wachsschicht überzogen, die schnell gehärtet werden mußte. Dazu wurde die ganze Palette weiter in den Raum gefahren und zur Abkühlung in ein Wasserbad gesenkt. Das Wachs wurde fest, und die Arbeiterinnen konnten die Enten abhängen und das Wachs abspachteln oder pellen, wie sie wollten. Das Handrupfen war zwar arbeitsaufwendig – konventionellerweise dienten zur Federentfernung mit Gummifingern bestückte, hochtourig rotierende Walzen –, aber das Maschinenrupfen beeinflußte die Konsistenz des Geflügelfleischs eindeutig negativ. Güteklasse A-B. Das abgelöste Wachs, das immer noch warm war, nahm die gelösten Federn mit und wurde in Kisten geworfen, die eine der Frauen von der Rupfriege regelmäßig einsammelte und in einen Bottich tat, der dann wieder erhitzt wurde, damit man das Wachs nach dem Absieben wiederverwenden konnte. Der Junge fand, daß die Enten in ihrem Wachsmantel wie kleine schlafende goldene Astronauten aussähen.

Das Band lief weiter. Der Hinterleib wurde geöffnet, die Innereien herausgenommen, eßbare Anteile wanderten auf ein anderes Band zur Weiterverwertung. Die Bürzeldrüse wurde entfernt, Kopf und Füße abgeschnitten. Ungenießbare Abfälle spülte man gleich weg. Anschließend wurde der Schlachtkörper mit 30 bis 35 Grad warmem Wasser ausgespült, und die halbautomatische, übliche Bratfertigreihe war an ihr Ende gelangt. Auf Bestellung bot man noch andere Herrichtungsformen an: geschlossen, entdärmt, grill- oder spießfertig. Zur Verbesserung der Haltbarkeit wurden die schlachtwarmen Körper in einem Tunnel mit Kaltluft und Eiswasser besprüht, man verpackte sie gleich nach der Bonitur. Waren die Vertriebswege zu lang, um die Ware frisch zu verkaufen, wanderten die eingeschweißten Enten in den Tunnel zum Trockengefrieren durch Kohlendioxid und Stickstoff.

Der Junge sah sich den blauen Fleck an, den er sich bei seinem Sturz knapp unter der Kniescheibe zugezogen hatte. Er drückte mit zwei Fingern daran herum. Blutergüsse fühlten sich an, als würde etwas in einem wachsen. Sonst fehlte ihm nichts. Eine kleine Beule am Kopf, Hautabschürfungen an den Händen und am Knie, aber das war halb so wild. Er kühlte die Stellen mit der Klinge seines Fahrtenmessers. Er war furchtbar müde, und beim Gedanken an die Schlachtung drüben war ihm schlecht geworden. Er schloß das Fenster und zog sich bis auf die Unterhose aus. Der Teppich war von der Sonne erwärmt. Die grobe Wolle fühlte sich unter seinen Zehen an wie das krause Fell eines Hundes. Ein orangeroter Hund, auf dem das Blau seiner Beule leuchtete wie ein Geschwür.

Der Junge zog unter der Matratze einen Comic hervor: *Die Fantastischen Vier*. Er hatte Dietmar einen ganzen Stapel abgekauft, für 10 Pfennig das Stück. *Die Fantastischen Vier, Der Hulk, Die Spinne, Die Rächer*. Er legte sich auf den Fußboden und spürte ein Ziehen links oben in der Schulter. Mr. Fantastic würde auf Seite 25 des ersten Heftes feststellen, daß er seinen Arm durch die Auswirkungen der kosmischen Strahlung, denen die vier Testpiloten auf ihrem Raumflug für einen kurzen Moment ausgesetzt gewesen waren, beliebig ausstrecken konnte, kurven, knoten, um die Ecke biegen. Aber Hauptsache, sie waren wieder hier, fand der Junge – sicher auf der Erde, notgelandet, verwandelt, aber immer noch Freunde, ein Team. Der wütende Johnny Storm war zu einer menschlichen Fackel geworden, die alles verbrennen konnte, worauf sein Arm zeigte, er schleuderte feurige Lassos um seine Gegner und sauste wie ein Jet durch die Luft. Seine Schwester Sue, die meistens unsichtbar blieb, lernte gerade, wie man ein Kraftfeld um sich herum aufbaute. Am liebsten hatte er Ben, das Ding, den massigen starken Mann in blauen Stretchhosen, der alles darum gegeben hätte, wieder ein Mensch zu sein und nicht mehr das orangefarbene Monster, das aussah wie gerissener Beton.

Dem Jungen wurde wieder schwindlig. Alles drehte sich. Er hörte die Geräusche des Sommers, die, durch das Fenster gedämpft, an sein Ohr drangen. Eine Kreissäge stieß ihr an- und abschwellendes Kreischen aus. Der Schreiner reparierte ein Dach. Der Junge betrachtete den Himmel und die Schatten seiner Jalousie an der Zimmerdecke. In seinem Kopf vermischten sich die Geräusche mit der Farbe seines blauen Flecks und den Figuren des Comics. Die Welt draußen ließ sich auch durch geschlossene Fenster nicht aufhalten. Ben Grimm, dachte er noch, ebenfalls nicht. Das Pochen in seinen Ohren füllte langsam seine Gedanken aus, und mit Mr. Fantastic, der Unsichtbaren, der Fackel und Mr. Grimm, dem Ding, im Arm schlief er ein.

Zwei Ein langes, reißendes Geräusch, wie ein Zug, der durchs Land fährt. Zähneknirschen, nein, Reifen auf Sand. Das Gras war knöcheltief. Als der Junge aufwachte, wußte er einen Augenblick lang nicht, wo er war. Er starrte an die Decke mit den im Sonnenlicht blitzenden Strahlern. Es roch säuerlich. Wenn man vormittags einschläft, träumt man wild vor sich hin. Kurz unter der Oberfläche des Schlafs hielten sich die Gestalten auf. Man wußte nie, was man beim Aufwachen mitbrachte.

Auch nach zwölf Wochen hatte er sich noch nicht an das neue Haus gewöhnt. Sein Zimmer war hell, die Tapete hatte eingestanzte orientalische Muster: Blumen und Blätterranken, die sich wie irre aufeinander zubewegten; man mußte ihren Linien mit den Blicken folgen, als befände man sich in einem Labyrinth. Das Schwindelgefühl, das ihn befallen hatte, bevor er eingeschlafen war, ähnelte dem Gefühl von herannahendem Fieber. In der Mitte der Wand hing seit ein paar Tagen ein kleines Poster von David Bowie. Die Seiten des Comics raschelten, als er aufstand. Auf einem Bord an der anderen Seite des Zimmers hatte er seine Bücher aufgestellt. *Tom Sawyer und Huckleberry Finn*, eine alte Ausgabe von Schwabs *Griechischen Sagen*, die ihm sein Vater geschenkt hatte, zwei geborgte Science-fiction. Das Bett stand in der Ecke. Auf dem Teppich verstreut lagen seine Klamotten. Er stellte sich auf die Zehenspitzen und streckte den Oberkörper, eine Katze, die nach dem Schlaf ihre Beweglichkeit prüft. Er stützte sich auf den Schreibtisch.

Die Möbel in seinem Zimmer waren alle neu.

»Du hast in deinem alten Zimmer doch nur Kindersachen gehabt«, hatte seine Mutter gesagt. Aber er vermißte den gelbbraunen Kleiderschrank, dessen Frontseite man zu einer Schreibtischplatte aufklappen konnte.

An den Wochenenden vor dem Umzug waren sie andauernd einkaufen gefahren. Nichts sollte mehr an das alte Haus, an das alte Leben in der Stadt erinnern. Sein Vater sagte, er wolle ihnen eine Zukunft aufbauen. Die Zukunft stellte sich der Junge von da an als einen Ort vor, an den man besser nichts mitnahm.

Sie verbrachten die Sonntagnachmittage in menschenleeren Einkaufszonen, vor Möbelgeschäften, in deren Schaufenstern sich ihre Gesichter spiegelten. Vater, Mutter, Sohn. Der Junge stellte fest, daß er größer geworden war, wie er zwischen den beiden stand, ein ungelenker Puffer, der mit dem Kopf bis knapp über die Schulter seines Vaters reichte. Solche Nähe zu ihm gab es jetzt nur noch im Spiegel.

Der Tag, an dem der Junge schließlich auch auf die Farm gezogen war, war ein Gründonnerstag gewesen. Kleine Ferien standen vor der Tür. Ostern. Alle seine Freunde waren schon verreist. Sie hatten sich längst damit abgefunden, daß der Junge umziehen würde. Einige hatten versprochen, ihn ganz bestimmt zu besuchen. In der Musikstunde durfte er sich zum Abschied ein Lied aussuchen, und Frau Möhrmann wünschte ihm »Alles Gute«. Das war's.

Nach der Schule war er zum Bahnhof gegangen, hatte sich eine Fahrkarte, ein Comicheft und ein paar Süßigkeiten gekauft. Im Abteil suchte er sich einen Platz am Fenster. Er schwitzte. Dabei war es nicht heiß. In den zwei Triebwagen roch es nach alten Plastikbezügen. Die Wände des Zugs waren verblichen. In den Holzrahmen steckten Werbebilder, österreichische Städte und Landschaften. Mit den Oberschenkeln klebte der Junge bereits am Sitz.

Auf dem Land gibt es zwei Arten von Durchgangsorten. Die einen sind für Autofahrer. Knotenpunkte mit Rathäusern und Kirche auf der Perlenschnur der Bundesstraßen von Süden nach Norden, Kreuzungen mit den Verbindungsstrecken von Ost nach West. Die anderen Orte sind Haltestellen für Bummelzüge. Kinder mit Mützen spielten in den Gemüsegärten am Bahndamm. Der Junge kramte eine Tafel Schokolade aus dem Beutel hervor, brach ein Stück ab und schob es sich in den Mund. Die Schokolade war bitter und bröckelig, als wäre sie schon einmal aufgeweicht gewesen. Als sie in der Kreisstadt ankamen, hastete der Junge auf dem Bahnsteig schnell auf seine Mutter zu. Sie hielt ihn eine Zeitlang im Arm. Über den Bahnhofsvorplatz gingen sie an den Taxen vorbei.

»Ich habe Durst.«

»Warte doch, bis wir zu Hause sind.«

»Ich muß etwas trinken.«

Die Tafel Schokoladen hatte seinen Gaumen völlig ausgetrocknet. Es war nicht nur Durst, was der Junge verspürte, es war auch der Wunsch, die Ankunft auf dem Land noch etwas hinauszuzögern, das Wochenende, wie immer in den letzten Monaten, mit einem Einkaufsbummel zu beginnen, sich dem Endgültigen zu verweigern.

»Warte, ich muß eh noch einkaufen, dann bekommst du was. Cola?«

Er nickte. Sie waren ins Kaufhaus gegangen. Die Fußgängerzone begann gleich hinter den Taxen, die vor den schäbigen Gaststätten am Bahnhof standen. Hier roch es schon am Morgen nach Bier und Rauch, und man hörte das piepende, glucksende Geräusch von Spielautomaten. Bei Horten stank es nach Schweiß. Es war schönes Wetter, und die Leute drängelten sich bei den Ostereinkäufen. Seine Mutter fuhr ins Untergeschoß in die Lebensmittelabteilung. Der Junge blieb im Erdgeschoß und stöberte bei den Büchern. Da hatten sie nichts. *Perry Rhodan*, aber die silbernen Umschläge mit den verzerrten Gesichtern von Mutanten oder großen Weltraumschlachtschiffen machten das Blättern in ihnen irgendwie peinlich.

»Das ist noch nichts für dich, Junge«, sagte eine Verkäuferin im Vorbeigehen.

Er wartete, bis seine Mutter die Rolltreppe wieder heraufgefahren kam. Zwei große Tüten hingen an ihrer Hand. Der Junge nahm ihr eine ab, und mitten während der Ansage »Bitte besuchen Sie auch unsere Gartenabteilung im vierten Stock …« verließen sie das Kaufhaus.

»Geht's dir nicht gut?«

Er schüttelte den Kopf und verstaute die Einkaufstüten auf dem Rücksitz. Seine Mutter lebte in ihrem Auto, seit sie jeden Tag pendelte. Auf der Fahrt zur Arbeit und wieder zurück zur Farm hatte sie nach und nach die verschiedensten Abkürzungen zwischen der Stadt und der Autobahn herausgefunden, wovon sie jedesmal ausschweifend erzählte. Ein Waldweg bei Mönkloh sparte zehn Minuten, war allerdings schmierig wie Seife bei schlechtem Wetter.

»Du könntest ja auch den Job aufgeben«, hatte sein Vater vorsichtig angedeutet, aber das war kein guter Vorschlag.

»Kommt nicht in Frage«, hatte sie protestiert. Sie war nicht die Frau, die ihre Arbeit im Stich ließ, denn genau so hätte sie es empfunden, obwohl die hämischen Blicke im Amt, wo sie Standesbeamtin war, nach dem Abdanken ihres Mannes ihr schon unter die Haut gegangen waren.

Sein Vater hatte ihr einen neuen Wagen gekauft, »du sollst es bei der vielen Fahrerei etwas bequemer haben«, einen inselgrünen Audi 200 quattro. Beim Einsteigen fiel ihm auf, daß seine Mutter ein Kleid in derselben Farbe trug.

»Nach Hause?« fragte sie und sah in den Rückspiegel.

Er sah sie an und kam halb aus seiner liegenden Stellung wieder zum Vorschein. Schließlich nickte er.

*

Ein Zuhause war es bis jetzt nicht geworden. Er wusch sich das Gesicht mit kaltem Wasser und ging aufs Klo. Es war still im Haus, sein Vater schien drüben im Büro zu sein. Er stöberte herum. Das Schlafzimmer seiner Eltern lag kühl im Halbdunkel, weil sein Vater nachts die Fenster aufmachte und tagsüber die Rolläden herunterließ.

»Ich ersticke sonst«, sagte er.

Neben dem Bett lag ein braun angelaufener Apfel, dessen Gehäuse aus dem Fruchtfleisch hervorstand. Trotz der geöffneten Fenster roch es süßlich dumpf. Im Nachtschrank seines Vaters fand der Junge unter den Socken das Buch und stopfte es sich, nachdem er den Brief aus der obersten Schublade seiner Mutter genommen hatte, in den Hosenbund. Das Buch fühlte sich gut an, fest und solide. Den Brief hatte er zwischen die Seiten gelegt, damit er nicht knickte. Dann durchstöberte er noch den Kleiderschrank. Die Bücher hatte er vor Jahren mehr durch Zufall entdeckt, als er im alten Haus in der Stadt auf der Suche nach seinen

Weihnachtsgeschenken gewesen war. Der Junge hatte damals suchen, aber nicht finden wollen. Auf jener ersten Erkundungsreise durch das Schlafzimmer seiner Eltern hatte er instinktiv an ihren Nachtschränken angehalten. Sie strahlten etwas Verbotenes aus. Im Fach seiner Mutter fand er Schmuck, ein paar Ohrringe, die sie lange nicht mehr getragen hatte, Strümpfe, Unterwäsche und eine Menge Briefe, die meisten von seinem Vater. Richtig begonnen hatte er aber erst hier auf der Farm. Der Junge studierte, was neu hinzugekommen war, und jeder Gegenstand, den er aus ihrem alten Haus kannte und an dessen früheren Platz er sich zu erinnern versuchte, machte ihn glücklich.

Im letzten Jahr, sein Vater verbrachte bereits die meiste Zeit auf der Farm, hatten sie ihn einmal beinahe erwischt. Er hatte sich vor das Bett gesetzt und atmete gerade das leicht süßliche Aroma aus ihren Schubladen ein. Ein paar hochhackige Schuhe standen davor. Plötzlich hörte er ihren Wagen zurückkommen. Sie hatten etwas vergessen. Einen Moment lang hatte er sich ertappt gefühlt. Damals wurde die Saat gelegt für die Umsicht aller seiner folgenden Expeditionen. Er hatte gerade noch Zeit gehabt, die Schubladen wieder zu schließen und sich den Brief und das Buch unter den Pullover zu stecken, als sie die Treppe heraufkamen. Er hatte so getan, als müßte er aufs Klo. Sein Vater sah ihn merkwürdig an. Oder hatte er sich das nur im nachhinein eingebildet? Der Junge ging stocksteif an ihnen vorbei und zog mit der Hand seinen Pullover glatt, damit man nichts sah. In seinem Zimmer ließ er die Sachen schnell unter der Matratze verschwinden. Eine Technik, die er inzwischen perfektioniert hatte. Danach bezwang er sein Herzklopfen und stand in der Tür, als sie wieder abfuhren, sagte ihnen, wie schön sie aussähen. Dann ging er zurück in sein Zimmer und kramte die Sachen wieder unter seinem Bett hervor. Der Brief seines Vaters war damals noch keinen Monat alt und stammte aus der Zeit, als das Wohnhaus auf der Farm noch nicht stand und seine Mutter und der Junge noch in der Stadt gelebt hatten, ohne wirklich zu glauben, daß es damit bald ein Ende haben würde.

Der Junge hatte sich den Brief seitdem immer wieder geholt. Seine Mutter schien ihn auch oft gelesen haben. Vielleicht als Beweis, daß sie in Jakobs Leben noch eine Rolle spielten. Der Junge kannte ihn inzwischen fast auswendig.

Liebste, es ist ungewöhnlich, Dir zu schreiben, während ich im Bett liege, oder vielmehr auf dieser Gartenliege, die Siegfried mir im alten Haupthaus aufgestellt hat, aber ich bin so müde und vermisse Dich. Wir haben uns seit drei Tagen nicht mehr richtig gewaschen, und wenn jemand von den Anlieferern vorbeikommt und die Nase rümpft, wenn ich ihm den Lieferschein unterschreibe, dann amüsieren wir uns nur noch. Die Arbeit ist hart, aber es macht Sinn. Du solltest sehn, was aus dem alten Stall schon geworden ist.

Wann kommst Du? Wann kommt Nick? Ihr müßt Euch das ansehen, sonst glaubt Ihr es nachher nicht. Ich vermisse Euch. Mein Sohn soll nicht denken, daß sein Vater vergeblich im Dreck rumwühlt. Es ist schon viel passiert in den letzten Wochen. Schröder hat mir seine Schlachtmaschine gezeigt. Ich muß nächste Woche nach Duisburg und treffe da die Leute, die mir die Anlage bauen wollen. Es soll das Modernste sein, was man hierzulande findet. Meyer meint das auch. Die Personalkosten niedrig zu halten ist ja ganz gut, aber ich will, daß jeder, der hier arbeitet, das Gefühl hat, etwas aufzu-

bauen. Für sich und, wenn alles gutgeht, auch noch für seine Kinder. Die Idee mit den Anteilscheinen ist gut. Ich habe das durchgerechnet. Es geht. Man spricht es nicht aus, aber die halten mich hier alle für einen verkappten Kommunisten.

Erschrick nicht, aber die Maurer haben in unserem neuen Haus das Fundament falsch gelegt. Brockmann kommt morgen und macht einen neuen Kostenvoranschlag. Verzeih, das muß alles sehr durcheinander für Dich klingen – immer kommt das Geschäft dazwischen, selbst jetzt, wenn ich schon halb schlafe, über die Seiten husche und von Dir träume. Aber Du kennst das ja. Wir werden es schaffen. Ich verspreche es Dir. Hans findet auch, daß es eine gute Idee ist, die Arbeiter am Gewinn zu beteiligen. Vielleicht wird ja doch noch was aus mir. Du lachst jetzt bestimmt, aber ich hatte manchmal schon meine Zweifel.

Draußen regnet es furchtbar. Ich weiß nicht, was ich im Augenblick schlimmer finde – die Arbeit oder morgens in den kalten Räumen allein aufzuwachen. Ich mache mir nach dem Aufwachen gleich in der alten Kaffeemaschine Kaffee und esse von dem Mohnkuchen, den Frau Eucken immer mitbringt. Du kannst Dir den Geruch und die Geräusche nicht vorstellen, wenn nachts außer mir niemand mehr auf dem Hof ist. Die Tiere sind noch nicht hier – außer der ersten Brut in Halle A, aber die ist zu weit weg, als daß man was hört, an der Betonstraße. Draußen liegt das ganze Material, die Ytong-Steine und die Ziegel fürs Haus. Ich habe gestern noch den Teich tiefer ausgehoben mit dem kleinen Bagger, er hat einen riesigen Löffelzug. Morgen wird das Ganze gekehlt. Wir könnten nächsten Sonntag wieder nach Möbeln schauen, wenn Du willst.

Es ist aufregend zu sehen, wie all die Pläne plötzlich zu leben beginnen. Es ist Verfall rückwärts – aus den Skeletten wird wieder etwas.
Der komische Dicke war auch wieder hier.

Smietana hatte der Junge gleich am ersten Wochenende nach seinem Umzug kennengelernt, am Ostersonntag, was seine Mutter beinahe zur Weißglut trieb. Sie hatten im Wohnzimmer gesessen, und der Dicke hatte Zigarre geraucht. Die beiden Herren hatten etwas anbieten wollen, nicht kaufen, das sah man ihnen an. Diejenigen, die kauften, trugen nicht so teure Anzüge, trugen geblümte Krawatten und gestreifte Hemden, durch die man den Feinripp der Unterwäsche schimmern sah: die Fleischer, Restaurantbesitzer, Vertreter von Lebensmittel- und Kaufhausketten. Die anderen boten zum Beispiel Kredite oder eine Beteiligung an, oder sie kamen mit Hochglanzprospekten für alternative Schlachtmethoden, Heizungssteuerung, Versicherung oder Risikosharing.

Sie wollten, hatte der Dicke gesagt, mal sehen, wie es gehe. Überraschungsbesuch. Sein Vater schien ihn zu kennen, denn er schickte den Jungen nicht hinaus, und so trank der Junge weiter seinen Milchkaffee und hörte ihnen zu. Smietana saß in dem großen Ohrensessel und schnaufte wie ein Hund. Dem Jungen streckte er die Hand erst entgegen, nachdem er sein Gewicht bequem auf der großen Sitzfläche des Sessels verteilt hatte.

»Ah, der Junior! Habe die Ehre.«

Er trug einen dicken Siegelring am Finger.

Leider, sagte er zu Jakob, seien sie ja politisch nicht immer auf derselben Seite gewesen, aber das ändere sich ja gerade.

Jakob fragte ihn, wie er das meine.

Er meine gar nichts, sagte Smietana und kaute weiter an seinem Rauch. »Sie wissen, Voss, daß Sie uns nicht verborgen geblieben sind. Ein fulminanter Mann.«

Er hob die Hand, zwischen deren Mittel- und Zeigefinger er eine Zigarre geklemmt hatte, wie um eine Unterbrechung abzuwehren. »Waren nur für die falschen Leute. Na, nun werden Sie wieder, Sie alter Sozialdemokrat – sind doch jetzt Unternehmer. Treffen wir uns doch! Sind noch nicht verloren für die richtige Sache, das sage ich Ihnen, werden schon sehen. Kenne Ihren Lehrer von der Verwaltungshochschule recht gut, Reger, wissen Sie noch? Reger, ja, Reger hat mir erzählt, Sie hätten ihn Nazi genannt, Voss, Nazi. Na, hören Sie mal! Männer vom alten Schlag, halb so schlimm, muß man drüber weggehen. Und jetzt ist er ja auch pensioniert. Trotzdem, fand ich mutig von Ihnen, Voss, ehrlich, hat sich sonst niemand getraut. Wären fast von der Schule geflogen damals.«

Er sprach, schien es dem Jungen, mehr mit sich selbst als zu seinem Vater oder gar zu ihm, obwohl er sie beide mit seinen schnellen kleinen Kugelaugen anblickte, als müßten sie etwas erwidern. Er steckte sich ein großes Stück Bienenstich auf die Kuchengabel und schob es in den Mund. Der zweite Mann saß still neben dem Jungen auf dem Sofa. Er war schlank, das Gesicht völlig regungslos, als betrachte er sich in einem Spiegel; er hatte seinen Aktenkoffer geöffnet und einige Leitzordner in drei Stapeln vor sich auf den Tisch gelegt, ehe er sich eine Zigarette anzündete. Der Junge fühlte sich neben ihm unbehaglich. Smietana und sein Begleiter ließen ihre Blicke durch den Raum schweifen. Beiden fielen die Bücher seines Vaters auf: Die Bücherwand, aus schwerem, dunklem Holz von einem Tischler angefertigt, bedeckte drei Wände – wie eine bunte Tapete.

»Lesen viel, was, Voss? Muß man auch, sonst bekommt man nichts in die Birne, nur was auf die Glocke, haha.«

Smietana stieß den Jungen über den Tisch hinweg mit seinem dicken Finger an, als hätte er gerade einen Witz gemacht.

»Schiller, Kleiner, verstehst du? Kregel, Papiere.«

Der Mann mit dem Aktenkoffer gab Smietana einen Ordner von seinem Stapel. Smietana nestelte an einer Klarsichtfolie, aus der er schließlich eine Broschüre herauszog. Die Broschüre sah teuer aus: Ein verstärktes Hochglanzfoto von einem Mann im Laborkittel war auf dem Einband, man sah zwei Spiralen in vielen Farben sich ineinanderdrehen, und zurückhaltend, fast unscheinbar, stand in der unteren Ecke: Rassenzuchtveredelung, und, noch kleiner darunter, der Name Josef Smietana.

Der Junge beobachtete seinen Vater, wie er sich eine neue Zigarette anzündete und langsam in der Broschüre blätterte. Voss war erst ein starker Raucher geworden, seitdem er sein Amt aufgegeben hatte. Wenn er eine Zigarette rauchte, hatte man bei jedem Zug das Gefühl, daß er genau zusah, wie der Tabak und das Papier verglühten, wie das Papier aufleuchtete und der Tabak sich wieder in Brand setzte, sich dunkelbraun, dann rot färbte, dann zu Asche verbrannte. Er drückte die Kippe erst aus, wenn die Glut fast schon den Goldrand am Filter erreichte. Sein tödliches Hobby, wie Ellen es nannte.

»Sehen Sie, Voss.« Smietana hob sich schnaufend halb aus dem Sessel und hielt Jakob den aufgeschlagenen Prospekt mit seinen wulstigen Fingern hin. »Veränderte Rassen. Verbesserte Rassen. Mehr Fleisch, weniger Abfall. Dazu kein Leichtgewicht, Knochenbau in Ordnung, brauchen Sie nicht so oft einzuschneiden. Typischer Bodenbrüter. Wie Hawks' Wasserflugzeug. Braucht ja auch nicht zu fliegen, soll nur schmecken.« Smietana lachte und setzte den ganzen Ohrensessel in Bewegung. Der Junge lehnte sich zurück. Sein Vater zuckte mit dem Mund.

»Den Typ«, fuhr Smietana fort, »kriegen Sie mit Ihren Mickerrassen nicht hin. Aber das ist erst der Anfang, Voss, der Anfang. Stellen Sie sich vor, was wir zusammen erreichen könnten, Sie und ich. Peking-Ente gekreuzt mit Stämmen von Löffelohr- und amerikanischer Tafelente, widerstandsfähig in der Aufzucht, zäh, kaum Krankheiten, aber zwei Wochen früher schlachtreif. Na, wär das was? Lassen Sie uns unsere Kräfte vereinigen, Voss. Ich habe Kapitalgeber, die sind an Ihnen interessiert. Ich bin an Ihnen interessiert. Sagen Sie nichts. Sie müssen jetzt nichts sagen.«

Der Junge fand, daß sein Vater nicht so aussah, als ob er etwas sagen wollte. Smietana schnaufte und hievte sich aus dem Sessel. »Nur keine jüdische Hast. Kregel, Jacke.« Der Mann mit dem Aktenkoffer hatte alle seine Papiere schon wieder ordentlich eingepackt und gab Smietana den Trenchcoat. Die beiden verabschiedeten sich. Nur die vier Broschüren und die Papiere, die für seinen Vater bestimmt waren und mit deren Hilfe Smietana ihm die Zahlen erklärt hatte und wie viele Millionen er in absehbarer Zeit damit machen könnte, wenn sie zusammenkämen, blieben wie ein ausgebreiteter Fächer auf dem Tisch zurück. Sein Vater hatte schweigend seine vierte Zigarette zu Ende geraucht und ins Leere gestarrt.

Mach Dir bitte keine Sorgen, Meyer paßt schon auf mich auf. Der Geruch in dem alten Gemäuer ist ziemlich schlimm. Es stinkt nach Moder und dem alten Kalkputz, der durch die Erschütterung von der Decke fällt. Hat etwas von Eierschalen. Nasser Kalk, nach dem man morgens riecht. Selbst der eigene Atem riecht wie das ganze Haus. Ich kann mich in einer alten Wanne waschen. Bis die Dusche wieder funktioniert, dauert es noch. Conny hat die Aktenschränke aufgeräumt, ich sage Dir das nur, damit Du nicht eifersüchtig wirst. Sie ist tüchtig und fleißig, und sie bekommt ein kleines Büro neben meinem, auch wenn Du findest, sie sieht aus, als würde sie nachts nackt im Mondlicht baden. Meyer hat ein Auge auf sie geworfen, ich glaube, deshalb kommt er so oft – aber sie ist nicht wild darauf.

Wie war Deine erste Trauung? Hast Du eine Rede gehalten? Spricht Posbischel noch von mir? Ach, den vermisse ich. Nicht so sehr wie Dich, natürlich.

Es ist erstaunlich, wie wenig man braucht und wieviel Platz man hat, wenn man ein ganzes Haus von innen ausräumt und wieder instand setzt. Ich muß jetzt schlafen. Ich schreibe bald mehr. Vielleicht kommst Du mal.

Ich küsse Dich – und bring Nicki mit.

Jakob

PS: Ich brauche Dich!
PPS: Und ein heißes Bad.

Der Brief war für den Jungen eine Garantie dafür, daß sie sich trotz allem noch liebten.

*

Er mußte sich um das Fahrrad kümmern. Preikzat hatte seine Werkstatt hinten in den ehemaligen Pferdeställen und sich in einer Box ein kleines Büro eingerichtet. Wie immer hörte man von weitem das Radio laufen. Meyer hatte ihn empfohlen; er sei zuverlässig, kenne sich mit Maschinen aus, könne alles reparieren, auch wenn er die betreffenden Dinge nie zuvor gesehen hätte, ein richtiges Improvisationstalent. Voss hatte ihn noch am gleichen Tag eingestellt.

Diesmal stand kein Auto in der Werkstatt, stellte der Junge erleichtert fest – das Coupé seines Vaters hatte in letzter Zeit öfter Macken gehabt und sprang manchmal nicht an. Preikzat würde ihm helfen. Vielleicht hatte er sogar eine Kette da.

»Klar mach ich dir das, aber das kostet 'ne Stange.« Die Zigarette, die er mit den Lippen im Mundwinkel hielt, wippte. Preikzat hatte sich wieder über die Schraubzwinge gebeugt, in der ein öliges, rundes Ding eingespannt war, das er erst abwischte und dann mit einer Feile bearbeitete. Die kahle Stelle am Hinterkopf leuchtete weiß. Er flippte die Asche mit einer peitschenartigen Mundbewegung zu Boden. Links über der Oberlippe war sein Bart hell vom Zigarettenrauch. Preikzat hatte Krebs gehabt. Der Junge wußte nicht genau, was für eine Krankheit das war, aber er wußte, daß Raucher daran starben. Er dachte an die großen, bleichen, knochigen Dinger, wie er sie von Ferien an der See her kannte, und stellte sich vor, wie so ein Krebs einem Menschen durch den Körper kroch und alles mit seinen Zangen zerschnitt.

Preikzat hatte es überlebt – »ein reines Wunder« – und dem Jungen seine Operationsnarben gezeigt, auch die blauen Einstichnarben, wo sie ihm eine giftige Flüssigkeit in den Körper geflößt hatten, um den Krebs zu töten. Neben dem tätowierten Herzen auf dem Rücken seiner linken Hand waren drei knubbelige Wulste.

»Chemo«, murmelte er. »Hab all meine Haare verloren dabei. Und fast das Gemächt, verstehste, die Kronjuwelen, komplett mit Düse und allem. Hätten sie fast wegschneiden müssen, um den Krebs zu kriegen. Jetzt bin ich nicht mehr zu kriegen, verstehst du? Gevatter Hein, falsch verbunden!«

Einer, der dir seine Narben zeigt, dachte der Junge, ist immer dein Freund.

»Ich arbeite nicht länger umsonst. Da sollen sich die großen Herren in ihren Kutschen nichts einbilden«, schimpfte Preikzat.

In Preikzats Werkstatt hingen Kalender an den Wänden, mit nackten Frauen auf Motorrädern oder auf Schaukeln vor grünen Wiesen. Ein langgestrecktes Jaguar-Cabrio, auf dessen silbriger Haube sich eine Blondine im Badeanzug wie eine Katze rekelte.

»Na, laß mal sehn. Hmmh, ganz schöne Nummer. Kaputtfahren könnt ihr. Hingeknallt?«

»Ja, beim Berg. Die Kette ist gerissen.«

Preikzat hob das Fahrrad auf einen Bock, wischte sich die Hände an seinem Blaumann ab und pfiff vor sich hin.

»Mal sehen. Heute nachmittag fahre ich eh in die Stadt. Schutzblech. Felge. Neuer Reifen. Kann ich dir besorgen.«

Er machte sich im Kopf ein paar Notizen, dann strich er dem Jungen mit der Hand über den Kopf.

»Kannst ja nichts dafür.«

Für den Sturz konnte der Junge wirklich nichts. Aber Preikzats Stimmung brachte ihn durcheinander.

*

Zwölf Uhr. Er war wieder in seinem Zimmer. Die Mittagshitze dehnte sich wie ein Zelt über den Ställen. Einzelne Geräusche von klappernden Tassen klangen auf, und manchmal schwirrten Fetzen von Gesprächen durch die Luft. Ein Mann ging über die hellen Betonplatten, als würde er in der flimmernden Hitze schwimmen. Mit aufgestützten Ellenbogen sah der Junge aus dem Fenster. Heute sollten Enten verkauft werden. Alles war in Ordnung. Die Arbeiter, die eine Weile vor ihren leeren Bierflaschen in der Sonne gedöst hatten, lösten sich aus ihrer Erstarrung. Sie hatten Sonne getankt. Der Junge glaubte, Bieratem riechen zu können, als einer der Männer rülpste.

Rechts vor ihm, schräg gegenüber, lag Siegfrieds Haus, ein Stückchen abseits vom Viereck des Hofs, ein neues Gebäude, noch unverbunden in der Geometrie des Rasens. Die roten Klinker glühten, und an der seinem Zimmer gegenüberliegenden Außenmauer wanderten die kurzen Schatten der kleinen Rosenstöcke entlang. Ruth lag am Fenster. Ihr Zimmer befand sich – wie seins – im ersten Stock. Und da das Zimmer des Jungen etwas höher lag, konnte er von oben auf ihre Beine sehen. Sie lag auf dem Bauch und hatte bis auf ihre kurze Hose alles ausgezogen. Ihr nackter Rücken schien in der Hose zu verschwinden. Die Beine hatte sie auf dem braunen Teppichboden zu einem V gespreizt. Die Füße wurden halb vom Fensterbrett verdeckt, der Kopf vom Inneren des Zimmers verschluckt. Sie hörte Musik. Trommelrhythmen tönten zu ihm herüber. Ruth schlug im Takt dazu die Beine auf den Boden. Er stellte seinen Feldstecher ein. *We will, we will rock you.* Sie würde »fuck you« singen. Dann kam das nächste Lied. An ihren Füßen hatten sich Schweißtropfen gebildet. Die Füße bewegten sich in der Luft, die Waden rieben sich aneinander. Dann hielt sie die Beine still. Ein Schweißtropfen rann an ihrem Fuß herab, über die Sohle, und fiel dann von ihrer Ferse. Sie bemerkte es nicht. Ihr Zimmer schien aufgeräumt. Außer ihrem T-Shirt mit dem Aufdruck *Black Sabbath* und ein paar Plattenhüllen neben ihr auf dem Teppichboden lag nichts herum.

Vom langen Hocken taten dem Jungen die Knie weh. Er veränderte seine Position. Im Feldstecher erschien Ruths Fuß rechts auf der horizontalen Skala bei 2 und vertikal bei 1 Komma 5. Er justierte die Einstellung. Ruth bewegte die Zehen nach unten und oben, als würde sie winken. Hatte sie ihn gesehen? Die Anspannung der Muskeln machte ihre Sohlen flach, glatt und weiß. Die kleinen Falten, über die eben noch der Schweißtropfen gelaufen war, verschwanden. Er hätte sie gerne gekitzelt. Sie zappelte mit den Beinen, schneller als vorhin, als würde sie in der Luft laufen. *Bicycle, Bicycle.* Wieder hatte ein neues Lied begonnen. *I want to ride my bicycle, I want to ride my* … Ihre Hüften drehten sich. Er sah sich ihre Schulterblätter an, die ihr wie Flügel aus dem Rücken herausstanden, und hoffte, daß sie sich umdrehen würde, damit er ihre Brüste sehen könnte, als sie plötzlich aus seinem Blickfeld verschwand. Wie eine Schlange zog sie sich nach vorn in die für den Jungen nicht sichtbare Tiefe ihres Zimmers zurück. Ihre Zehennägel hinterließen auf dem Teppich ein Muster, irgendeine Nachricht für ihn, die er nicht richtig verstand.

Ruth. Er wußte fast nichts über sie. Und sie wußte, glaubte er, überhaupt nichts über ihn.

Schon oft hatten Ralf und er hier an seinem Fenster gesessen und sie beobachtet. Der Feldstecher, den ihm sein Vater als Andenken an den Großvater geschenkt hatte, war ihr wichtigstes Gerät. Der Urgroßvater des Jungen war im Ersten Weltkrieg gewesen und hatte damit Artilleriestellungen ausgespäht. Ralf und er erkundeten jede einzelne ihrer Schwächen und Stärken. Hatte sie schöne Beine? Ja. Schöne Brüste? Wieder Ja. Ein großes, weiches Bett? Konnte man nicht sehen. Ruth war für sie die schönste Frau der Welt. Vielleicht nicht so schön wie Nastasja Kinski oder Raquel Welch, fand Ralf, aber dafür lebte sie hier auf der Farm.

Wenn der Junge ehrlich mit sich war, wußte er nicht so genau, warum er sich mit Ralf angefreundet hatte. Wahrscheinlich hatte er es einfach satt, immer der Außenseiter zu sein, nur, weil er der Sohn war von dem Neuen auf der Farm. Ein paar der Eltern seiner Mitschüler arbeiteten sogar bei seinem Vater, wußten, wie der Junge hieß, aber das war auch alles. Man hielt nicht direkt Distanz zu ihm, im Gegenteil. Die Eltern, die bei Jakob Voss beschäftigt waren und Kinder in Nicks Klasse hatten, luden ihn ein, anfangs zumindest. »Mutter Eucken« zum Beispiel, die in der Rupf- und Packabteilung arbeitete, hatte ihn mehrmals nach der Schule mit nach Hause genommen und ihren Kindern, den Klassenzwillingen Hans und Hertha, gesagt, sie sollten mit ihm spielen, damit er Anschluß bekäme. Anschluß war aber nicht das Problem. Eher Langeweile: Sie hatten den ganzen Nachmittag rumgesessen auf dem filzigen Teppichboden, umgeben von Malefizsteinen und einem Kniffelblock, und hatten nicht gewußt, was sie miteinander anfangen sollten.

Der Junge mochte Ralf, weil er zuhörte, wenn er ihm von seinem Urgroßvater erzählte, wie es im Grabenkrieg gewesen war, als sie sich gegenseitig die Spaten in die Köpfe gestoßen und bei Gasangriffen vor Angst geschrien hatten. Mit Ralf konnte er reden. Man konnte ihm von Abenteuern erzählen, auch wenn man selber nicht dabeigewesen war. Ralf war älter als der Junge. Er hatte ein Schuljahr lang zuviel Mist gebaut und war sitzengeblieben. Er war gut im Fußball und besessen von Quartettspielen. Alles, nicht nur Autoquartette, die alten Rolls-Royce Silver Shadow Seraphs oder Flugzeuge, auch Bienen, Kampfschiffe, Wattlandschaften, Sternformationen – was immer es auf diesen kleinen Kärtchen mit dem Bild oben und dem kurzen Text darunter gab, mußte er haben. Es war erstaunlich, was er alles wußte. Warum war Perry Rhodan unsterblich geworden? Man konnte ihn fragen. Welches waren die drei erfolgreichsten Motorenausrüster in der Formel 1? Ralf kannte sie. Dabei hatte er weder Perry Rhodan gelesen, noch sah er sich sonntags die Formel-1-Rennen an. Er kannte nur die Quartette. Der Junge fand es toll, ihm montags dabei zuzusehen, wie er in der Klasse einen neuen Stapel Karten auspackte, den ihm der Zeitschriftenhändler gegenüber von der Schule bestellt hatte. Sie hatten inzwischen sogar Listen der lieferbaren Quartette, die Ralf aufgeregt herumzeigte: Pottwale, Narwale, Finnwale, Gelber-Fluß-Delphine. Am nächsten Tag konnte er dann einiges zu den Bildern auf den Karten erklären, am Mittwoch hatte er seine Lieblinge, und am Donnerstag ging er in den Laden und gab eine neue Bestellung auf. Es war diese Besessenheit, die der Junge mochte.

Ralf und der Junge waren Freunde, obwohl Ralf aus einer der Familien kam, die Jakob Voss und seine Farm am meisten haßten. Ralfs Eltern hatten einen Bauernhof, ziemlich nahe am Dorf. Sie hielten Hühner und Gänse, alles in kleinen Drahtverhauen, und so wie der Ertrag der Kühe noch unter der Milchquote blieb, die einen Mindestpreis pro Liter garantierte, reichte auch das Eier- und Viehgeschäft nicht aus, um den Hof schuldenfrei zu halten. Ralfs Vater hatte mehrfach laut wissen lassen, daß er die Farm für eine »verdammte Tierfabrik« hielt, ja für ein »Scheiß-Vogel-Treblinka«.

Nach einiger Zeit übernachtete der Junge manchmal bei Ralf, oder Ralf bei ihm, und wenn sie im Bett lagen, erzählten sie sich Geschichten, in denen sie selber vorkamen, sprachen über ihre Lieblingsmädchen in der Schule, über einsame Inseln, hoffnungslose Rettungsaktionen und Kämpfe, bei denen ihnen die Kugeln nur so um die Ohren pfiffen. Wenn sie sich ihre Schlafanzüge anzogen, malten sie sich aus, wie die Mädchen sie ansehen würden, wenn sie feststellten, daß sie, gemeinsam mit ihnen gestrandet, von nun an auf sie angewiesen wären. Ralf sagte, die Mädchen wären in einer Hinsicht wie Gott, sie könnten, wenn sie wollten, einfach durch das Haus hindurchgucken, direkt in ihre Zimmer. Der Junge bekam einen Steifen, und sie lachten beide, als er die Beule in seinem Pyjama mit der Hand vergrößerte und mit diesem Pfeil voran durchs Zimmer rauschte:

»Wrummm. Der Antrieb der Zukunft.«

Aber es waren nie die Mädchen in ihrer Klasse, an die sie dachten. In Wirklichkeit war es Ruth. Ruth, die nur auf Fernglasweite von ihnen entfernt in dem anderen Haus schlief. Ruth, von der sich der Junge wünschte, daß sie ihn ansah, so ansah, wie ihn die Mädchen ansahen, die in ihren Träumen lebten: bewundernd, wie einen Helden.

Ralf brachte ihm bei, daß es längere Dinger gab als ihre Jungenschwänze. Sie sprachen tagelang darüber, wie es sein würde, ein richtiger Mann zu sein. Sie studierten die Aufklärungsseiten der *Bravo* – und Ralf hatte Glück: Er hatte einen älteren Bruder, der bei der Bundeswehr war und Hefte mitbrachte.

»Hast du schon mal einen ausgewachsenen Penis gesehen?« fragte Ralf den Jungen eines Tages.

Das erste große Ding, an das sich der Junge erinnerte, war das seines Vaters.

Fast unverwundbar riesig war er dem Jungen immer erschienen, wenn er im Garten stand und zu arbeiten anfing, umgrub, pflanzte, mähte. Dafür hatte er früher meist den Samstagnachmittag gewählt.

Er arbeitete dann bis zum Sonnenuntergang, schaffte für zwei oder drei, wie Ellen sagte. Danach stieg er in die Badewanne, sperrte sich mit den Zeitungen ein und kam erst zum Abendessen wieder heraus. Sein Vater liebte das Baden. Auch wenn er nicht im Stall gearbeitet hatte und nach Enten roch. Er lag gern in der Wanne, mochte den Fichten- oder Latschenkieferduft des Badeschaums, die grüne Farbe des Extrakts, die seine Haut zu verändern schien, die Geräusche der langsam abkühlenden und zerplatzenden Schaumbläschen. Es gefiel ihm, daß man im Wasser fast untertauchen und blubbernd durch die Nase ausatmen konnte, so daß man schließlich nur noch sich selbst hörte, das Plätschern, das eigene Schweigen.

Es war so ein Gartensamstag gewesen, ein Badetag, an dem die Tür nicht wie sonst abgeschlossen gewesen war, als der Junge unbedacht ins Badezimmer trat. Ein Waschlappen lag über den Augen seines Vaters. Es sah aus, als schliefe er. Sein Penis leuchtete im grünen Schaumbad, ganz rot. Er war größer, als der Junge erwartet hatte. Zusammen mit den wie Haut auf heißer Milch schwimmenden Falten seines Hodensacks sah dieser Penis aus wie eine exotische Frucht. Der Penis, der ihn gemacht hatte. Ein komisches Gefühl. Davon konnte er Ralf nicht erzählen. Voss, der in der Badewanne im Schaum lag, der sich treiben ließ, vielleicht schlief, oder an gar nichts dachte. Und der Junge dachte, mit einem Gefühl, dessen Plötzlichkeit ihn überraschte, daß sein Vater auch einfach so sterben konnte. Im Bad liegend. Davontreibend. Schlafend.

Seine Mutter hatte den Vater früher immer bewundernd angesehen, wenn er abends, nachdem er gebadet hatte, am Tisch saß, ein vornehmer, aufrechter Mann, der ihr von seinem Tag berichtete, von den Vorgängen im Rathaus oder von dem, was er in der Zeitung gelesen hatte. Samstags saßen sie meist lange bei Tisch und unterhielten sich. Der Junge stand dann irgendwann auf, um noch fernzusehen.

»Aber nicht zu lange!«

Wenn sie sich so angesehen hatten, nach dem Dessert, und ihn aufstehen ließen, zwei immer noch Verliebte, hatte der Junge gewußt: Es ist Wochenende. Sie würden nach oben gehen und dort miteinander schlafen.

Doch das war früher. Vor der Abdankung. Vor der Farm. Sex gab es hier nicht. Zumindest bekam der Junge nichts mehr davon mit. Der einzige Hinweis darauf blieb in den Büchern in ihren Nachtischschubladen verschlossen. Sein Vater kam jetzt am Samstag mit ihm ins Wohnzimmer, um fernzusehen, wenn er überhaupt bei ihnen aß. Oder er arbeitete in seinem Zimmer, bis seine Frau endlich alleine zum Schlafen hinaufging.

Ralf hatte dem Jungen von Männerschwänzen erzählt, die bis an den Bauch aufragten, wenn sie erregt waren, und riesige Beutel hatten, damit sie den Samen in großen Portionen auf die Frauen spritzen konnten.

»Das geht bis in die Augen!« rief Ralf begeistert.

Wie groß sein eigener schon werden konnte – die Frage war Teil jenes unausgesprochenen Vergleichs, der zwischen ihnen bestand –, das merkte der Junge, als sie im hinteren Teil des Gartens von Ralfs Eltern »Foltern« spielten, mit den herabgefallenen Teilen des Vogelhäuschens und den Bambusstangen, die Ralf aus seinem Indianerzelt nahm. Als der Junge sich als Old Shatterhand mit nacktem Rükken darauf legte und Ralf ihm die Qualen beschrieb, mit denen ihn die Indianer gleich martern würden, bekam er eine Erektion. Ralf flüsterte andächtig »Wow!« und streichelte ihm vorsichtig mit seinem Gürtel über die Brust. Ruth, die dieses eine Mal eingewilligt hatte, als »ihre Squaw« mit von der Partie zu sein, nahm ihm den Gürtel ab. Sie trug ein altes Wildlederkleid von Ralfs Schwester und hatte sich ein Schlangenlederband um den Kopf gebunden, in dem eine Adlerfeder aus Plastik steckte.

»N'tschotschi«, sagte der Junge, »komm, rette mich. Ich will nichts Böses vom roten Mann.«

Aber sie schlug ihn und zerbröselte das morsche Holz des Vogelhäuschens über seinem Gesicht.

»Das Bleichgesicht spricht mit gespaltener Zunge. Es gibt uns Feuerwasser und bricht seine Versprechungen. Der große weiße Vater in Washington hat seine Soldaten geschickt. Das Dampfroß zerstört die Prärie, und ihr tötet ohne Not unsere Büffel. Sprich, Weißer, wo haben sich deine Brüder versteckt, die unsere Zelte überfallen haben? Sprich, sonst mußt du sterben.«

Der Junge hustete die feuchten Splitter und die modrige Rinde aus, aber Ralf, der Winnetou war und mit dem er sich später in Blutsbrüderschaft verbinden sollte, hielt den Jungen fest, während sich Ruth auf seinen Bauch setzte und ihm mit Grasbüscheln die Nase und die Fußsohlen kitzelte. Er spürte ihre Schenkel an seinen Hüften, als sie sich zurechtsetzte, als wollte sie nun zum letzten Mittel greifen, um ihn zum Sprechen zu bringen. Aber dann tauchte Ralfs Mutter auf mit Dietmar im Schlepptau, der sein unvermeidliches Raumschiff in der Hand hielt.

»Kinder, ihr müßt los!«

Der Junge zog sein Hemd wieder an. Schweigend setzten sie sich in Siegfrieds Auto, Ruth vorn, Dietmar mit seinem Klingonenkreuzer zwischen Ralf und dem Jungen. Sie mußten zur Turnhalle. In der Umkleide flüsterte Ralf ihm zu: »Mann, du hast sie gefickt.«

Auch wenn das eine Übertreibung war.

Wirklich »ficken«, so dachten Ralf und der Junge in einer Mischung aus Eifersucht und Bewunderung, würde Ruth wahrscheinlich mit Dennis Fischer, dem Chef der Mofagang. Der holte sie manchmal von den Jazztanzproben ab, die der TSV Rotweiß für jüngere weibliche Mitglieder anbot, während der Junge und Ralf auf eine ihrer Mütter warteten. Die Fischerbande, wie sie die Gruppe von Mofa- und Kraftradfahrern aus der Realschule nannten, versammelte sich nachmittags bei Feldmanns Edeka, weil es dort einen kleinen Parkplatz gab, auf dem sie ihre Maschinen zeigen konnten, die sie mit »Motörhead«-Aufklebern verzierten und vorführten, als wären sie die Hell's Angels. Dennis wohnte nicht weit von der Farm in einem halb verfallenen großen grauen Haus an der Straße. Ralf und der Junge hatten ihn einmal gesehen, wie er Single-Platten aus seinem Fenster warf, als übte er für eine olympische Disziplin. Er schien sich jede Scheibe genau anzusehen, bevor er sich halb drehte und sie dann mit Schwung über die verwilderte Pferdekoppel in Richtung der Pullwicheln abschoß. Eine landete direkt vor den Füßen des Jungen, »Words« von F. R. David. Er steckte die Single ein und spielte sie, bis Ruth sagte, sie fände das eine Scheißmusik.

Immer, wenn Fischer auf seinem Mofa an ihm vorbeifuhr, hatte der Junge das Gefühl, er müsse sich in der Hecke verstecken. Er hatte sich sogar ein System ausgedacht, wie er Stöcke zwischen die Speichen von Fischers Maschine schießen könnte, nach dem Muster von Wurfmaschinen, die den Spießschleudern der Belagerungsarmeen in seinen alten Ritterbüchern glichen. Er würde sie in einer Reihe hinter der Hecke aufstellen, und die ganze Fischerbande würde in diese Falle rollen, unter Schreien und Fluchen die Kontrolle über ihre Gefährte verlieren, so daß die Maschinen gegeneinanderstoßen und ein Chaos von Lederjacken, Metall und knirschenden, splitternden Spiegeln entstehen würde. Fischer würde im Graben landen. Die Raben, die seine Augen fressen würden, saßen schon da – allerdings mit dem Rücken zur Straße, die Schnäbel auf das Gelände der Farm gerichtet, wo manchmal tote Küken, die von den Arbeitern in den Müllcontainer für den Nerzzüchter geschaufelt wurden, danebenfielen.

Fischer galt etwas im Dorf: Sein Vater hatte beim Bau der Eisenbahnbrücke über den Nord-Ostsee-Kanal mitgearbeitet. Immer, wenn man Dennis fragte, wo sein Vater gerade war, sagte er: »Auf Montage.«

Daß das eine Lüge war, daß sich sein Vater in Wirklichkeit mit einer Frau aus dem Nachbarort davongemacht hatte, erfuhren Ralf und der Junge erst später, von Hagen, dem zweiten Anführer der Mofagang. Dennis lebte allein mit seiner Mutter in dem großen Haus. Seine Mutter arbeitete den ganzen Tag, und Dennis schleppte Mädchen ab oder hielt dort mit seiner Bande Hof.

Ralf und der Junge spielten manchmal noch mit Plastiksoldaten oder vertieften sich in Spinne- oder Batman-Comics. Aber ihre Begeisterung für Wörter wie »ficken«, »vögeln«, »Fotze« und für die Bilder und Phantasien war stärker als alles andere. Und seit der Foltergeschichte mit Ruth wußten sie, daß auch sie es bald machen würden. Ralf mit Tanja oder mit Katharina, der Junge mit Katharina oder mit Sabine. Das waren ihre Klassenträume. Das war es, was sie sich gegenseitig erzählten. Aber hinter jedem ihrer Gedanken an Sex steckte eigentlich Ruth.

Der Junge hatte Ralf die Bücher, die sein Vater in seinem Nachtschrank aufbewahrte, niemals gezeigt. Es wäre ihm wie Verrat vorgekommen. Er stand vom Fensterbrett auf und stellte das Fernglas wieder auf den Schreibtisch. In seinem Zimmer tanzten die Staubpartikel in der Sonne. Staub hatte sich ihm wie ein trockenes Band in die Nase und in die Kehle gelegt. Er mußte etwas trinken. Ein Blick auf die Uhr beruhigte ihn: Die Schule war noch nicht aus, er hatte immer noch einen Vorsprung. Ralf hatte noch eine Stunde zu überstehen, würde mit den anderen bei Herrn Feldmann sitzen, in Erdkunde, oder wie sie es hier nannten: Heimat- und Sachkunde. Sie würden auswendig lernen müssen, daß man die Landschaft Schleswig-Holsteins nach der letzten Eiszeit in Marsch, Geest und das Ostholsteinische Hügelland unterteilte, daß die Endmoränen, die Grundmoränen, die Sander und die vor zwanzigtausend Jahren mitgeschleppten Findlinge »besonders bei uns in der ostholsteinischen Schweiz«, und hier würde sich der Ton von Herrn Feldmanns Stimme in ekstatische Höhen schrauben, als wollte er singen, »bis heute ihre sichtbaren Zeugnisse hinterließen«. Die Zeugnisse einer Landschaft. Hätte er neben ihm gesessen, dann hätte Ralf sich jetzt wohl zu ihm herübergebeugt, auf seine Hand gewiesen, die einen Hohlraum formte, und geflüstert: »So kleine Häuflein. Als hätte die Erde geschissen.« Höchstens 2+. Er nahm sich das Buch vor.

Drei Vormittags stellte der Junge sich die Zeit bis zum Mittag wie eine Treppe vor. Dann, so wenig genau zu bestimmen wie der magnetische Südpol, kam der Mittag, eine Zeit, die auf der Spitze des Tags balancierte, ein Augenblick, in dem die Sonne so senkrecht über einem stand, daß man keinen Schatten mehr warf. Die Zeiger der Uhr bewegten sich nicht, und man wurde selbst zum Zeiger, wenn der eigene Schatten wieder zum Vorschein kam. Ein leichtes Zittern schien durch alles zu gehen. Dann landete die Zeit auf der weiten trägen Fläche des Nachmittags, wie ein Wasserflugzeug auf der kaum bewegten Spiegelfläche eines Sees.

Unter rhythmischen Bewegungen kam der Junge zu seiner Lieblingsszene in den *Schwedischen Liebesgeschichten*. Er hielt das Taschenbuch in der linken Hand, bemüht, den Riß auf dem Einband, auf dem eine Frau und ein Mann im Weichzeichnerlicht zwischen hohen Gräsern auf einer Wiese abgebildet waren, nicht durch zu kräftigen Druck auf den Buchrücken oder ungeschicktes Blättern zu vergrößern. Das Papier war dünn und schmuddelig vom vielen Anfassen, die Oberfläche der Seiten aufgerauht, so daß sie sich unter den Daumenkuppen ganz weich anfühlten, wie die Federkissen in seinem Bett.

Ann-Britt verführte Bengt, den Jungen im Boot: Sie zog ihm die Hose aus, nahm seinen Schwanz in den Mund, lutschte ihn, kaute ihn und ließ sich dann von Bengt nehmen.

Er fing das Sperma auf, indem er gleich, als die erste

Welle seines Orgasmus kam, seine Vorhaut über die Eichel zog und die zarte Haut seines Schwanzendes zwischen Zeige- und Mittelfinger wie mit einer Büroklammer zusammendrückte. Wie ein Elefantenrüssel war ihm seine Vorhaut immer vorgekommen, wenn sein Schwanz nicht stand. Er schlug die Decke zurück, klammerte seine improvisierte Auffangkammer so fest, daß es fast weh tat, und ging aufs Klo.

Bevor er spülte, roch er an seinen Fingern. Das Sperma hatte einen sauren, leicht fruchtigen Geruch, wie fettarmer Quark. Er versuchte, sich vorzustellen, wie eine Frau das schluckte. Aus Neugier leckte er mit der Zungenspitze daran. Er mochte es nicht. Viele Vitamine sind darin enthalten, hatte Ralf mit seinem Quartettkartenwissen behauptet, es soll sehr nahrhaft sein, im Grunde reines Eiweiß. Ann-Britt hatte Bengt in ihrem Mund kommen lassen, nachdem sie seinen Schwanz ein zweites Mal zum Stehen gebracht hatte. Konnte man den Geschichten glauben? Manchmal zweifelte er daran. Jetzt, nachdem er abgespritzt hatte, kam ihm das ganze Rein-Raus-Spiel, wie es sich in dem Buch abspielte, leer und traurig vor. Er war gekommen. Aber im Grunde war es, als hätte man gekotzt. Er wußte, daß sich dieses Gefühl bald wieder ändern würde, spätestens, wenn er Ruth wiedersah, und er wußte nicht, ob ihn die Aussicht auf ein Wiedersehen mehr quälte als entzückte. Nach dem Wichsen wußte er gar nichts mehr.

Er verstaute das Buch wieder unter der Matratze. Ann-Britt sah nicht aus wie Ruth. Sie war blond. Das stand da ganz deutlich. Ruths Haar war schwarz, lang und so dünn, daß man ihre Kopfhaut sah. Aber es war voll genug, um ihr Puppengesicht mit dem großen Schmollmund zu rahmen.

Der Gedanke an ihren Mund, in dem er gern gekommen wäre, erregte ihn schon wieder.

Das Zimmer war heiß und stickig, er wußte, er würde lüften müssen. Er strich die Bettdecke glatt und streifte sich die Unterhose wieder über. Die Digitaluhr neben dem Bett zeigte sieben Minuten vor zwei. In Ruths Zimmer, in das jetzt die Sonne knallte, war niemand zu sehen. Er klappte das Fenster auf. Dann ordnete er die Schulsachen auf seinem Schreibtisch. Heute war nicht der Tag, um Aufsätze zu schreiben, fand er, aber früher oder später würde er ihn schreiben müssen. Das hatte ihm Pörschke am Morgen eingeschärft, bevor er ihn mit seinem vorgespielten Katarrh ziehen ließ: »Montag mußt du die Heimat- und Sachkunde-Hausarbeit abgeben, hörst du? Das ist der letzte Termin für euch, hat Kalli, ich meine Herr Feldmann, gesagt.« Kalli und Pörschke waren ein Paar, so munkelte man. Obwohl Feldmann noch mit seiner Frau und einer Tochter in einer hübsch renovierten Bauernkate mit Reetdach und kleinem Kräutergarten nicht weit von der Schule wohnte, hörte das Gemurmel über die »Schwulis« im Lehrerkollegium nicht auf. Lange, die Experten waren sich einig, würde das nicht so weitergehen, denn es war vielen Eltern bereits jetzt ein Dorn im Auge. Dem Jungen war der Aufsatz herzlich egal. Auf dem Hof wurde der Motor eines Lastwagens angelassen.

*

Auf der Farm schien das Geschäft tatsächlich gut zu laufen. Seine Ankunft war zwölf Wochen her, ein Vierteljahr. Der Junge war sich bis jetzt nicht sicher, ob das eine kurze oder lange Zeitspanne war. Die Lastwagen fuhren an den

Schlachttagen wie Uhrwerke aufs Gelände, hielten am Kühllager, wo sie beladen wurden, und fuhren dann wieder vom Hof. Was sie abtransportierten, würde in den Restaurants der weiteren Umgebung bald darauf als »Peking-Ente«, »Spezialität des Hauses« und »Entenwochen!« auf der Speisekarte angeboten. Seine Eltern schienen sich zu freuen, daß er wieder bei ihnen war. Es schien die Stimmung zwischen ihnen aufzulockern. Sein Vater zeigte ihm die Farm, und der Junge hatte dadurch zum ersten Mal das Gefühl gehabt, daß sie nun wieder auf dem Weg seien, eine Familie zu sein. Vielleicht hatte er ihnen gefehlt.

Er selbst verbrachte viel Zeit auf dem Fahrrad und erkundete die Gegend. Ein Voss mußte sein eigenes Fortbewegungsmittel haben, hatte sein Vater gesagt und ihm gleich das beste und schönste Rad gekauft, das in dem Fahrradladen neben der neuen Schule des Jungen im Nachbardorf zu haben gewesen war – extra zu groß, denn er hatte gerade erst wieder einen Schub in die Höhe gemacht, und seine Eltern wollten nichts riskieren mit seinem ersten richtigen Rad. Im kleinen, dachte der Junge oft, wenn er die Feldwege entlangraste, die für die Traktoren der Bauern mit Betonstreifen im Abstand ihrer Achsen ausgelegt waren, wenn er auf dem Weg von einem Ort zum andern war, tat er das, was seine Mutter mit ihrem Audi tat und was sein Vater früher immer getan hatte: Er erkundete, legte sich eine innere Landkarte an, schuf sich Wege, saugte Gerüche ein, die er aus der Stadt nicht kannte, Gerüche von Schweinekoben oder von ausgedünnter Milch auf dem Kopfsteinpflaster vor der Meierei. Er grüßte freundlich, wenn er jemanden traf, die Nachbarn, die Bauern auf den Feldern, die Ahrens, Höfts, Petersens. Es waren Nickbekanntschaften. Das Farmleben war neu für ihn. Der Junge war noch nie jeden Tag mit so vielen Menschen konfrontiert gewesen, er fühlte sich trotzdem allein. Jeden Tag kamen Vertreter vom »Wienerwald«, Einkäufer von Supermarktketten und Pächter chinesischer Restaurants in ihren Mittelklasselimousinen vorgefahren, um über die Preise der nächsten Lieferung zu verhandeln. Auch Smietana gab nicht auf. Er wurde ein lästiger Stammgast.

»Irgendwann wird er vergrößern müssen. Das ist betriebswirtschaftliches Gesetz«, hatte Smietana vor sich hin gemurmelt, als er eines Tages wieder in sein schuhschachtelartiges amerikanisches Auto gestiegen war, seine »Kiste«, wie Voss sagte. Und sein schweigsamer Begleiter, der »korrekte« Kregel, hatte ihm die Tür aufgehalten.

Der Junge fragte sich oft, warum sein Vater Smietana, den er doch offensichtlich nicht mochte, überhaupt ins Haus ließ.

Das Geschäft laufe gut, erklärte Jakob Voss seiner Familie, wenn sie wieder einmal gemeinsam bei Tisch saßen oder zusammen einen Ausflug unternahmen. Der Junge durfte sich neue Sachen kaufen, wann immer er wollte. Sein Vater ermunterte ihn. Er achtete darauf, daß er wenigstens am Wochenende wieder mehr Zeit für seinen Sohn hatte. Aber es war nicht wie früher. Voss hatte sich zu viel vorgenommen. Er wollte, das spürte der Junge, allen beweisen, daß er es zu etwas gebracht hatte, daß der Schock überwunden, daß aus dem Absturz ein triumphaler Wiederaufstieg geworden war, und daß er, trotz aller Arbeit, noch derselbe war, ein liebender Vater, ein guter Ehemann.

Der Junge verstand, daß es seinem Vater lieber war, wenn er ihn auf den Rundgängen über die Farm begleitete oder sich auf eine Cola zu ihm ins Büro setzte. Sein Vater wurde nervös, wenn er eine Stunde lang nichts tat, nichts diktierte oder nicht kalkulierte. Er wollte immer erreichbar und seinen Leuten ein ständiges Vorbild sein. So hatte der Junge seinen Vater selten für sich allein. Sein Vater war für alle »der Chef«, und der Junge spürte den Respekt, den man Jakob Voss entgegenbrachte, auch in der Gaststätte im Dorf, wo sein Vater sich manchmal auf ein Glas Bier mit Meyer traf und zuerst immer dreimal auf die Tischplatte des Stammtischs klopfte, um alle zu begrüßen. Die Leute wußten jetzt, wer er war. Allerdings merkte man ihrem zögernden, stummen Grüßen das Unbehagen an, daß hier jemand gekommen war, der nicht ins Dorf paßte, der die Dorfgemeinschaft – wie freundlich und gut er es auch meinte – aufmischte: einer von außen, mit neuen Ideen.

Auf der Farm fiel dem Jungen auf, daß es zwischen seinem Vater und dessen Bruder so etwas wie eine stillschweigende Übereinkunft geben mußte: Sie übersahen einander. Unter den Arbeitern wurde viel gemunkelt. Hetzten sie Siegfried vielleicht gegen den Bruder, den Chef auf? Gaben sie ihm zu verstehen, daß er nichts Besseres war als sie, abgesehen davon, daß er, als Bruder des Chefs, am Tropf hing? Dem Jungen blieben Siegfried und seine Frau fremd, er scheute sich, ihr Haus zu betreten, und brachte der Tante oder dem Onkel nicht mehr als Höflichkeit entgegen, genau wie seine Mutter es tat. Allerdings mußte er sich an Dietmar, Ruths jüngeren Bruder – »den Bekloppten«, wie er unter den Arbeitern auf der Farm hieß –, halten und auf dessen merkwürdige Rituale eingehen, wenn er näher an Ruth herankommen wollte, denn ihr Anblick hatte ihn umgehauen, schon als er sie das erste Mal sah.

Das sollte seine Cousine sein? Die Tochter von Siegfried und seiner Frau? Die Schwester des Bekloppten? Ruth, die sich nicht vorstellen kam und von der er, Nick, sich niemals hätte vorstellen können, daß sie so schön war?

Der Junge und Dietmar trafen sich oft auf dem Gelände der Farm. Und das Seltsame war, daß Dietmar ihn mochte. Er zeigte ihm seine Spiele, redete auf ihn ein, erzählte ihm vom Fernsehen und von der wirren Welt seiner Träume. Dietmar suchte die Gesellschaft des älteren Cousins, der oft Mühe hatte, ihn abzuschütteln. Einmal hatte Dietmar römische Legionäre mit Eisenfüßen plötzlich in der Klärgrube verschwinden lassen: »In die Cloaca Maxima!« befahl er den Plastikkohorten mit Feldherrnstimme und schubste das teure Spielzeug vom Klärgrubenrand. Er behauptete, so sei es bei Hannibals Kesselschlachten zugegangen, aber der Junge hatte in den Geschichtsbüchern seines Vaters nachgesehen und gemeint, Wasser hätte es vielleicht auch getan. Wenn Ruth auf der Farm war und nicht bei Fischer auf dem Rücksitz saß, kümmerte sie sich um Dietmar. Und so schien dem Jungen der Weg zu Ruth lange Zeit nicht nur durch den Wiesenstreifen, der ihre beiden Häuser auf Steinwurfweite voneinander trennte, versperrt.

Ein einziges Mal war er dann doch in Siegfrieds neuem Haus gewesen. Es war erst einige Tage her. Die Neugier, eher die Begierde, Ruth zu sehen, war größer gewesen als die übliche Scheu vor dem Onkel und der Tante. Das Haus selbst hatte den Jungen immer abgestoßen, obwohl es nicht häßlich war, eine kleinere Version ihres »Bungalows«. Aber es gab keine Blumenbeete, keine Hecken, keinen Teich davor, nicht einmal die Andeutung von einem Garten. Das Haus ragte einfach so aus dem Rasen. Unter der Verschalung sah man die Kellermauern wie freigelegte Zahnhälse. Sein Vater, der große Gärtner, hatte Siegfried seine

Hilfe nicht angeboten. Um das Haus herum lag noch Baugerät, eine Schaufel, mehrere Bretter, die aus einem Sandhaufen herausragten. Das Haus wirkte wie in den Boden gerammt.

Der Junge war hingegangen, um Dietmar seine alten Plastiksoldaten zu geben. Er hatte endlich wissen wollen, wie es in Ruths Zimmer aussah, von dem er nur die Ausschnitte kannte, die von seinem Fenster aus einzusehen waren. Alle Häuser waren steinerne Höhlen, gefährliche Plätze voll dunkler Machenschaften und anderer Leben, so daß sein Herz klopfte, als er auf die Klingel drückte.

Mit seinen zwanzig Mann »Britisches Kommando« in einem alten Persilkarton trat er ein. Dietmar war nicht zu Hause, aber damit hatte der Junge insgeheim gerechnet. Ruth habe sich hingelegt, würde aber gleich herunterkommen, beeilte sich Siegfrieds Frau zu sagen, er könne ja solange warten. Die Vorstellung, daß die dicke Person seine Tante sein sollte, war ihm immer noch unangenehm. Von der ersten Begegnung an, damals in ihrer früheren Wohnung, hatte er sie nie als Verwandte akzeptiert. Er merkte, daß sie einen Moment lang unschlüssig war, ob sie ihn bitten durfte, die Schuhe auszuziehen. Sie kaute an der häßlichen Bartspur unter ihrer Lippe. Das machte den Jungen mutiger. Er schlüpfte, den Henkelkarton schlenkernd, an ihrer massigen, von der Schürze kaum gebändigten Gestalt vorbei. Im Flur war es kühl. Der Junge sah sich neugierig um. Seine Turnschuhe schlappten über Fliesen, die nicht wie in ihrem eigenen Haus aus dem rötlichen Material waren, das Frau Meyer »Terrakotta« und »exklusiv« nannte. Es waren einfache Fliesen in einem kalten pißgelben Ton. Es gab keine Läufer. Die Tante schlurfte hinter ihm her und schob ihn an einer Treppe vorbei. Der Junge lauschte angestrengt hoch, hörte aber kein Geräusch. Ruths Mutter öffnete eine Tür mit einer Scheibe aus geriffeltem Glas, die ins Wohnzimmer führte. Er mußte sich auf die große braune Couch setzen. Deren Fransen hingen bis auf den Teppich. Die Tante schnaufte hinaus, um Kekse zu holen, wie bei ihrer ersten Begegnung kam sie mit einem Teller alter, vertrockneter Schaumwaffeln zurück. Sie setzte sich ans andere Ende der Couch und beobachtete ihn beim Kauen. Der Junge starrte konzentriert auf die Schrankwand. Wann würde die Tante endlich nach oben gehen und Ruth Bescheid sagen? Vermutete sie, daß Ruth ihn schon gehört, vielleicht sogar erwartet hatte? Oder wollte sie ihn einfach für sich haben, endlich einmal einen Gast aus dem anderen Haus, ihren Neffen? Ja, so etwas mußte es sein. Hinter ihnen tickte eine Wanduhr. Ruth kam nicht. Der Junge wurde nervös. Aus den Augenwinkeln versuchte er festzustellen, ob es im Gesicht der Tante irgendeine Ähnlichkeit mit Ruth gab. Aber selbst wenn er sich die dicken Brillengläser unter den gezupften Augenbrauen und den Katzenmund, die Fettfalten und die Haare um den Mund wegdachte, schien es ihm ganz unmöglich, daß diese Frau Ruths Mutter war. Sie rutschte unruhig hin und her, als wollte sie die richtige Sitzposition finden. Der Junge hatte das Gefühl, als müßte sich das Sofa jeden Moment zu ihrer Seite neigen, und er machte sich unwillkürlich schwer. In der Schrankwand standen nur wenige Bücher, darunter, in weißen Einbänden, deren zusätzlicher Zellophanschutz am Rücken weder Risse noch Fingerabdrücke aufwies, eine Reihe mit den Werken der Nobelpreisträger, eine Prachtausgabe vom Buchklub, und ein Lexikon. Porzellanfigürchen, ein gelbes Likörservice, Mokkatassen und zwei achteckige Vasen wurden durch ein Schiebefenster geschützt.

Neben dem eingebauten Fernseher stapelten sich ausgelesene Fernsehzeitschriften. Ihm fiel auf, wie ordentlich alles war, besonders im Gegensatz zu der Wohnung, in der er sie das ersten Mal gesehen hatte. Kein Staubfleck, die Marmorbank vorm Fenster blitzblank abgewischt, Untersetzer mit Jagdszenen auf dem Tisch. Der Junge spielte mit seinem Schlüssel.

Endlich fragte sie ihn etwas: »Bist du gut in der Schule?«

»Ja, es geht.«

»Wie gut bist du in der Schule?«

Hilflos zuckte er mit den Achseln. Was sollte er sagen? Daß er tausendmal besser war als Dietmar, daß er mehr wußte als die Schüler zwei Klassen über ihm, daß er trotzdem Strafarbeiten aufbekam, weil er oft keine Hausaufgaben machte?

»Ich wollte auch immer gut sein in der Schule.« Sie schien ihm etwas von sich erzählen zu wollen, etwas aus ihrer Vergangenheit, vielleicht wie sie so geworden war und wie jetzt alles anders werden sollte. Doch am Ende kam nichts weiter aus ihrem Mund als ein Schnaufen. Er hatte das Gefühl, daß sie sich, falls sie das Gespräch fortsetzte, immer weiter in Hilflosigkeit verlieren würde. Wollte sie ihm erzählen, wie es für sie hier war, auf der Farm – ganz anders als für ihn? Er spürte ihr Bedürfnis, ihm etwas mitzuteilen. Wollte sie ihm vielleicht sagen, wie es war, in diesem Körper eingesperrt zu sein? Ein Mensch, der aus seinem Fett nicht mehr herauskonnte? Furcht überkam ihn, Furcht vor Geständnissen dieser Frau, die seine Tante war und vor der er sich ekelte.

»Hätten Sie etwas Saft, oder Cola vielleicht?«

Er war gespannt, ob sie auch in der neuen Wohnung sofort aufspringen würde wie beim ersten Mal.

Während sie sich schaukelnd auf den Weg durch den Flur machte und er ihr mit dem kalten Interesse eines Naturforschers nachsah, stand er auf und betrachtete die Fotos auf der kleinen Kommode unter der Palme. Alte Bilder von Siegfried, ein Hochzeitsbild von ihnen beiden, das eine andere Frau zu zeigen schien, so sehr hatte sie sich verändert. Kinderbilder mit bunten Ballons, ein Pixifoto von einem Jungen, Dietmar, am Telefon. Sie kam zurück und brachte ihm Milch.

»Tut mir leid, es war nichts anderes da.«

Er spülte die Reste der Waffeln herunter und wollte ihr schon den Karton mit den Soldaten für Dietmar aushändigen und gehen, aber sie winkte fast panisch ab und bestand darauf, daß er noch blieb.

»Ich gehe gleich Ruth holen. Ich bin so oft allein, weißt du.«

Nervös fingerte der Junge unter dem Tisch, so daß die Tante es nicht sehen konnte, in dem Karton nach einem Soldaten, erwischte einen am Fuß und zog ihn vorsichtig heraus. An bestimmten Formen der Plastikfigur konnte er, wie ein Blinder, die Tätigkeit und den Rang des Soldaten ablesen. Es war ein Oberst, der sich mit einer Hand ein Fernglas vor die Augen hielt. Die andere hatte er gehoben, als wollte er dem Kommando jeden Moment das Signal geben, loszustürmen und dieses Wohnzimmer zu besetzen.

Als er versuchte, den Deckel des Kartons wieder anzudrücken, fiel ihm die Figur aus der Hand.

»Hättest du gern Geschwister?« fragte die Tante.

Er antwortete nicht, sondern beugte sich halb über die linke Seite nach unten, als suchte er dort nach einer Antwort. Sie sah ihn interessiert an, als glaubte sie, jetzt endlich etwas gefunden zu haben, an dem sie ansetzen konnte.

»Viele Leute glauben, daß Geschwister einem in schwierigen Zeiten zur Seite stehen. Das ist wichtig, verstehst du? Hättest du gern welche?«

Der Junge tastete, ohne den Blick von ihrem Gesicht abzuwenden, auf dem Boden herum. Der rauhe Nadelfilz des Teppichbodens fühlte sich drahtig an, trocken und zugleich fettig. Er fand die Figur nicht. Sie war verschwunden. Er versuchte, sich länger zu machen, ohne der Tante das Gefühl zu geben, daß er in ihrem Wohnzimmer irgend etwas Verbotenes tat.

»Siegfried«, sagte die Tante, »hat deinem Vater immer geholfen, schon als Kind. Er hat auf seinen kleinen Bruder aufgepaßt, sagt er, und immer für ihn gesorgt. Es ist gut, wenn man Brüder hat.«

Der Junge machte den Hals lang und nickte ihr zu, während er das Gefühl hatte, mit allem, was er war, in seinen linken Arm hineinzuwachsen. Er spreizte die Finger und ließ den Arm wie einen Schlauch auf Wanderschaft gehen: Mr. Fantastic, der Chef der Fantastischen Vier. Er spürte, wie ihm etwas Haariges über den Handrücken glitt, und zuckte zurück, aber es waren nur die Fransen, die den Unterleib des Sofas vor Blicken schützten. Er stellte sich vor, wie sich sein Arm in der Achsel drehte und hinter den losmarschierenden Fingern herlief.

»Ruth kommt bestimmt gleich«, sagte die Tante.

Er spürte, er hatte nicht genug gesagt, sie gab auf.

»Kann ich schon mal raufgehen?«

Sie schien jetzt zu fiebern, ihr Blick wurde glasig, so daß der Junge einen Moment dachte, sie würde gleich anfangen zu weinen. Hatte er sie gekränkt?

»Ja. Geh nur.«

Er bedankte sich für die Milch, nahm den Karton und

schloß leise die Tür hinter sich. Durch die Riffelglasscheibe sah er ihren riesigen Körper weiter regungslos auf der Couch sitzen. Er würde den Soldaten dort lassen müssen.

Er ging die Treppe hinauf. Am Fenster auf dem Treppenabsatz hatte sich eine Spinnenkolonie angesiedelt. Sie stand in einem merkwürdigen Kontrast zu der ansonsten peniblen Sauberkeit der neuen Wohnung seiner Tante. Vielleicht mußte er deshalb angesichts der aneinandergeklebten Netze an Reihenhaussiedlungen denken, kleine abgeteilte Parzellen mit Vorgärten und Buchsbaumhecken, über die man sich zum Geburtstag mit einem Glas Sekt gratulierte, wo man über einen neuen Rasenmäher sprach oder über den HSV, der ausnahmsweise nicht verloren hatte. Er kannte das vom Stadtrand, wo sie gewohnt hatten. In jedem Netz hockte eine Spinne, reglos lauernd, wie ein Wochenendpapa, der die Grillkohle angezündet hatte und nun neben seinem Teller mit Thüringer Würstchen, Bauchfleisch und Kartoffelsalat auf den Moment wartet, daß die Holzkohlen durchgeglüht waren.

»Die Häuser der Mittel- und Langfristigen«, hatte seine Mutter diese Vorstadtidylle genannt, aus der im Grunde auch sie stammte und die für sie die Hölle bedeutete: eine Hölle, in der nichts Aufregendes mehr geschah, weil alles schon entschieden war. Sie kam damit, damals, als sie noch im Meldeamt gearbeitet hatte, täglich in Berührung, wenn sie den jungen schnurrbärtigen Familienvätern, die bei der Polizei, auf dem Bau oder bei Maschinenbauunternehmen arbeiteten und einen Bauch bekamen vom sicheren Leben, neue Pässe oder Geburtsurkunden ausstellte.

»Jetzt weiß ich, was ›wohnhaft‹ bedeutet.«

Ellen Voss hatte Angst gehabt, eine sie ständig verfolgende Angst, so zu werden wie diese Männer und Frauen, die sich in ihrem Sicherheitsbedürfnis mit dem Naheliegenden zufriedengegeben hatten – dem ersten Freund, dem kleinen Haus, der schmalen Rendite des Bausparvertrags.

»Man kann doch nicht einfach alles abblocken, nur weil man nichts wagt«, sagte Ellen – und hatte Jakob Voss gewählt. Logisch, dachte der Junge, sein Vater war ehrgeizig und riskierte etwas. Er hatte mit seiner Frau und seinem Sohn das enge Kleinstadtleben hinter sich gelassen. Jetzt lebten sie ohne Netz und doppelten Boden. Aber seine Mutter fand offenbar auch das nicht richtig.

Der Junge betrachtete den behaarten Körper in einem der Netze, die schwarze Frucht auf acht Beinen, die regungslos vor der Scheibe hing und auf die Gelegenheit wartete, ins Reich des Nachbarn einzudringen, den Vorgarten nebenan. Spinnen sollten sogar auf ganz leise Schwingungen reagieren, die von den Netzfäden übertragen wurden. Er summte versuchsweise die Spinne in der hinteren linken Ecke an.

»Eklig, nicht?«

Ruths Stimme schreckte ihn aus seinen Träumereien.

Ruth hatte ein langes T-Shirt an, aus dem ihre Beine hervorragten. Schöne dünne Beine, an denen kein Haar zu sehen war. Ob sie noch etwas darunter trug, war nicht zu sehen.

Der Junge sagte, daß sie die Spinnen doch wegmachen könne.

»Spinnen sind ein Zeichen für gutes Raumklima, hat meine Mutter gesagt. Sie hat das aus dem Fernsehen. Außerdem bringt es Unglück, wenn man eine Spinne zertritt.«

Ihre eigenen Füße wippten sacht und nackt am Rand der

obersten Treppenstufe. Sie kam herunter, langsam, in dem sicheren Wissen, daß der Junge auf ihre Beine schielte.

»Wir haben ihnen übrigens Namen gegeben. Das da bist du.«

Sie zeigte mit ihrer schlanken Hand auf die Spinne neben der, die der Junge gerade angesummt hatte, eine dicke, fette, schläfrige Spinne, der man das Funkeln ansah, mit dem sie die kleinere, schmächtigere betrachtete.

»Die wartet auf einen Fick, siehst du?«

Und wie auf Kommando, und weil Ruths Hand an seiner Schulter vorbeigriff und das Netz wie eine Harfe zart anschlug, bewegte die Spinne sich langsam, aber unaufhaltsam auf die Ecke zu. Ruths Brüste streiften seinen Rücken.

»Die Spinnenweibchen fressen ihre Männer nach dem Ficken auf, wußtest du das?«

Der Junge bekam eine Erektion und versuchte, sie mit seinem Persilkarton zu verbergen.

Ruth drehte sich um und ging die Treppe hinauf. Der Junge folgte ihr.

In Ruths Zimmer war es dunkler, als er erwartet hatte. Sie hatte die Rolläden halb geschlossen. Es fiel nur ein schmaler Streifen Licht herein, der aber das Bett nicht erreichte. Als sie die Tür aufzog und ihn an sich vorbeischob, schlug ihm ein warmer säuerlicher Geruch entgegen. Sie hatte das Bett noch nicht gemacht.

»Setz dich irgendwohin«, sagte Ruth. Er setzte sich auf die Bettkante und roch ihren Schlaf. Eine Fliege summte durchs Zimmer. Ruth knipste die Nachttischlampe an. Er saß auf dem T-Shirt, in dem sie geschlafen hatte, ein blaues Männerding, Fruit of the Loom, mit der Aufschrift: *Es gibt kein richtiges Leben im falschen T-Shirt.* Neben dem

Bett stand ein Regal, auf dem BHs, Pullover, Schalen mit billigem Schmuck, Kosmetikartikel und Musikkassetten durcheinanderlagen. Das Bett war noch warm.

»Ich hab Migräne …«

»Ich kann ja wieder gehen, wenn du krank bist«, sagte der Junge schnell und machte Anstalten, sich zu erheben. Sie stieß ihn, mit einem verächtlichen Blick auf die Schwellung in seiner Hose, aufs Bett zurück.

»… gespielt. Magst du Bowie?« fragte sie.

Er zuckte mit den Achseln: »Weiß nicht.«

Ruth legte eine Kassette ein und zeigte ihm das Cover, das am Phonoturm lehnte.

»David Bowie. Hab ich mir gerade überspielt. Ist von Dennis«, sagte sie.

Auf dem Cover war ein Gesicht unter hellroten, fransig hochfrisierten Indianerhaaren zu sehen, ein über den Wangenknochen rotgeschminktes Gesicht mit silberrot glänzenden Lippen, von dem der Junge nicht sicher war, ob es einem Mann oder einer Frau gehörte.

»Aha«, sagte der Junge. Von Dennis.

Sie hörten ein Lied, das sehr blechern klang und am Anfang voller Fieptöne war, die höher und immer höher anstiegen. Sie erklärte ihm, daß es in dem Lied um einen Raumpiloten ging, der nach dem Start die Kontrolle über sein Schiff verlor und daraufhin seiner Frau, die er nie wiedersehen würde, letzte Grüße zusang, während er in seiner Kapsel immer weiter in das Weltall schwebte.

»Geil, nicht?«

Der Junge nickte, konnte aber nicht sagen, was daran geil war.

»War es ein Unfall?«

Sie sah ihn verständnislos an.

»Ich meine, daß das Raumschiff nicht mehr reagiert hat.«

»Was denn sonst?«

Möglich wäre ja auch gewesen, daß es Selbstmord war, dachte der Junge, behielt den Gedanken aber für sich. Jedenfalls schien ihm Major Tom, als er am Ende des Songs von seinem Abdriften sang, nicht besonders traurig zu sein.

»Du siehst übrigens ein bißchen aus wie David Bowie. Man müßte dir nur die Haare zurechtmachen …«

Sie nahm eine Tube Gel von ihrem Regal. Er rutschte ein wenig zum Kopfende des Bettes hoch, als sie sich neben ihn setzte.

»Renn doch nicht weg. So.«

Sie fuhr ihm mit den Fingern, auf die sie vorher etwas von dem Gel getan hatte, durchs Haar. Das Geräusch, mit dem die Tube für die ausgepreßte Masse wieder Luft einsaugte, klang wie eine Mischung aus Schlürfen und Furzen. Ruth schminkte ihn.

»Halt still«, rief sie und schlug ihm auf die Finger, als er sich Wimperntusche aus dem Auge wischen wollte.

»Es brennt!« zeterte er.

»Sei kein Baby.«

Ihr Verschönerungsarsenal auf der Ankleidekommode, das sie nun zusätzlich zur Hilfe nahm, bestand aus Tuben, teilweise mit aufgeschnittenen Falzen, aus denen angetrocknete Schminke herausbröckelte. Er sah auf Essenzen in Flaschen; Haarnadeln, Steckkämme und Klammern lagen durcheinander. Vielleicht, dachte der Junge, war es bei Mädchen einfach so. Vollgemüllt.

Ruth klappte ein Kästchen mit Eye Shadow auf, legte einen spitzen Pinsel zurecht, ließ aber gleich wieder davon ab.

»So. Das kommt eh zuletzt. Erst die Grundierung.« Sie trug eine kalte weiße Creme aus einem Tiegel mit französischer Aufschrift auf seinem Gesicht auf. Es machte ihn wahnsinnig, ihre Finger in seinem Gesicht zu spüren.

»Jetzt noch ein bißchen Puder auf die Wangen. Ja, das sieht gut aus.«

Er fand den Geruch furchtbar, und es kitzelte, als sie ihm mit dem Pinsel Rouge auflegte. Er mußte niesen. Sie hielt seine Hände fest, die sich unwillkürlich zur Nase bewegt hatten.

»Nicht anfassen, sonst ruinierst du alles!«

Es war schön, von ihr angefaßt zu werden, schön, von Ruth als ein Junge betrachtet zu werden, der ihrem Ideal-Mann Bowie ähnelte, von ihr gehalten und fast wie eine Puppe behandelt zu werden, damit man nicht abwich von dem Kurs, den ihre kosmetische Behandlung nahm. Das Niesen zog dem Jungen bis in die Leisten, ein kleiner Nasenorgasmus.

»Und dein Mund muß spitzer.« Die Farbe des Lippenstifts, mit dem sie ihm den Mund gemalt hatte, gefiel ihr nicht. Sie hielt das Cover neben sein Gesicht und wählte einen anderen, helleren Stift.

Schließlich zog sie ihm die Konturen der Lippen nach. Es fühlte sich merkwürdig an, ungefähr so, als wäre sein Mund erst mit dickem warmem Wachs gefüllt worden und würde nun von außen mit einer schabenden, kühlen Bewegung eingedellt. Etwas auf den Lippen zu haben, das nicht zu den Lippen gehörte, das auch anders schmeckte und anders roch, fand er eklig. Zum Schluß kamen wieder die Augen dran. Mit wieder einem anderen Stift, dessen Spitze sie kurz anleckte, zog sie ihm den Ansatz der Wimpern nach: Dann kam der Lidschatten. Der Junge haßte es, wenn jemand an seinen Augen herummachte, und wollte den Kopf wegziehen.

»Halt still!« Sie hielt ihn mit einer Hand am Kinn fest, und er ertrug auch die anschließende Behandlung mit Wimperntusche, die scheußlich brannte. Er kam sich vor, als hätte Ruth ihn in eine Larve verwandelt, die jetzt in den ihm vorgehaltenen Spiegel schauen mußte. Er mußte dringend hier raus!

»Nicht schlecht, oder?« fragte sie.

Sie hatte ihm um das eine Auge herum einen Blitz eingezeichnet, der von der Stirn bis zum linken Unterkiefer reichte, als sollte er anzeigen, wo er Zahnschmerzen hatte. Aber war er überhaupt noch als Mann erkennbar? Der Junge fand, daß er eher wie eine Schaufensterpuppe aussah.

Die Kassette war inzwischen bei einem Lied angelangt, das ihm gefiel und das er von einem Videoclip aus dem Fernsehen kannte. *China Girl* hieß es, und David Bowie, der darin ganz anders aussah als auf dem Cover, wälzte sich mit einer schönen Asiatin nackt am Strand.

»Was glaubst du, wo man mehr abnimmt – wenn man mit jemandem ins Bett geht oder beim Warten vor der Schlafzimmertür«, fragte Ruth, nachdem sie ihn noch einmal prüfend von allen Seiten betrachtete und ihr Kunstwerk bewundert hatte.

»Ich weiß nicht«, antwortete er. Er wagte es nicht, die Lippen weit auseinanderzunehmen, weil er fürchtete, die Farbe würde abgehen, die seine Mundhaut fast wie Klebstoff zusammenhielt. Aber irgend etwas mußte er sagen, denn die Frage schien ihm verheißungsvoll und er spürte ihren nackten Oberschenkel jetzt ganz nah an seinem, spürte ihre Wärme durch den Stoff seiner Hose hindurch.

»Männer verlieren viel mehr Kalorien beim Warten vor der Schlafzimmertür«, sagte Ruth.

»Und Frauen?« murmelte er.

»Frauen warten nicht.«

*

Der Junge holte das Buch wieder unter der Matratze hervor. Er blätterte um und begann, seine Lieblingsstelle noch einmal zu lesen. Diesmal kam nichts mehr. Für heute, beschloß er, war es genug. Er steckte sich das Buch in den Hosenbund, ging hinüber ins Elternschlafzimmer und legte es zurück.

Am Nachmittag, kurz nach zwei, kam seine Mutter nach Hause. Sie arbeitete am Freitag immer nur halbtags und mußte meistens Trauungen vornehmen.

Sie liebte die Freitage, die Eheschließungszeremonien, die Sträuße, die Brautleute und Trauzeugen, die sich für diesen Tag schöngemacht hatten und aufgeregt in der kleinen Allee vor dem Standesamt standen, wo schnell noch Fotos für das Familienalbum gemacht wurden. Die älteren Verwandten standen steif in alten Anzügen und Festtagskleidern herum, die lange im Schrank gehangen hatten und nach Mottenpulver rochen. Alles Unbehagen, alle Angst und Beklommenheit wurden wettgemacht durch das Lächeln der Braut und das aufgeregte, glückliche Händeschütteln des Bräutigams. Während seine Mutter sprach, herrschte feierliche Stille.

»Sie werden sich an alles erinnern, was an diesem Tag gut war«, sagte sie.

»Auch wenn die Ehe schwierig wird, wenn Sie sich vielleicht irgendwann nicht mehr lieben, sich scheiden lassen.« Aber das lag außerhalb ihres Zuständigkeitsbereichs.

»Diesen Augenblick kann Ihnen niemand mehr nehmen.«

Normalerweise aßen sie freitags zusammen zu Mittag. Sein Vater nahm sich eine halbe Stunde frei und fragte seine Mutter nach den Dreyers, Höfts oder Schneiders, die sie am Morgen verheiratet hatte. Sie kannte die halbe Stadt, und die halbe Stadt kannte sie. Früher hatte sein Vater auch Trauungen vollzogen. Für Jakob Voss war es jedesmal ein besonderer Akt gewesen. Er liebte feierliche Worte und große Gesten. Er hielt sie für wichtig. Und er wurde wütend, wenn er hörte, daß sich *seine* Brautleute getrennt hatten.

Der Wagen seiner Mutter bog um die Ecke und fuhr scharf in die Auffahrt. Der Junge beobachtete sie vom Küchenfenster aus, sah, wie sie ausstieg. Mit federnden Schritten kam sie auf das Haus zu. In der linken Hand schwenkte sie einen Blumenstrauß. Sie kramte in ihrer Tasche nach ihrem Schlüssel und betrat das Haus.

Der Junge vergewisserte sich, daß das Schlafzimmer seiner Eltern aussah, wie er es vorgefunden hatte. Er schloß die Tür und ging nach unten. Seine Mutter stand schon am Herd und zog die Folie von dem großen Topf, den Frau Eucken auf den Herd gestellt hatte. Es gab Hühnerfrikassee. Sie war immer noch gut gelaunt.

Das Mittagessen kochte seine Mutter nicht mehr selbst, dazu hatte sie keine Zeit. »Mutter Eucken« kam morgens ins Haus und stellte einen Topf Suppe oder Kartoffeln mit

Karbonade und Bohnen oder was es sonst in der Kantine als Tagesessen gab auf den Herd oder in den Ofen, so daß seine Mutter, der Junge oder sein Vater das Essen nur noch aufzuwärmen brauchten, wenn sie nach Hause kamen. Frau Eucken betreute die Kantine, die alle Arbeiter in ihrer Mittagspause aufsuchten. Oft aß auch der Junge dort, weil er nicht gern allein in der Küche saß, und in der Kantine hatte es gestern schon Frikassee gegeben. Er haßte Frikassee, haßte die mehlige Soße, in der giftgrüne Erbsen schwammen. Das Fleisch war faserig, und man konnte sicher sein, beim Kauen irgendwann wabbelige Hühnerhaut zu erwischen. Genervt hatte ihn auch die niederdrückende Stimmung, die ihm mit den Frikasseedämpfen gestern entgegengeschlagen war. Er war schnell, nach einem halben Teller, aufgestanden und gegangen.

»Hallo, Nick.«

»Hallo.«

»So früh schon zu Hause? Ich dachte, ihr müßt wegen des Schulfests nächste Woche noch proben?«

»Heute ging es schnell.«

Der Junge deckte Teller auf den Küchentisch.

»Nein, nicht da«, sagte sie. »Wir essen heute im Eßzimmer.«

Seine Mutter hatte die Blumen auf den Eßzimmertisch gestellt. Jetzt legte sie sogar Servietten neben das alte Service und wärmte vor sich hin summend das Essen auf. Im Eßzimmer aßen sie eigentlich nur abends und an den Wochenenden. Seine Mutter war offensichtlich sehr gut gelaunt.

Vielleicht, dachte der Junge, lag das ja an der Party am Abend. Seine Mutter mochte gesellschaftliche Anlässe – sie tanzte gern. Und seit der Betrieb existierte, hatte es an

Gelegenheiten dazu gefehlt. Die Meyers hatten eingeladen. Es war als Firmenjubiläum gedacht, sollte aber auch die Spannungen, die es im Dorf zwischen Voss und den Alteingesessenen der Bauernfraktion gab, endgültig auflösen helfen. Ein Fest, so Meyer, sei dazu genau das richtige: »Wenn man zusammen trinkt, ist die halbe Feindschaft schnell vorbei.« Nach seiner Vorstellung sollte es eine große Demonstration gegenseitiger Offenheit werden. »Wenn die Leute erst einmal sehen, wie sich Bost oder der Landrat zu dir verhalten, daß deine Arbeiter mit Respekt und einer gehörigen Portion Durst bei deiner Jubiläumsfeier auftauchen, soll mir einer den zeigen, der dann noch zurücksteht. Sicher, Freunde fürs Leben machst du dir auch damit nicht. Aber Feinde müssen nicht wie Feinde aussehen, oder? Nur das fällt auf lange Sicht ins Gewicht.«

»Talleyrand!« hatte Jakob Voss Meyer lachend geantwortet.

»Das, was die Leute denken, Jakob, bestimmt das, was die Leute irgendwann tun.«

Unruhig wurde Meyer nur, wenn er darüber nachdachte, ob auch alle kommen würden.

Sein Vater kam spät. Als er ins Eßzimmer trat, sah der Junge, wie sich die Schultern seiner Mutter verkrampften. Schweigend, und ohne aufzublicken, aß sie weiter. Sein Vater legte seinen Hut auf die Anrichte, wusch sich unter dem Wasserhahn in der Küche die Hände und setzte sich zu ihnen. Er sah seine Frau an, die langsam ein Stück Fleisch kaute.

»Ich kann nichts dafür«, sagte er.

Ellen aß weiter.

»Ich war noch mit Siegfried im Stall«, fuhr er fort. »Die

Futterrutschen bei den Küken waren blockiert. Wir mußten einige Teile auswechseln.« In den Putenställen war er in den letzten fünf Tagen häufig gewesen. Die Tiere hatten das Fressen verweigert und dann auch die Wasseraufnahme. Sie hatten bei einigen Fieber festgestellt, auch dünnflüssigen, grünlichgelben Kot, aber die Symptome hatten sich nicht weiter ausgebreitet.

»Wir haben das bald wieder im Griff. Weißt du, vielleicht liegt es nur daran, daß wir vor kurzem die Fütterung umgestellt haben. Ich hab beim Hersteller angerufen, und der hat gesagt, daß es bei Jungtieren Umstellungsschwierigkeiten geben kann.«

»Schwierigkeiten? Du hast die Ställe gesperrt, und da redest du von Schwierigkeiten? Ich kann das nicht mehr hören. Die sterben dir weg, Jakob, die sind krank.«

»Unsinn, es sind kaum mehr gestorben, als normal ist. Und die kranken Tiere zu isolieren – wenn sie denn überhaupt krank sind –, ist lediglich eine Vorsichtsmaßnahme. Da passiert nichts.«

Als Ellen nicht antwortete, füllte er sich Frikassee auf den Teller.

»Hast du Jansen heute getraut? Die hatten doch ein Aufgebot bestellt?« Er sah auf, nahm sich Reis und ertränkte ihn in Frikassee.

»Ellen?«

Sie zog mit dem Messer einen glibberigen Hühnerhautfetzen von einem Fleischstück, das sie an den Tellerrand gelegt hatte, als hätte sie es für diese nun von allen beobachtete Aktion aufbewahrt. Dann zerschnitt sie das Fleisch fein säuberlich in drei gleich große Teile und schob sich einen davon mit etwas Reis und etwas Soße auf die Gabel.

»Herrgott, Ellen, das ist doch nicht zum Aushalten!«

Voss warf das Messer hin. Es fiel klirrend auf den Tellerrand. Ein Stück von dem ziselierten Goldrand sprang ab. Der Junge duckte sich. Seine Mutter hatte nicht mit der Wimper gezuckt und aß seelenruhig weiter.

»Laß mich mit deiner Vogelscheiße in Ruhe.«

Am besten kaute man Hühnerfrikassee ganz hinten zwischen den Zähnen, dann war es nicht so schlimm. Der Junge haßte die Hautstückchen, die sich auf der Zunge anfühlten, als hätte sie Noppen. Als stieße man an die Saugnäpfe eines Kraken. Aber bei diesem Gedanken durfte man sich nicht aufhalten, sonst bekam man irgendwann nichts mehr hinunter. »Im Magen kommt sowieso wieder alles zusammen«, hatten die Rupffrauen geflachst, als er in der Betriebsküche bei ihnen saß. Eine Vorstellung, die ihm tagelang jeden Spaß am Essen verdarb. Der Junge würgte. Seine Mutter legte ihre ganze Wut in ein Zischen.

»Das ist ekelhaft und gehört sich nicht bei Tisch«, sagte sie. Plötzlich kam sie ihm wie eine ältere Frau vor. Etepetete. Natürlich versuchte auch er, sich mit allen Mitteln von dem drohenden Streit abzulenken, ihm war wirklich schlecht. Also paßte er beim Nachnehmen auf, daß er nur weißes Fleisch erwischte, Erbsen und Pilze. Vielleicht war auch der Unfall schuld.

»Fisch nicht, Nick.«

Sie hatte das Frikassee aus dem Topf in eine Schale umgefüllt. Der aufsteigende Dampf breitete sich wie Nebel über den Tisch.

»Redet hier keiner mehr mit mir?«

Der Junge stocherte in seinem Essen herum. Sein Vater würde gleich losbrüllen. Der Junge schob die Schüssel mit Reis vor ihn hin.

»Magst du noch Reis, Papa?«

»Ellen!«

Sein Vater ließ in letzter Zeit einen leichten Bauchansatz erkennen. Vielleicht vom vielen Bier, wenn er mit den Arbeitern einmal in der Woche nach Feierabend in den Krug ging. Meistens war Meyer dabei, und die beiden zogen sich nach der ersten Runde, die auf Voss ging, in den hinteren Teil der Dorfgaststätte zurück, an Meyers Tisch, was die Stimmung im vorderen Raum entspannte, da viele der Männer Voss' Einladung zu einem »Dienstabschlußbier«, wie er es in Erinnerung an seine Amtszeit ironisch nannte, für eine Pflichtübung hielten.

Ellen hatte für feste Termine dieser Art kein Verständnis. »Was nützt es, daß du mit deinen Leuten Bier trinkst, wenn wir hier sitzen, deine Frau und dein Sohn, und du keine Zeit für uns übrig hast? Denkst du auch mal daran, daß wir hier auf dich warten? Denkst du auch nur einmal daran?«

Sein Vater zog schweigend die Schultern ein.

»Aber Ellen. Ich ... Liebling.«

»Liebling? Was heißt hier Liebling? Was verstehst du denn noch von Liebe?« rief Ellen mit bebenden Lippen.

Er warf den Stuhl um, als er schnaubend aufstand: »Du kriegst es noch kaputt!« Er schmiß den Teller hin, brüllte: »Du kriegst wirklich alles kaputt!«

Der Junge hatte die Hand vors Gesicht gehoben und lugte zwischen den Fingern hervor wie durch einen schützenden Vorhang.

Sein Vater war schon an der Tür, hatte das Zimmer schon fast verlassen, als seine Mutter, die aussah, als würde sie gleich in Tränen ausbrechen, ihm nachrief: »Was bedeute ich dir denn noch? Zeig's mir, zeig's mir. Wie kann ich mir da sicher sein?«

Der Junge dachte an den Abend vor ein paar Tagen zurück. Sein Vater und seine Mutter hatten sich so gestritten, daß es nichts mehr geholfen hatte, sich die Finger in die Ohren zu stecken.

Auf den oberen Treppenabsatz gehockt, eigentlich hatte er hinunterschleichen und im Wohnzimmer fernsehen wollen, sah er seine Eltern im Licht der offenen Küchentür am Ende des Flurs stehen. Sie schrien sich an. Es ging auch um ihn.

Seine Mutter hatte gefragt, warum er dem Jungen unbedingt das neue Fahrrad habe kaufen müssen. »Sein altes hätte es doch auch noch getan.«

Dem Jungen klopfte das Herz bis zum Hals. Er fand es ungerecht, schließlich hatte sie selbst ja auch ein neues Auto bekommen.

»Auch das Auto wäre nicht nötig gewesen. Du wirfst das Geld zum Fenster raus, Jakob, als würde es an den Bäumen nachwachsen. Du weißt, wir haben unsere Schulden noch nicht bezahlt.«

»Das sind Kredite, Ellen.«

»Na und? Die Zinsen müssen doch auch beglichen werden. Geld, das einem nicht gehört, bleibt Geld, das einem nicht gehört. Wir hatten einmal ein Haus – jetzt haben wir Schulden.«

»Ellen, verflucht noch mal, das ist ein Geschäft hier!«

»Was für ein Geschäft?«

»Du solltest aufhören zu arbeiten. Es macht dich nur müde und gereizt.«

»Ach ja? Und wer soll dann die Einkäufe bezahlen? Das Essen? Die Versicherung? Das Benzin? Meinst du vielleicht, das kommt alles von nichts, während du dich mit deinem ›Sozialexperiment‹ beschäftigst?«

Die Frage brachte seinen Vater nicht in Rage. Er war plötzlich wie versteinert.

»Du sagst nichts? Immer sagst du nichts und guckst an den Problemen vorbei.«

»Du bist undankbar.«

»Ich bin undankbar? Ich habe dich um nichts gebeten. Willst du den Wagen nehmen? Bitte, hier hast du den Schlüssel.«

Sie warf ihm den Autoschlüssel vor die Füße. Der Junge umklammerte das Treppengeländer. Er fühlte, wie sein Herz in seinem Brustkorb pochte wie ein eingeklemmter Finger, und bat dann unwillkürlich, daß es jetzt endlich aufhören, daß es vorbeigehen möge.

Seinem Vater blieb nichts anderes übrig als Geschrei. »Ich will den verfluchten Schlüssel nicht, verdammt.«

»Du verlierst uns, Jakob. Du verlierst uns.«

»Das ist starker Tobak, Ellen. Wirklich starker Tobak. Ich reiß mir hier für euch ein Bein aus, und du kommst mir dauernd damit, daß ich keine Zeit für euch hätte. Bist du dir eigentlich im klaren, was ich hier mache? Ich baue etwas auf. Etwas vollständig Neues, etwas, das uns Geld bringt, ja, aber das auch gut ist für andere. Begreifst du? Das ist mehr als mein Bürgermeisteramt. Hier kann ich etwas verändern.«

»Für wen denn? Für andere – wer sind denn deine anderen? Sieh sie dir doch an. Schwachsinnige. Betrunkene. Kuhfürsten.«

Eine Weile schwiegen sie.

»Du hast dich verändert, Jakob. Und du hast dich überschätzt. Meinst du, die Kerle sehen das nicht, daß dieser dicke Kerl dir die Bude einrennt und mit Banknoten wedelt? Du kannst mir doch nicht erzählen, daß hier alles läuft. Guck doch mal unsere Konten an.«

»Ich brauche Zeit.«

»Zeit? Wofür? Deine Leute werden dir demnächst die Bude einrennen, weil sie dir deine Gewinnversprechungen nicht mehr abnehmen! Wirst du dann wieder alles hinwerfen? Du bist ein Verdränger, Jakob. Du schiebst die unangenehmen Entscheidungen auf. Und du hast mir von deinen Problemen nichts gesagt. Nichts! Genauso, wie du es mit deinem Bruder gemacht hast. Du klammerst einfach aus, was du nicht sehen willst. Und ich bin deine Frau, Jakob, verstehst du? Deine Frau. Du teilst mir nichts mehr mit. Als wäre ich gar nicht mehr da.«

Ellen war allein schlafen gegangen, Jakob Voss ins Dorf gefahren.

Diesmal, nach dem Hühnerfrikassee, war es nicht ganz so schlimm.

Sein Vater kam noch einmal zurück, nahm den Hut von der Anrichte, sprach mit niemandem, knallte aber nicht mit der Tür. Seine Mutter stand auf und holte die Nachspeise. Es gab Pfirsiche mit Eis.

»Wie war's in der Schule?« fragte sie und füllte das Eis auf. Der Junge bekam eine besonders große Portion.

»Wie immer.«

»Konntest du die Formeln?«

»Mmmhhmm.«

Sie aß langsam, ihre Augen waren gerötet. Sie sah jetzt sehr müde aus.

»Hast du heute Fußball?«

»Ja, aber erst später. Um vier.«

»Soll ich dich fahren? Ich muß noch Besorgungen machen.«

»Das wär prima.«

Der Junge hatte schon überlegt, wie er es anstellen sollte, sie zu fragen, ob sie ihn nicht zum Sportplatz bringen konnte. Es war unwahrscheinlich, daß Preikzat noch vor vier mit dem Fahrrad fertig werden würde.

»Machst du vorher noch deine Hausaufgaben?«

Der Junge war froh, daß sie nicht merkte, daß das Fahrrad kaputt war.

Nach dem Essen legte sie sich eine Stunde hin. Der Mittagsschlaf war bei ihr zu Hause eine feste Einrichtung gewesen. Der Junge räumte den Tisch ab, stellte das Geschirr in die Spülmaschine und ging hinauf. Sein Vater war noch einmal zurückgekommen. Er hatte einen Zettel auf die Treppenstufen gelegt, daß er noch einen Termin in der Stadt habe. Er werde aber früh nach Hause kommen, sie sollten das Fest nicht vergessen, er liebe sie.

Für das Fest, das Meyer zum einjährigen Bestehen der Farm an diesem Abend bei sich geben wollte, hatten sich Ralf und der Junge einiges vorgenommen. Seit einer Woche klügelten sie aus, wie sie am besten auf die Party kämen, die von Meyer als Gartenfest geplant war.

Die Vorbereitungen hatten der Junge, Ralf und Ruth in den letzten Tagen abgeschlossen. Jetzt, an dem Tag, an dem es endlich stattfinden sollte, war er plötzlich gar nicht mehr aufgeregt, und die ganze Vorfreude war verpufft. Lag es an den Streitereien seiner Eltern? Er wußte es nicht. Jedenfalls freute er sich im Augenblick nicht.

Fast mechanisch räumte er sein Zimmer auf. Er würde Hausaufgaben machen. Er ordnete seine Stifte links. Dann ordnete er seine Stifte rechts. Er konnte es nicht ertragen, wenn er etwas unbedingt jetzt, im Augenblick, machen sollte, in diesem Fall einen Aufsatz schreiben über die hiesige Landschaft, die Eiszeit, das Eiszeittier. Lustlos stocherte er mit seinem Bleistift im Heimat- und Sachkundebuch herum. Er kritzelte in den Klimatabellen, fuhr dann mit dem Finger die graphischen Darstellungen der Gletscherausbreitung in der Weichsel-Würm-Eiszeit entlang. Schließlich fing er an zu schreiben:

Hochnordische Tiere: Der Eisfuchs, das Rentier, die Moschusochsen waren immer weiter nach Süden ausgewichen. Man hat sogar am Mittelmeer Knochen gefunden. Aus dem Osten kamen die Antilopen, das Kowalski-Steppenpferd und die Ziesel bis kurz vor Halberstadt. Mit dem Ende der Eiszeit hatte es mit den Mammuts ein Ende. Unter dem zurückweichenden Eis ist die Hölle los. Meter um Meter steigt in den Urstromtälern das Wasser, abgeriebener Ton, Sandschmirgel und Schneeschlamm gehen aufeinander los. In dieser dickflüssigen Brühe treibt Eis in der Form von Schollen und Blöcken. Abgelagert, gestampft und geschliffen kommt unter dem Eis eine Schicht von Hügelketten zum Vorschein. Das alles dauert. Lange, länger. Jahrhundertelang. Jahrtausendelang, Vadder-Abraham-lang, richtig heimatundsachkundelang. Und? Wem hat es genützt?

Feldmann und Pörschke konnten ihn mal! Er brach ab. Er ging nach unten ins Wohnzimmer und stellte den Fernseher an. Es lief eine Wiederholung von *Unsere kleine Farm.* Langweilig. Laura Ingalls große Schwester wurde gerade blind, und alle heulten sich die Augen aus.

Er setzte sich aufs Sofa und zog die Fernsehzeitung der nächsten Woche aus dem Zeitungsständer heraus. Er strich sich Filme, die er sehen wollte, mit einem Buntstift an.

Er liebte es über alles, nachts, wenn seine Eltern schliefen, fernzusehen. Er kam sich dann immer vor wie ein Dieb. Die Filme nach Mitternacht waren das Beste. Sie hatten, wie die Bücher im Nachttisch seines Vaters, etwas Geheimnisvolles, Verbotenes an sich, von dem er glaubte, daß es neben alldem Streß und Geschrei zum Erwachsensein gehörte. Allein vorm Fernseher, die nackten Füße mit einer Wolldecke bedeckt, nah an der Scheibe, damit ihm ja nichts entging, denn er hatte den Ton leise gedreht, betrachtete er gebannt die Abenteuer der verhungernden Mannschaften auf *Dr. Moreaus Insel* oder den *Angriff der Killerameisen*. Die Tatsache, daß er die phantastischen Filme heimlich bei Nacht sah, machte sie noch spannender. Manchmal fragte er sich, was er machen würde, wenn die Hand aus dem Sarg plötzlich zu ihm ins Zimmer kröche und er sie nicht aufhalten könnte. *Monstren, Mumien, Mutationen* … Nicht einmal, wenn man den Stecker zog.

Er schlug die Fernsehzeitung auf. Am nächsten Samstag gab es *Godzilla*! Das Foto zeigte einen Japaner und eine Frau, die erschreckt schräg nach rechts oben starrten, als wäre Godzilla gerade in der Ecke ihres Wohnzimmers aufgetaucht. Er las die Bildbeschreibung und schaltete dann doch den Fernseher wieder an, um zu sehen, was die Ingalls in der Zwischenzeit machten.

»Hallo, Nick!«

Ertappt sah sich der Junge um. In der offenen Schiebetür zum Garten stand Ruth.

»Was … was machst du denn hier?«

»Und du? Schon so früh zu Hause?« Ruth sah ihn mit einem abschätzigen Grinsen an, als wollte sie sagen: Ich kann's mir denken! Sie ging vor der Tür auf und ab und summte *we will, we will rock you* vor sich hin.

»Schule geschwänzt?«

Hatte sie ihn gesehen? Kannte sie seinen Stundenplan so genau, wie er ihren? Wußte sie, daß heute für seine Klassenstufe Spätstunden angesetzt waren – eine Probe für die bevorstehende Aufführung beim Schulfest? Der Junge beschloß, es darauf ankommen zu lassen. Zu sehr hatte sie ihn seit dem Tag in ihrem Zimmer im Griff. Er spürte wieder sein Herz klopfen, versuchte, sein rechtes Bein so zu legen, daß die Schwellung in seiner Turnhose verborgen blieb.

»Ne, krank.«

Ruth lachte. »So siehst du aus.«

Er wollte sich vor Ruth keine Blöße geben. Wenn er ihr von seinem Schwänzen erzählte, dann hatte sie ihn in der Hand. Er versuchte an Kotze zu denken, an den gelben Plastikeimer, in den er neulich gekotzt hatte, als ihm so schlecht war. Eine Magen-Darm-Grippe, ein Katarrh, hatte Doktor Marten festgestellt und dem »jungen Mann« Zwieback und Cola empfohlen.

Seine Mutter hatte ihm damals den Eimer ans Bett gebracht, und jetzt stellte er sich das Spülwasser vor, das im Eimer schwappte und den sauren Geruch der Kotze neutralisieren sollte. Wenn etwas auf den Teppich ging, würde es noch nach Wochen stinken, hatte seine Mutter ihn ermahnt.

Das Manöver schien zu gelingen. Ruth war vor der halb aufgeschobenen Tür stehengeblieben. Sie beobachtete ihn interessiert, so wie man Tiere im Zoo betrachtet. Dabei schob sie ein Kaugummi im Mund hin und her und formte eine Blase.

»Vielleicht hast du Migräne. Ist dir schlecht?«

Der Junge konzentrierte sich auf den Bereich direkt hinter seinen Augen. Er schloß die Lider, öffnete leicht den Mund, als wäre ihm sterbenselend, und stöhnte auf. Ihm war schlecht. Allerdings hatte es mehr mit seinem schnell klopfenden Herzen und einem heißen Gefühl im Magen zu tun.

»Siehst du schwarze Punkte vor den Augen? Tut dir das Licht weh?«

Der Junge öffnete die Augen wieder einen Spalt weit. Ruths grünes Hubba-Bubba-Apfelkaugummi legte sich wie ein Spinnennetz auf die Scheibe. Er sah durch die Blase in ihren Mund. Dann platzte die Blase, und ihr Grinsen und ihre Zähne krabbelten wie aus einem Kokon daraus hervor.

»Migräne?« krächzte er.

Er sah zu, wie Ruth ihr Kaugummi von der Scheibe kratzte.

»Ja, ich sehe schwarze Punkte.«

»Auch Dreiecke?«

Sie wartete nicht auf eine Antwort.

»Dreiecke sind ganz schlimm. Die pieksen dir im Auge, bis du gar nichts mehr siehst. Dann fangen die Kopfschmerzen an. Hast du schon Kopfschmerzen?«

Er hatte Kopschmerzen. Er hatte alles, was sie sagte. Sie war so etwas wie eine Expertin in Sachen simulierter Krankheiten, besonders gut war sie im Vortäuschen von Migräne. Das hatte sie ihm in ihrem Zimmer nach dem Schminken erzählt. Auch sie haßte die Schule, aber aus anderen Gründen als der Junge. Er haßte die Schule, weil sie über seine Zeit bestimmte. Ruth haßte sie, wie man einen Feind haßt, persönlicher. Er richtete sich vorsichtig auf und legte seinen Nacken auf die Sofalehne. Dann streckte er sein Genick durch, bis sich die Kopfhaut über seinem Schädel spannte. Er fühlte, wie sich sein Haar wie eine Perücke nach hinten verschob. Sein Hals war entblößt.

Zum Schlachten bereit.

»Man braucht Pflege. Brauchst du Pflege, Nick?«

Er lag jetzt lang auf dem Sofa ausgestreckt und hatte wieder die Augen geschlossen. Ruths Stimme war näher gekommen. Sie war jetzt im Zimmer. Er zitterte, als sie mit der Hand an seinem linken Bein vorbeistrich und mit ihrem Mund fast sein Ohr berührte. Sie waren sich nahegekommen an dem Nachmittag in ihrem Zimmer, unter dem Blitzzeichen im Gesicht von David Bowie.

»Soll ich dir die Stirn kühlen?« hauchte sie ihm ins Ohr. Ihre Hand lag auf seinem Oberschenkel und glitt höher. Der Junge zitterte am ganzen Leib, ihm war schlecht, sie sollte ihn anfassen, ja.

»Oder soll ich es hier für dich ein bißchen heißer werden lassen?« Der Junge spürte durch den dünnen Stoff der Turnhose, wie ihre Nägel an seinem Sack auf und ab fuhren.

In dem Augenblick, als er »ja« sagen wollte, bekam er eine Ladung Wasser ins Gesicht gespritzt. Er sprang fluchend vom Sofa auf und sah Dietmar und Ruth lachend beieinanderstehen. Dietmar hielt seinen Raumschiff Enterprise Fazer in die Luft und stieß sein Indianergeheul aus.

»Scheiße, seid leise, meine Mutter schläft«, sagte der Junge und ging mit ihnen nach draußen.

»Deine Mutter.« Ruth sah ihn abschätzig an. Sie gingen zum Teich, wo Dietmar Lasergeräusche imitierte und mit seiner futuristischen Wasserpistole auf die Fische zielte.

»Was wollt ihr?« fragte der Junge, nachdem er sich wieder unter Kontrolle hatte.

»Wir wollten dich fragen, ob du mit an den See kommst.«

Ruth hielt ihm ihren Badeanzug und ein Handtuch unter die Nase, als wollte sie ihm zeigen, was er verpassen würde, wenn er jetzt nein sagte. Eigentlich hatte er vorgehabt, noch vor dem Fußball zu Ralf zu gehen, um die letzten Vorbereitungen für den Abend abzuschließen. Aber er nahm Ruth das Handtuch aus der Hand, trocknete sich das Gesicht und beschloß, das Treffen mit Ralf auf später zu verschieben. Schließlich gehörte Ruth auch zu ihrem Plan, und die Vorstellung, sie fast nackt zu sehen, vielleicht weiter von ihr berührt zu werden, fand er erregend. Er holte sich seine Badehose und wischte schnell über die nassen Stellen auf dem Sofa. Die Polster würden bis zum Nachmittagskaffee wieder trocken sein. Dann gingen sie, die Badesachen unterm Arm, ein Stück über den Hof und weiter in östlicher Richtung über das Gelände. Hinter den letzten Ställen lag die alte Koppel. Das Gras stand hier höher und war durchsetzt von Pusteblumen und großköpfigen Disteln. Beim Durchwaten hatte man das Gefühl, man stapfte durch Schnee. Manchmal verhakten sich die Schuhe im Gras. Die Schafe, die sein Vater gekauft hatte, um es niedrig zu halten, hielten sich selten hier auf. Die drei kletterten über den morschen Holzzaun und krochen durch den Knick auf einen schmalen Sandweg. Der Quarz knirschte. Dietmar, der außer seinem Fazer auch noch das Modell eines Klingonenkreuzers mit der Hand auf und ab bewegte, als verliehen ihm das kleine Mordgerät und der miniaturisierte Stolz des klingonischen Imperiums eine Riesenkraft, trat bei jedem Schritt absichtlich laut auf. Er drehte den Fuß, als würde er einem lästigen Insekt das Lebenslicht ausblasen. Der Junge war genervt.

Viele glaubten, daß Dietmar verrückt sei. Jakob aber sagte, das stimme so nicht. Er sei nur etwas langsam und ungeschickt, ein Spätentwickler. Er hatte Siegfried überredet, Dietmar auf eine Sonderschule zu schicken, zu der er, Jakob, ihn morgens hinfuhr, wenn er Besprechungen in der Stadt hatte. Der Junge wußte nicht, ob Dietmar sich jemals dafür bedankt hatte, daß sein Vater sich so fürsorglich um ihn kümmerte.

Ellen glaubte fest, daß Dietmar simulierte.

In der Schule hatten sie den Jungen von Anfang an damit gehänselt, daß sein Cousin auf einer Klippschule war.

Die Luft über dem See flirrte und flimmerte. An der alten Bootsanlegestelle, die in eine kleine Bucht gebaut war, befand sich der Strand – ein Halbkreis, der mit hellem Sand aufgefüllt worden war. Drum herum stand das Schilf mannshoch und war noch grün. Eigentlich war es kein See. Die Dorfbewohner nannten ihn die »Russenkuhle«. Im Krieg hatten gefangene Russen hier Torf gestochen. Und dann hatten sie die Aushebung vergrößern müssen, weil einige Leute meinten, man brauche hier einen Fischteich. Im nachhinein behaupteten manche, so hätten sie die Kriegsgefangenen vor dem sicheren Tod bewahrt. »Immerhin ist ja bei Kaltenkirchen die Außenstelle von Neuengamme gewesen!«

Im Dorf kursierten auch Gerüchte von einer Liebschaft der alten Hertha, Ralfs Tante, mit einem der gefangenen Russen. Aber Jakob hatte dem Jungen eingeschärft, bloß nicht alles zu glauben.

»Die Menschen reden gern ihre Schuld weg, Nick. Das ist so. Und wenn man es sich lange genug eingeredet hat, kommt man am Ende noch als Held heraus.«

Ruth breitete ihr Badehandtuch aus. Es sah wie ein Tigerfell aus. Ein paar ältere Jungen saßen schon da, außerdem eine Frau mit Sonnenhut, die rauchte. Ruth fragte sie, ob sie auch eine Zichte haben könne. Die Frau zuckte mit den Schultern und gab ihr eine aus der Schachtel. Ruth blies auf den Filter der Zigarette und steckte sie sich in den Mund. Die Frau fragte, warum sie das mit dem Blasen mache.

»Anpusten? Gewohnheit. Hat man mir beigebracht.«

»Mit Zigaretten?«

Ruth ging nicht weiter darauf ein.

Die großen Jungen am anderen Ende des Strands beobachteten sie. Es waren drei, und sie hatten Mopeds. Er hatte sie schon oft vor der Schule gesehen. Sie gingen auf die Realschule nebenan, spielten im Verein eine Spielklasse höher, gehörten aber nicht zur Fischerbande. Einer von ihnen spreizte die Beine und schüttelte seine Hand vor seinem Hosenschlitz auf und ab. Dann lachten sie alle und setzten sich wie Mafiosi ihre Sonnenbrillen wieder auf.

Nachdem Ruth die Zigarette bis zum Filter geraucht hatte, gingen sie alle drei ins Wasser. Es war angenehm warm. Die großen Jungen schwammen ihnen nach und umkreisten Ruth wie Haie. Ruth schien das nichts auszumachen.

»Komm, Kleiner, schwirr ab. Laß mal die Männer ran.«

Dietmar kehrte sofort um.

»Hörst du schlecht? Zieh Leine!«

Als er nicht sofort reagierte, schwammen zwei mit schnellen Kraulstößen auf ihn zu und drückten ihn unter Wasser. Er prustete. Ruth sah unbeteiligt zu, dann legte sie sich auf den Rücken, spreizte die Beine und zog, wie ein Köder, die Schwimmer von ihm ab.

Enttäuscht schwamm er zurück und setzte sich zu Dietmar auf das Tigerbadetuch. Dietmar unterhielt ihn mit einer falschen Zusammenfassung der letzten Folge von *Raumschiff Enterprise*, während Ruth mit ihrem Geleitschutz näher kam und die großen Jungen zu deren Platz begleitete. Haie erwischte man am besten mit schnellen Stichen in die Augen, oder man schlug auf ihre Kiemen, wenn man keine Harpune bei sich hatte, denn ihre Haut war hart.

Die Frau mit Sonnenhut hatte ihren Stuhl zusammengeklappt und ging davon. Er war jetzt mit Dietmar allein. Immer wieder schweiften seine Blicke zum anderen Ende des Strands.

Die Jungen lungerten um Ruth herum und boten ihr Zigaretten an. Sie öffneten Bierdosen, Holsten und Haake-Beck. Das Wasser perlte von Ruths brauner Haut ab. Der Junge hustete. Das brackige Wasser, das er geschluckt hatte, brannte ihm in der Kehle. Ruth hatte sich die Achseln rasiert, wie seine Mutter. Er sah die etwas hellere Haut ganz deutlich, als sie sich einen Zopf flocht. Der Junge links von ihr beugte sich über sie und zog ihren Kopf an den Haaren nach hinten. Sie lachte laut. Dann flößte der Junge ihr etwas von dem Bier aus seiner Dose ein. Es war wie in den *Schwedischen Liebesgeschichten*. Er fragte sich, warum Ruth lieber mit den großen Jungen herumlag als mit ihm. Sie legte sich auf den Bauch und machte ihr Oberteil auf und ließ sich eincremen. In dem Buch zogen drei Männer am See eine Frau aus und »nahmen« sie dann.

Er hatte »nehmen« immer als ein eher unbedeutendes Wort eingestuft. »Nimm dir einen Apfel.« Aber wenn er Ruth so sah und daran dachte, daß hinter dem Bad im Badesee und dem geöffneten Bier wahrscheinlich wieder eine andere Sprache versteckt war, die mit Sex zu tun hatte, einer Welt von geöffneten Mündern, Penissen, Scheiden und Geschlechtsverkehr – dann war »nehmen« und »in den Apfel beißen« vielleicht gar keine schlechte Beschreibung dafür. Sie hatten sie ihm weg»genommen«, ein Akt der Piraterie, des Alters, der Überzahl.

Die Jungen lachten und ließen ihre Bierdosen kreisen, während Ruth sich massieren ließ.

Früher hatte er bei dem Wort »Penisse« immer gedacht, daß es sich dabei um besondere Läuse handelte, die sich in den Haaren festsetzten. Das wünschte er den Jungen. Filzläuse. *Laß jucken, Kumpel,* diesmal aber anders. Ruth drehte den Kopf nach ihm um. Sie lächelte unter ihrem langen Haar und sah ihn von ihrem Platz bei den andern im Sand aus an. Dann nahm sie sich noch eine Dose Bier.

»Dietmar, ich muß jetzt nach Hause, Schularbeiten machen«, sagte der Junge.

»Aber die Vulkanier haben dann entdeckt, daß sie eigentlich gar nicht gefühllos waren. Das war der eigentliche Grund, warum sie so logisch dachten, verstehst du? Sie mußten ihre Gefühle unterdrücken, das wär sonst gefährlich geworden. Die anderen nämlich, die Romulaner, stammten eigentlich auch von Vulkan ab, nur daß sie ihre Gefühle nicht unter Kontrolle hielten und so Monster wurden.«

Dietmar hatte die Angewohnheit, alles zu erzählen, was er im Fernsehen sah – und daß er dabei alles leicht veränderte, Geschichten und ganze Serien ineinanderlaufen ließ, so daß zum Beispiel *Biene Maja gegen die Hornissen* als eine Episode von *Rauchende Colts* enden konnte, manchmal aber auch in einen Kommentar über die Situation Englands unter Queen Victoria mündete. Keines von den anderen Kindern mochte Dietmar, und von den Erwachsenen fanden ihn manche sogar unheimlich.

»Ich muß los, ich muß zum Fußball.«

Er zog sich die Hose über die Badehose. Die anderen schauten aber nicht einmal in seine Richtung, als er aufstand und sich allein auf den Rückweg machte.

Bis zu dem Schminknachmittag hatte er wenig mit Ruth gesprochen. Sie kam nur selten herüber. Seine Mutter mochte sie nicht, und wen sie nicht mochte, der kam ihr nicht ins Haus.

Wenn Ralf ihn auf der Farm besuchte, trafen sie sich an der Kuhle oder am Bauzaun, wo die Ytong-Steine für die festen Ställe in großen Plastikfolien auf Paletten gestapelt waren, doppelt mannshoch. Manchmal waren sie zu dritt auf die Blöcke geklettert und hatten heruntergespuckt. Ruth ließ die Beine baumeln und zeigte ihnen, wie man rauchte. Der Junge rauchte nie, aber Ralf traute sich. Ruth amüsierte sich, als Ralf nach seiner ersten Zigarette grün im Gesicht wurde.

»Beim Rauchen müßt ihr an der Zigarette saugen. Seht ihr?« Sie machte es vor.

»Wie beim Küssen, oder ... Aber das zeige ich euch ein anderes Mal.«

Sie sprang von den Steinen herab.

Es hatte kein anderes Mal gegeben. Nur den Schminknachmittag bei ihr. Der Sand in seiner Hose piekste, und seine Hoden waren geschrumpelt. Die Nässe der Badehose drang durch die Baumwolle seiner Jeans. Er durfte sich keine Blasenentzündung einfangen. Er hatte erst im vorigen Winter eine gehabt. Beim Pinkeln hatte sich das angefühlt, als gösse ihm jemand Teer durch den Schniedel. Er kroch durch den Knick und bog die Haselnußsträucher wieder zurück, damit keiner das Loch sah. Dann zog er die

Badehose aus. Der Sand an seinem Hintern ließ sich nicht ganz abklopfen. Er zog die Jeanshose wieder darüber und wrang die Badehose aus. Wind war aufgekommen und trug von der Schlachtanlage einen leichten Geruch von verbrannten Federn, Wachs und Fleisch herüber. Die Federn wurden regelmäßig von einem Laster aus der Stadt abgeholt. Man reinigte sie und verwendete sie als Stopfmaterial für Polstermöbel und Kissen. Sie wurden in graue Plastikkästen geschaufelt, die einer der Stallarbeiter jede halbe Stunde auf eine Schubkarre lud und auf den Hof brachte, wo er sie stapelte und mit einer Plane bedeckte. Trotzdem flogen kleine Federn in der Hitze des Nachmittags wie sommerliche Schneeflocken durch die Luft.

Lustlos schlurfte er an den Ställen vorbei. Ruth hatte kein Wort über den heutigen Abend gesagt, er hatte die ganze Zeit darauf gewartet. Plötzlich fiel ihm auf, daß weit und breit niemand zu sehen war.

Er ging in die Schlachthalle, dort mußten sie sein, die Leute, die an einem solchen Tag den Betrieb in Gang hielten. Nichts. Kein Mensch war da, obwohl doch die frischgerupften Flaumfedern noch immer durch die Luft segelten. Es konnten nur Minuten vergangen sein, seitdem der letzte Handschlag getan worden war. Das abgepellte Wachs lag noch warm, mit Federkielen vermischt, in den Eimern. Es sah aus wie von Butter abgeschabte Streifen, es gefiel ihm, daß das Wachs wie Bonbons leuchtete und immer noch knetbar war. Die letzten Kisten mit Schlachtvieh standen an der Laderampe, aber niemand war da, um sie einzupacken. Er formte ein kleines Stück Wachs zu einer Kugel und behielt sie in der linken Hand. Waren die Schlachter schon fertig? War etwas passiert? Gab es irgend etwas zu feiern, oder waren es heute einfach weniger Vögel als sonst? Plötzlich beunruhigt, vergaß der Junge seine Wut auf Ruth.

Er ging durch die Halle. Aus dem Schlachtraum, der durch transparente Plastikstreifen vom vorderen Teil abgetrennt war, drang undeutliches Gemurmel. Verschwommen sah er einige bunte Schatten. Dort hatten sie sich also alle versammelt. Der Junge trat näher heran.

Durch die dicken Vorhänge hörte er Heinz' Stimme. Von Anfang an war Heinz ihm unheimlich gewesen. Er hatte erst mit seinem Vater und dann mit Siegfried Streit angefangen, aber sie hatten ihn nicht rausgeschmissen. Heinz war ein großer, schwerer Mann, der beim Arbeiten, fast wie ein Boxer, keuchte. Sein Vater mochte ihn. »Der ist ehrlich und hat einen Schlag bei den Leuten weg.« »Einen Schlag bei den Leuten weg haben« hieß für Jakob, daß Heinz, auch wenn er leicht jähzornig war, das Vertrauen der Arbeiter besaß und deshalb sein wichtigster Mann war. Er hatte Heinz darin bestärkt, sich zum Betriebsrat wählen zu lassen, weil er dessen offene Art schätzte. Und wenn Heinz im Stall war, dann flutschte die Arbeit nur so. Er grinste und schrie die anderen im Spaß an: »Los, gib her, fauler Sack! Das ist nicht so schwer.«

Heinz war es gewesen, der mit Preikzat bei den Maschinen stand und seinen Vater hatte hochleben lassen, damals im letzten Winter, kurz vor dem Weihnachtsfest, als Jakob Voss die Teilhaberschaft eingeführt hatte. »Unser Voss, er soll leben!«

Jeder der Arbeiter hier im Hof sollte mit seiner Arbeit ein Stück der Farm verdienen. Sein Vater und Meyer, der als Gewährsmann dabei war, hatten einen Tisch aufgebaut, an dem sich die Leute für einen Teil ihres Lohns in die Gewinnliste einschreiben lassen konnten.

»Wie auf einem Walfängerschiff«, sagte sein Vater. »Jeder nach seinem Beitrag. Und alle gerecht.«

Es war ein großer Tag für den Betrieb gewesen, und sein Vater hatte darauf bestanden, daß sein Sohn und seine Frau dabei waren. Die Scheine waren rosa und sahen wie zu groß geratenes Bonbonpapier aus. Das Firmenzeichen stand wie ein Siegel unten, neben der Unterschrift seines Vaters.

»Das soll dann unser Lohn sein?« fragte ihn einer der Arbeiter.

»Wo bleibt der Rest von dem Geld, das im Vertrag steht?«

»Ihr bekommt natürlich ein Grundgehalt. Der Rest ist am Gewinn orientiert, auf den ihr mit einem Teil eures Lohnes jetzt Anteile kauft. Wenn wir gut arbeiten und die Produktion in diesem Jahr steigern können – dafür baue ich ja die neuen Ställe mit dem Geld –, dann wird das, was übrigbleibt, an euch ausgezahlt.«

Die Idee von der Teilhaberschaft war ihm nach seiner Entlassung aus dem Amt gekommen. Er hatte sie Ellen und seinem Sohn, und jedem, der zu ihnen ins Haus kam, erklärt. Eine Mischung aus sozialer Gerechtigkeit und unternehmerischer Verantwortung, hatte er gesagt. Er zitierte die großen Reformer, Marx, Jefferson, Smith, verband seine Überlegungen mit dem Saab-Modell, das nicht nur monotone Arbeit am Fließband, sondern Fortbildung für andere Unternehmensbereiche und Gruppenarbeiten vorsah. Die Idee entsprach seinen Vorstellungen von einer gerechteren Welt: »Der Platz, an dem wir arbeiten, ist unser Platz in der Welt. Unser Platz im Leben.«

Jakob Voss verstand sich als Unternehmer, der von den Wegen eines radikal am Gewinn orientierten Kapitalismus, ohne Beteiligung der Arbeiterschaft, abwich, wie Robert Owen, der in den siebziger Jahren des 19. Jahrhunderts mit seiner kooperativen Textilfabrik in Lanark gezeigt hatte, daß man sowohl wirtschaftlichen Erfolg haben als auch ein neues Gesellschaftsmodell, zumindest in Ansätzen, als soziale Oase verwirklichen konnte.

»Wie in *Moby Dick*«, sagte er und genoß jedesmal die irritierten Blicke. Nur die wenigsten hatten sein Lieblingsbuch gelesen.

»Man lebt an Bord eines Schiffes, man segelt miteinander, macht Jagd auf den Wal. So ungefähr haben sich schon die Griechen das Leben in ihren Städten vorgestellt. Die Leute an Bord des Walfängers sind wie eine Familie, ein Nukleus – und die See ist rauh. Warum sollten sie nicht ihren Gewinn teilen, je nachdem, wieviel Arbeit der einzelne tut, was er geleistet hat? Aber das reicht nicht. Man muß den Leuten das Gefühl geben, daß ihnen das, wovon sie leben, mitgehört. Natürlich bekommt der Kapitän mehr ausgezahlt – er steuert, er hat das Kommando! Aber der Schiffsbesitzer, der zu Hause sitzt und nichts tut, außer sein Kapital segeln zu lassen? Bei mir soll jeder Harpunier, jeder Bootsmann und noch der Küchenjunge ein Stück der Planke verdienen, auf der er fährt. Natürlich endet hier der Vergleich, wir sitzen ja auf dem Trockenen. Aber versteht ihr, was ich meine?« Die Leute verstanden es. Voss fuhr mit seiner Ansprache fort.

»Wenn ihr nicht sehen könnt, wofür ihr tagtäglich arbeitet, wenn ihr für eine anonyme Firma schuftet, einen anonymen Boß und einen Aufsichtsrat, den ihr nie zu Gesicht bekommt, was soll das dann? Arbeit ist das halbe Leben. Wir verändern hier vielleicht nicht die Gesellschaft, aber die Arbeitsstruktur. Ein Teil der Löhne geht in die Refinanzierung und baut gleichzeitig Eigentum auf. So hat jeder etwas davon. Jeder muß Verantwortung übernehmen für das Ganze. Das ist Teilhaberschaft.«

»Teilhaben« und »teilnehmen« waren in der Zeit des ersten Erfolgstaumels seine Lieblingswörter gewesen. Und der Junge sah noch das Lächeln seines Vaters, als einer nach dem andern seinen Namen in die Liste eintrug.

Jetzt stand Heinz neben Preikzat vor der Schlachtwanne auf einem Stapel Pappkartons.

»Wie lange wollt ihr euch das von diesem Ausbeuter noch gefallen lassen? Der regiert hier, als ob wir sein Eigentum wären.«

Preikzat fuchtelte mit seinen Scheinen. Einer lachte.

»Schubst uns rum, und was passiert mit der versprochenen Gewinnausschüttung? Wieder verschoben! Ich sage euch, Voss ist ein Lügner.«

»Aber du hast als erster ›Hurra‹ geschrien, als er dir deinen Schein in die Hände gedrückt hat, Marek Heinz. Du hast doch gesagt, daß ihr euch keine Sorgen zu machen braucht, wenn der Lohn niedriger ist. Da es sich später schon auszahlt. Warum wollt ihr jetzt nicht noch etwas warten? Gebt dem Mann eine Chance.«

Der Junge konnte durch die Lamellen beobachten, daß einige der Rupffrauen zustimmend nickten. Die Stimme kannte er. Er ging noch näher heran.

»Und du, Preikzat«, fuhr die Stimme fort, »hast einen guten Fang gemacht, als Voss dir den Job hier gegeben hat. Hier wollte doch sonst keiner mehr mit dir zu tun haben! Wieso vergeßt ihr so schnell? Hier gab es nichts, nichts gab es hier! Eure Söhne mußten in die Stadt gehen, um Arbeit zu finden – die ganze Milchwirtschaft war doch eine Farce.

Und jetzt gibt es hier Lehrstellen, Arbeitsplätze. Voss hat die Wirtschaft im ganzen Dorf angekurbelt. Er will eine Schule bauen. Er wird expandieren. Es geht doch voran!«

»Was geht ihn das an, auf welche Schule ich mein Kind schicke?«

»Auf den Leim gehen wir ihm nicht mehr. Immer größer, immer größer. Und dann sind seine fetten Putenviecher auch noch krank! Hab ihr die röcheln hören? Was, wenn die alle krepieren? Ne, warten is' nicht. Wir wollen jetzt wissen, was unser ganzes Schuften wert ist.«

»Richtig!«, bestätigten einige.

»Aber ihr habt ihm vertraut – und er hat euch vertraut. Er hat euch Teile am Betrieb übergeben. Ihr seid am Gewinn beteiligt. Ihr habt Möglichkeiten mitzubestimmen, was hier vor sich geht. Denkt an eure Zukunft – und an die eurer Kinder.«

Fast sah es so aus, als ließen sich die meisten überzeugen. Dann durchbrach Heinz wieder die Stille.

»Das war zu Anfang. Aber jetzt ist das Maß voll. Ich bin euer Betriebsrat, und ich sage euch: Wir müssen jetzt zu Voss gehen und ihm sagen, daß er seine Scheine zurückhaben kann. Wir wollen Geld sehen.« Heinz schwang die Faust.

»Macht nicht den Fehler, den Betrieb zu zerstören, nicht jetzt, ihr schneidet euch nur ins eigene Fleisch«, versuchte der Fürsprecher seines Vaters zu beschwichtigen.

»Das sagst du, Hans Meyer, weil du sein Freund bist und weil du kräftig an ihm verdient hast. Wer kauft denn dein Land? Und womit? Doch wohl nur mit den Krediten, die er kriegt, weil er uns unseren Lohn nicht voll ausbezahlt.«

Meyer, also! Doch diesmal stimmten die Frauen Heinz zu.

»Leute, Leute. Ich kann euren Unmut verstehen. Ich rede mit ihm, ich sage ihm, daß er euch jetzt reinen Wein einschenken muß, wann er die ersten Raten zahlen kann.«

»Reinen Wein? Auf das Fest heute abend bin ich gespannt. Ein Fest feiern, mit uns allen, im Dorf, das kann er und das kannst du, Meyer. Kommst hierher als Fremder und spielst den großen Beschwichtiger. Was glaubst du, was das heute abend für ein Fest wird? Du hättest wegbleiben sollen, wie Voss auch. Dann wäre dein Sohn vielleicht noch am Leben, und deine Frau wär nicht so ein versoffenes Stück.«

Einen Augenblick herrschte Schweigen. Alle spürten, daß Heinz eine Grenze überschritten hatte. Dann brüllte Meyer los, und es sah aus, als wollte er sich auf Heinz stürzen, aber jemand hielt ihn zurück. Die Frauen und Arbeiter hinter dem blinden Gummiglas wogten hin und her. Nicholas sah, wie sich einige nach den Männern auf dem Podest ausstreckten. Die Leute davor redeten wild durcheinander, so als wüßten sie nicht, wem sie recht geben sollten. Als glaubten sie an dieses Leben nicht mehr.

Der Junge sah auf die Uhr in der Halle. Fünf vor halb vier. Er wünschte, sein Vater wäre hier.

Dann holte ihn der Gedanke an seine Pflichten wieder ein. Wenn er zum Fußball wollte, mußte er sich beeilen. Auch wenn das nun keine Rolle mehr spielte angesichts des Chaos, in das er sich gestürzt sah. Er wollte sich gerade leise umdrehen und verschwinden, da wurde das Gerede mit einem Schlag leiser und jemand, den er auch nicht sehen konnte, räusperte sich, wie um sich Aufmerksamkeit zu verschaffen, und sagte: »Ja.«

Es war ein nachdenkliches, vom Sprecher fast unwillkürlich nur für sich selbst gesprochenes »Ja«. Aber die Stimme kam ihm so vertraut vor, daß er sein gesamtes Register bekannter Stimmen durchging. Nichts paßte. Das kurze, graue, fast tonlose »Ja« schien alle Gefühle hinter sich gelassen zu haben und war doch um so intensiver in seiner absoluten Verachtung dessen, was sein Vater für ihn war. Es war die Stimme von Siegfried. Sein Onkel war also auch dabei. Siegfried sagte »Ja«. Und mit diesem einen Wort erschreckte er den Jungen mehr, als es jeder aufgeregte Vorwurf gegen seinen Vater hätte tun können. Es war dieses kalte Einverständnis mit denen, die von Jakob Voss abfielen, das den Jungen auf seinem Platz hinter der Tür erstarren ließ.

»Was sagst du dazu, Siegfried?« fragte Heinz, und alles wartete gespannt auf Siegfrieds Reaktion.

Einen Moment lang sah es so aus, als bräche ein Aufruhr los. Alle drehten sich gleichzeitig auf den Absätzen zu seinem Onkel um. Der Junge konnte ihn nicht sehen, weil er rechts von ihm hinter der Wand stand, noch hinter Meyer. Aber Siegfried sagte nichts weiter. Siegfried, der auf seinem Trecker saß mit seinem Axtprofil und den Mund nicht aufbekam.

»Na, Siegfried, was sagst du dazu?«

»Siegfried, Siegfried«, murmelte es überall. Es klang wie bei einer Chorprobe.

Siegfried schwieg. Oder er suchte hilflos nach Worten. Vielleicht zuckte er auch mit den Schultern oder gähnte, wie er es oft tat, wenn etwas ihm zuviel wurde. Mehr als sein »Ja« konnte man offenbar von ihm nicht erwarten. Er hätte fortbleiben sollen, dachte der Junge. Er hätte Meyer bei der Verteidigung seines Vaters helfen sollen.

»Was soll er schon sagen? Blut ist dicker als Wasser.« Preikzat erlöste ihn aus seiner Qual.

»Wir sollten Voss einen Denkzettel verpassen, und zwar jetzt. Seine großen Ideen kann er vergessen. Für meine Kinder sorge ich lieber selbst. Ist ja nett mit der Kantine. Hört sich alles toll an – auf dem Papier, oder wenn Voss es verspricht. Aber wir haben zu lange gewartet. Er kann sich nicht immer wieder was Neues ausdenken und uns hinhalten. Bei der nächsten Betriebsversammlung fordere ich meinen Anteil ein. Ich will jetzt sehen, wofür ich ein Jahr lang geschuftet habe. Ihr könnt ja weitermachen, wenn ihr wollt.«

Heinz setzte ein Zeichen, und da niemand ihm mehr widersprach, stimmte auch Preikzat zu: »Marek hat recht. Jetzt oder nie. Vertrauen kann man nicht ewig. Wir berufen für nächste Woche eine Versammlung ein.«

Dem Jungen wurde fast schlecht. Er dachte, daß er Preikzat für seinen Freund gehalten hatte.

»Ja, und wir reißen der Sau die Möbel unter dem Arsch weg, wenn er nicht bezahlt.«

In dem Durcheinander, das folgte, verstand der Junge nur noch Satzfetzen und einzelne Wörter wie »Denkzettel« oder »Streik«.

Die Versammlung löste sich auf. Die Leute strömten durch die Lamellentür hinaus.

Plötzlich stand Siegfried neben dem Jungen. Der Junge tat so, als wäre er gerade erst gekommen und als hielte er die Versammlung für eine ganz normale Pause. Siegfried sah ihn an, als wollte er prüfen, was er gehört hatte. Einige der Rupffrauen hoben den Kopf, als sie vorbeigingen, und warfen dem Jungen mitleidige Blicke zu. Andere nickten aufmunternd. Peinlich berührt, wie ertappt. Niemand sprach mit ihm, als sie in ihrer Arbeitskleidung an ihm vorbeizogen. Die Männer schauten ihn an, als wollten sie etwas sagen, sahen dann aber doch lieber weg und taten so, als wäre er nicht da. Der Junge sackte zusammen.

Siegfried hockte am Boden und band sich die Schnürsenkel – das war das erste, was der Junge sah, als er die Augen wieder aufschlug. Sein Onkel mußte ihn an die Wand gelehnt und ihm seine Arbeitsjacke unter den Kopf gelegt haben. Ohne den Jungen anzusehen, sagte er: »Da hat sich dein Vater ganz schön was eingebrockt. Kannst du aufstehen?«

Er half dem Jungen auf, nahm seine Jacke und stakste aus der Halle.

Der Junge hatte seinen Vater oft sagen hören: Wer seine Vergangenheit nicht kennt, ist verloren. Und wie verhielt es sich mit der Zukunft? Der Junge versuchte an die Vergangenheit und gleichzeitig an die Zukunft zu denken, als Siegfried ging und er allein in der Halle zurückblieb. Sein Vater wollte das Glück. Und er wollte es nicht nur für sich und seine Familie – vielleicht begriff er die ganze Farm als seine Familie. Dann wäre Preikzat sein großer Bruder gewesen. Der Junge mochte seinen Onkel nicht und mochte Preikzat nicht mehr. Seine Familie kann man sich – anders als die Freunde – nicht aussuchen. Man wird in sie hineingeboren, und sie ist wie eine zweite Haut. Der Junge mußte unwillkürlich an Schlangen denken. Er würde sich häuten müssen.

Und jetzt? Er sah Siegfried nach, der aus der Halle verschwunden war.

Die Ketten mit den leeren Haken an der Decke klirrten, als hätte ein Luftzug sie bewegt.

Der Junge ging durch die Lamellentür auf die summenden Kühlaggregate zu. Die schweren Plastikschürzen der

Frauen waren voll Blut und lagen zum Einweichen in einer Wanne mit Seifenlauge. Der Boden war naß. Mit großem Wasserdruck waren die Kacheln abgespült worden. Hier und da hatte sich an den Abflüssen ein Darmfaden oder ein anderer Rest verfangen und hielt das Wasser in einer kleinen Pfütze auf. Die Kisten, die Preikzat und Heinz als Podest benutzt hatten, lagen wie vergessen nahe der Tür. Ohne den kalten Blutgeruch hätte der Raum eine aufgeräumte Turnhalle sein können. Meyer saß mit dem Rücken zur Tür auf einer grünen Kiste und wippte mit den Füßen. Er drehte sich um, als er Schritte hörte. Mit seinem wirren Haar und dem verrutschten Schlips sah er aus, als wäre er erschöpft oder betrunken. Als er den Jungen sah, stand er auf und ging auf ihn zu.

»Ah, du bist es, kleiner Mann. Na? Wie sieht's denn aus? Wie geht's in der Schule? Ganz schön was los bei euch, wenn hier geerntet wird.«

Sein Blick wanderte über die Haken, die gesäuberten Wannen, die Schränke mit den sterilisierten Messern und zu dem Kühllagerraum nebenan, hinter der Glastür, wo die Temperatur auf Minusgrade eingestellt war. Die Tonnen voller Eingeweide und Abfall waren für die Nerzfarm bestimmt und würden später abgeholt werden. Sein Vater hatte auch für den Schlachtmüll noch eine Verwendung gefunden, die Geld brachte. Meyer sah den Jungen lange an. Der Junge sah in seinen Augen etwas Besorgtes, das sich jetzt nach innen zurückzog. Meyer setzte einen belustigten Blick auf, der wie ein Schutzwall war. Undurchdringlich. Seine Stimme klang fröhlich, als er weitersprach.

»Na, heute abend wird erst mal gefeiert. Und zwar bei mir. Das erste Jahr auf der Farm. Das ist ein Grund zum Feiern.«

»Was soll das mit dem Streik?«

»Das hast du gehört?« fragte Meyer überrascht. »Bist du schon lange da?«

Der Junge zuckte mit den Schultern.

»Weißt du, Nick, dein Vater ist ein besonderer Mensch. Er hat Ideen und kann sie auch umsetzen. Aber manchmal geht einfach nicht alles so, wie er es sich vorstellt. Und dann gibt es Streit.«

Meyer sah auf seine Füße, mit denen er über die Fliesen scharrte.

»Meinen Sie, daß er es schaffen wird?«

Der Junge sah, wie Meyer bei dieser Frage leicht den Kopf hob.

»Das kann man jetzt noch nicht sagen. Aber doch. Ich glaube, er kann es schaffen. Ich bin sogar sicher.«

Er stand von der Kiste auf und legte den Arm um den Jungen.

»Komm, wir gehen an die frische Luft. Ich hab noch was zu bereden. Ist dein Vater zu Hause?«

Der Junge schüttelte den Kopf.

»Hätte mich auch gewundert.«

Vier Nachdem Meyer sich von ihm verabschiedet hatte, ging der Junge in die Küche zurück. Seine Mutter war aufgestanden. Für einen Moment wollte er ihr erzählen, was sich da über ihnen zusammenbraute. Aber er verkniff es sich. Sie hatte schon vorhin verletzt ausgesehen. Die Kaffeemaschine pumpte das letzte Wasser aus dem Auffüllbehälter. Es zischte durch den Filter. Der Junge mochte den Kaffeeduft.

Seine Mutter hatte den Couchtisch mit dem guten Service gedeckt. Es war ein Erbstück, gleich bei ihrer ersten Einladung hatte Frau Meyer begeistert ihr Entzücken ausgedrückt angesichts einer solchen »Exklusivität«. »Exklusiv« schien überhaupt ihr Lieblingswort zu sein, bei dem sie aufblühte und mit dem sie anzeigte, daß es eine Welt gab, die Ellen noch verschlossen war, geheimnisvoll. Die Welt des Exklusiven bestand aus Ferienzielen, von denen Ellen und der Junge zwar gehört hatten, aber sie hätten nicht zu sagen vermocht, wo denn genau die Seychellen, die Keys, Karakorum oder Islamabad auf der Weltkarte lagen, geschweige denn, was genau sie waren. Meyer und seine Frau waren nicht mehr gereist, seit ihr kleiner Sohn im Swimmingpool ertrunken war. Aber Frau Meyer, die sich nach dieser Initialzündung über das Porzellan, dem weitere Begeisterungsausbrüche angesichts der Badezimmereinrichtung, des Alcantarakleids und der geschmackvollen Inszenierung des Zierfischteichs gefolgt waren, rasch mit Ellen angefreundet hatte, reiste nun in Gedanken, wenn sie der Mutter des Jungen davon erzählte.

»Ihr müßt auch mal wieder raus. Eine Insel wäre das beste, Madeira vielleicht. Frag mal deinen Mann. Ganz beisammen und woanders sein, wär das nicht was?«

Frau Meyer erzählte, und Ellen malte sich aus, wie ihr Leben sein würde, wenn Jakob endlich wieder mehr Zeit für sie hätte. Wenn sie auch nach Addis Abeba fahren könnten, oder wenigstens nach Dubrovnik. Frau Meyer lächelte. Es war ein Lächeln, mit dem sie etwas zurückhielt, als wollte sie sagen, daß sie diese Träume auch gehabt hatte, vor vielen Jahren.

Den Jungen beachtete Frau Meyer nie. Wenn er an die Tür kam, um ihr zu öffnen, fing sie sofort an, über seine Schultern hinweg zu rufen: »Ellen, ich bin's, ich komm jetzt rein.« Als wäre er Luft. Er hätte auch ein Liftboy sein können. Sie gab ihm nicht einmal die Hand.

Bevor Jakob Voss in die Gegend gezogen war, waren die Meyers der Hauptgesprächsstoff im Dorf gewesen. Man erzählte sich vor allem die Geschichte von Meyers Kind, und sie wurde so erzählt, als hätte sich etwas Unabwendbares ereignet. Dem Jungen war es vorgekommen wie eine Bestrafung.

Trotz der fünfzehn Jahre, die er inzwischen hier lebte, war »Land-Meyer«, wie ihn die meisten im Dorf nannten, keiner von ihnen geworden. Zwar akzeptierten sie den Grundstücks- und Immobilienhändler als Ansässigen, aber er kam eben »nicht wirklich von hier«. Meyer hatte seine Frau nach der Hochzeit, sie war damals schon schwanger, mit guten Geschäftsaussichten und den niedrigen Grundstückspreisen gelockt, hierherzuziehen. Sie hatten ein Haus gebaut, mit einem für alle sichtbaren Zeichen des Luxus: dem Swimmingpool. Sie wollten Platz haben, hatten sie sich gesagt, Platz für sich und ihr Kind. Sie wollten dem Kind alles bieten können und alles ersparen, was das Leben in der Großstadt laut und gefährlich machte.

Meyers Kind war sehr lebendig gewesen und ging auf alles zu, was ihm krabbelnd irgendwie erreichbar schien. Meyer hatte höhere, bunte Ziehharmonika-Gatter vor den Auf- und Abgängen der Treppen angebracht, die er pedantisch kontrollierte, hatte auch eine Gegensprechanlage ins Kinderzimmer legen lassen, die er den ganzen Tag eingeschaltet ließ.

Eines Tages verließ Meyer das Haus um die Mittagszeit. Er wollte neues Land akquirieren, von Bauer Harms, der keinen Nachfolger hatte, sich in seinen Preisvorstellungen aber als harter Hund erwies. Meyer bot ihm eine Leibrente an. Er kalkulierte mit dem Ableben des achtundsechzigjährigen Kettenlrauchers noch in diesem Jahrzehnt, und eine Leibrente war, wie er fand, für beide Seiten ein faires Geschäft. Nicht sehr intensiv genutztes Ackerland, Weiden, auf denen sich ein paar Schafe verliefen, magere Kühe unter der Milchquote, ein paar alte Scheunen, ein kleiner, heruntergekommener Hof mit Wellblech- statt Reetdach. Aber der Mann wollte nicht. Meyer packte eine Flasche Korn ein, das Etikett mit dem schwarzen Eber schien für ein Gelingen des Coups zu sprechen – Harms war passionierter Jäger gewesen und kippte gern mal einen Kurzen, auch im Anstand. Meyer hatte 380 000 Mark von der Raiffeisenbank abgehoben und die Scheine in einen Koffer getan. Bargeld lacht. Meyer rechnete mit dem Wunder des Anblicks der dicken Bündel aus Hundertern, Fünfhundertern und Tausendern.

Magda Meyer blieb allein bei dem Kind. Seine Frau hatte den Umzug aufs Land nicht gut vertragen. Als Stadtkind vom Rothenbaum hatte sie es schwer gehabt mit den Leuten im Dorf. Mit der Schwangerschaft waren ihr die alten Freundinnen verlorengegangen. Sie kamen nun nicht mehr zum Segeln in die Sommerhitze vom Plöner See, sondern blieben zu Hause an der Alster, flogen weit weg oder bauten sich Ferienburgen am Timmendorfer Strand. Sie trank. Regelmäßig, auch am hellichten Tag. Sie sah oft krank und abgezehrt aus. Meyer dachte, daß sich das geben würde, wenn das Kind erst einmal groß wäre und das Geld aus den Landverkäufen ihnen ein Leben in üppigerem Stil ermöglichen würde. Reisen nach Portugal und auf die Kanaren. Wenn sie sich irgendwann wieder eine Stadtwohnung leisten könnten, und er sich ein zweites Büro. Meyer hatte einen Blick in das Zimmer seines Kindes geworfen, glaubte sich wie immer, wenn er den Sohn ansah, sicher im Glück, und ging die Treppe hinunter ins Arbeitszimmer. Dort lag seine Frau auf der Couch. Sie hatte einen Stapel Tanzplatten aufgelegt. Die Augen waren hinter einer großen Sonnenbrille versteckt. Sie trug einen Seidenschal um den Kopf und hatte einen frühen Drink vor sich.

Zu diesem Zeitpunkt mußte das Kind aufgestanden sein, die Seitenwände des Gitterbettes erklommen haben, durch ein nicht geschlossenes Fenster hinausgekrochen, über den Sims auf das Verandadach gelangt und die Pergola oder die Regenrinne hinuntergeklettert sein. Jedenfalls fand man seine Leiche im Schwimmbad, das Gesicht nach unten, die Haare trieben im Wasser wie kleine Fäden.

Im Dorf hatte man danach damit gerechnet, daß die »Zugezogenen« sich wieder aus dem Staub machen würden, aber die Zähigkeit, mit der Meyer trotz des Unglücks seinen Weg verfolgte, und daß auch seine Frau wieder auf die Beine kam, beeindruckten viele.

Der Junge freute sich immer für seine Mutter, wenn Frau Meyer kam. Sie schien dann aufzuleben, erzählte von seinem Vater als »meinem Jakob«, und die Tränen waren vergessen.

Magda war es, die Ellen den Rat gegeben hatte, sich für das Fest zum Betriebsjubiläum ein neues Kleid zu kaufen, und Schuhe. Sie waren gemeinsam nach Hamburg gefahren. Es war auch für Frau Meyer seit langer Zeit das erste Mal gewesen, wieder in ihre Lieblingsgeschäfte am Neuen Wall und auf dem Jungfernstieg zu gehen, wo man sie immer noch als gute Kundin begrüßte, »Ah, Frau Meyer, wir haben Sie lange nicht gesehen. Wie geht es Ihnen? Möchten Sie einen Espresso, während Sie warten, Angela führt gerade hinten vor?« Ein Fest, meinte Magda, sei immer ein guter Grund, sich zu verwandeln, und die neuen Kleider würden aus ihr – sie sah Ellen von oben bis unten prüfend an – einen Schmetterling machen. Der Junge wußte nicht, ob seine Mutter die neuen Sachen an diesem Abend anziehen wollte.

*

Nach dem Kaffeetrinken packte der Junge sein Trikot, die schwarze Hose, das Handtuch, die Schienbeinschützer und die Stollenschuhe in seine Sporttasche. Die Schuhe drückten noch etwas, er spielte erst seit ein paar Wochen. In der Stadt wäre er nie auf den Gedanken gekommen, Fußball zu spielen. Aber sein Vater hatte gemeint, es sei eine gute Idee, in den Verein einzutreten. Er werde dort sicher bald Anschluß finden.

»Fußball, Handball, Faustball …, die Dreieinigkeit des norddeutschen Sports.«

Sein Vater machte zwar Witze über die stumme Verehrung, die viele Männer ihrem Verein und dem lokalen Sportteil ihrer Zeitung widmeten, aber er sah auch die Chance einer strategischen Verknüpfung: Alle Fäden im Dorf liefen im Sportlerheim zusammen, in der Dorfkneipe, auf dem Fahnentisch unter der Pokalvitrine mit den Urkunden, Medaillen, Pokalen und Wimpeln. Bis zur letzten Woche hatte der Junge nur auf der Ersatzbank gesessen.

Ein Wagen hielt vor dem Haus. Der Junge nahm seine Sporttasche und ging nach unten. Frau Meyer war gekommen, um bei seiner Mutter für den Abend noch einen Karton Gläser zu leihen.

»Natürlich, Magda, warte, ich komme!« Seine Mutter stand auf und lief in die Küche.

»Man weiß ja nie, ob man genug im Haus hat, bis man so eine Party feiert.« Sie holte zwei schwere Römer aus dem Schrank.

»Nein, nicht die Kristallkelche! Bist du wahnsinnig? Wenn Bost mit seinem Überbiß kommt, dann bist du im Nu ein, zwei Gläser los. Geht es dir auch gut, Ellen? Du siehst so bleich aus.«

Seine Mutter winkte ab.

»Es geht schon, nur etwas müde. Erschöpft von der Woche. Und heute war ein anstrengender Tag.«

»Du mußt dich ausruhen. Komm, leg dich eine Weile hin.«

Frau Meyer führte Ellen zur Couch ins Wohnzimmer. »Heute abend mußt du frisch sein. Es wird doch getanzt.«

Ellen nickte.

»Ist wirklich alles in Ordnung?«

»Ja, ja, schon gut. Kannst du Nick mit zum Fußball nehmen?«

»Klar kann ich das.«

Frau Meyer ging in die Küche und nahm sich einfache Weingläser aus dem Schrank. Sie legte sie vorsichtig in einen Karton mit Styroporteilchen, den sie mitgebracht hatte.

Der Junge trat ins Wohnzimmer. Er beugte sich zu seiner Mutter hinunter und gab ihr einen Kuß. Sie sah ihn überrascht an. Der Junge verschwand eilig aus dem Raum und fragte Frau Meyer, ob er ihr mit den Gläsern helfen könne. »Danke, das mache ich schon«, sagte Frau Meyer und manövrierte den Karton, auf dem sie einige Schalen balancierte, zu ihrem Wagen. Der Junge hielt ihr die Haustür weit auf, ließ sie hinter sich ins Schloß fallen und stieg dann zu ihr ins Auto.

»Magst du Fußball?« Frau Meyer steuerte ihren Sportwagen, einen kleinen grünen Triumph, über die Landstraße. Sie fuhr sehr schnell. Sie hatte das Verdeck geöffnet, man mußte gegen den Wind anschreien. Es war das erste Mal, daß sie ihn direkt ansprach, nach etwas fragte.

»Ich meine, spielst du gern?« versuchte sie ihre Frage zu präzisieren.

Der Junge schüttelte den Kopf und dachte an die Gläser im Kofferraum. In der Stadt hatte er Tennis gespielt. Die Anlagen waren gleich hinter ihrem Garten gewesen, am Rande des Stadtparks. Im Winter und noch im Frühling konnte man die rote Asche durch das kahle Gebüsch schimmern sehen. An Sommerabenden hörte man das Plopp-Plopp der Bälle und das sirrende Nachfedern der Sehnen und dann den Aufschrei, wenn einer einen Vorhandpassierschlag besonders gut getroffen hatte. Das mochte der Junge. Der Trainer der Mannschaft, in der er gespielt hatte, bescheinigte ihm Talent und, wegen seiner Größe, eine gute Reichweite am Netz. Außerdem hatte er an dem Jungen eine Verbissenheit festgestellt, ihm »mentale Stärke« attestiert, wie sie in dieser Zeit des Tennis-Booms von Vorteil schien. Er habe die Gabe, sich in eine Art Trance zu spielen, erklärte der lange Mittvierziger Herrn Voss, um sich beim Bürgermeister einzuschmeicheln. Der Trainer, braungebrannt und in Tennisshorts, warb zugleich für sein Sportfachgeschäft in der Innenstadt, wo er den jungen Steffi Grafs und Boris Beckers und ihren hoffnungsvollen Eltern, die vor lauter Stolz nicht mehr merkten, was vorging, die teuren neuen Rackets von Prince, Völkl, Puma und Dunlop aufschwatzte. Der Junge genoß das Tennisspielen. Beim Aufschlag gab er einfach das Gleichgewicht auf und fiel nach vorn, zog den Schläger durch und stürmte aus dieser gleitenden Bewegung heraus ans Netz. »Der Panther«, hieß er bei Thorben Blöcker, seinem Trainer. »Fehlt noch die Beinarbeit, Nick. Ein bißchen mehr Trainingsfleiß, und es könnte was aus dir werden.«

Der Junge war immer stolz gewesen, wenn seine Mutter ihn abholte und solches Lob aus berufenem Mund hörte, ehe sie noch eine Cola mit ihm auf der Clubterrasse trank. Anfangs hatte er die Leute, die auf der Farm arbeiteten, noch genervt und stundenlang mit seinem Schläger Tennisbälle gegen die Wand gespielt. Aber dann hatte er Tennis ganz aufgegeben. Jetzt gab es Fußball – und Radfahren.

Frau Meyer rief in den Wind: »Ich mag Fußball. Fußballer haben schöne Beine.«

Sie schob ihre Sonnenbrille herunter und sah auf seine Beine, die schon in Fußballhosen steckten. »Karl-Heinz Rummenigge!«

Der Junge nickte und drückte sich tiefer in den Sitz. Er hatte keine Ahnung, von wem sie redete.

»Du bist ein hübscher Kerl geworden.«

Er wußte nicht, was er dazu sagen sollte.

Sie schaltete in den zweiten Gang zurück, als sie die Bundesstraße überquerte und über den kleinen Berg hoch um die Kurve in den Ort bog.

»Wirst einigen Mädchen den Kopf verdrehen.«

Sie stoppte.

»So, und jetzt hopp.« Sie lehnte sich über ihn, um die Tür von innen zu öffnen. Ihr Arm streifte seine Schenkel, und er roch ihr Parfüm.

»Danke«, sagte er und beeilte sich auszusteigen.

Sie lächelte ihm hinterher, winkte mit ihrer behandschuhten Rechten und brauste davon.

Als er auf dem Trainingsplatz ankam, nahm sich der Junge fest vor, wieder aus dem Fußballverein auszutreten. Fußball war anders als Tennis. Man war abhängig von den anderen, mußte sie bitten oder anschreien, wenn man den Ball wollte. Meistens spielte die Jugendmannschaft direkt vor den Herren, die in diesem Jahr in der Verbandsliga aufliefen. Oft standen dann mehr als zweihundert Leute an der Stahlrohrbande, an der die alten Werbetafeln angebracht waren – Fietschen, Schuhhaus Sunderland, Jägermeister und VGG, das Zeichen der Farm –, und kommentierten das Spiel.

»Hau doch die Pille da weg«, oder: »Hast du Tomaten auf den Augen? Los, Schiri, pfeif, das war Abseits.«

Seine Eltern ließen sich so gut wie nie auf dem Fußballplatz sehen. Auch am letzten Sonntag, als er die zwei Tore gegen den großen Rivalen aus dem Nachbarort geschossen und die Frau des Trainers hinter dem Tor gestanden und ihn dauernd angeschrien hatte, waren sie nicht auf dem Platz gewesen.

Zu Auswärtsspielen wurde man von den Eltern gefahren, die Fahrgemeinschaften bildeten und sich auch abwechselnd um das Waschen der Trikots kümmerten. Man traf sich vor dem Clubhaus und fuhr dann im Konvoi in die sonntägliche Ruhe eines anderen Dorfes. Die Eltern standen auf dem fremden Platz hinter der fremden Bandenwerbung für Spar- und Darlehenskassen, Fendt-Maschinen, die Raiffeisenbank – und gaben von dort ihre Kommentare ab. Stille, wenn der Gegner ein Tor schoß. Jubel, oder der enttäuschte Aufschrei, wenn der Ball gegen den Pfosten ging.

Voss hatte die Bedeutung des Fußballvereins im Dorf zwar sofort erkannt und seinen Sohn als Lockvogel eingesetzt. Er war Trikotsponsor geworden, Bandenwerber – nur eines hatte er unterschätzt: daß man nicht einfach so daherkommen und sich alles kaufen konnte. Es hätte mehr genützt, wäre er am Sonntag öfter dabeigewesen. Aber auch wenn er kam – die Platzhierarchie war hier eine andere, als er es gewohnt war, und er war der Neue, sein Sohn, der Neue. Es war eine Hierarchie, in der man sich hochdienen mußte, »und eine Waschmaschine«, so bemerkte die Frau des Trainers nach dem letzten Spiel höhnisch, »werden sie«, seine Eltern, »doch wohl haben«.

So hatte der Junge von Anfang an Feinde gehabt.

In zwei Tagen hatten sie wieder ein Heimspiel, und als der Junge auf den Platz kam, gab Rohwedder ihm als erstes zu verstehen, daß er eigentlich nicht dazugehörte:

»Na, von Mutti hergefahren?«

Rohwedder war der Jugendtrainer. Er hatte einmal den Versuch einer Profikarriere unternommen, aber ein Meniskusschaden, so sagte er jedenfalls, war ihm beim Sichtungslehrgang in die Quere gekommen. Er war eigentlich arm dran. Er hatte auch keine Trainerlizenz erhalten, man hatte ihm hier aus dem Ehrenamt des Platzwarts eine bezahlte Stelle geschaffen, die er zur Hälfte mit Aushilfstätigkeiten als Gemeindearbeiter auffüllte. Sein Sohn spielte Mittelstürmer, obwohl er viel kleiner war als der Junge. Es zählte nicht, daß er letzte Woche nach seiner Einwechslung gleich zwei Tore geschossen hatte.

»Abstauber«, hatte der Sohn des Trainers anschließend gesagt, aber in der Lokalzeitung war sogar ein Bild von dem Jungen gewesen, und sein Vater hatte ihm die Bildunterschrift vorgelesen: *Nicholas Voss, das neue Stürmertalent des FC, bringt dem Club 2 Punkte im Abstiegskampf ein.*

Das Training heute machte den Jungen wütend. Kein Wort über die Tore, und beim Abschlußspiel bekam er von Rohwedder kein Bändsel zugeteilt. Das hieß, er spielte in der zweiten Mannschaft, und das hieß für das nächste Spiel, wieder nur auf der Ersatzbank Platz zu nehmen.

»Los, mach Kopfball«, schrie der Trainer ihn vom Spielfeldrand jedesmal an, wenn sein Sohn im Zweikampf, Mann gegen Mann, gegen den Jungen antrat. Der Junge zuckte zusammen, wenn der Ball als hohe Flanke auf ihn zusauste. Er haßte Kopfbälle. Rohwedders Sohn schoß zwei Tore, der Junge keins. Rohwedders Sohn nahm den Ball, den der Junge beim Eckball unterlaufen hatte, mit der Brust an, wartete und schob dem Jungen den Ball in aller Ruhe zwischen den Beinen durch.

»Beinschuß!« brüllte Rohwedder von draußen begeistert. »Ja, los, mach ihn naß!«

Die zweite Mannschaft maulte den Jungen aus, »Los, gib die Pille her, Voss«, und der Junge lief nur noch nebenher, weil ihm nach dem Beinschuß keiner mehr Bälle zuspielte.

Er empfand das Training als unverdiente Strafe. Und die Zeit ging viel zu langsam vorbei.

»Das nächste Mal, Voss, gibt's 'ne Sondereinlage von dir. Kopfballtraining, bis dir der Schädel brummt.«

Rohwedder grinste. Sein Sohn hatte »den von der Farm« schwindlig gespielt. »Der Apfel fällt nicht weit vom Stamm«, schrie er stolz.

Nach dem Training gingen die beiden Mannschaften in die Umkleidekabine. Die Kabine war voll. Es stank nach Schweiß, und der Geruch feuchter Socken quoll aus den Spinden. »Riecht, als hätte man reingekotzt«, flüsterte Ralf dem Jungen zu, als sie an Fischer und seiner Bande vorbeigingen, die sich zum Training umzogen. Im hinteren Teil der Kabine, wo ihre Straßenkleider offen am Garderobenhaken baumelten, zogen sie sich ihre Sportsachen aus. Der Junge haßte es, wenn sie sich freitags mit den Großen den Platz teilten. Deren Oberkörper glichen ausladenden, behaarten Trapezen. Er wußte von Ruth, daß Fischer und seine Bande ein Hantelstudio eingerichtet hatten, mit Stemmbänken und mit Sand gefüllten Gewichten. Der Junge stellte sich vor, wie Ruth im Halbdunkel des Schuppens ihren halbnackten Oberkörpern zugesehen hatte, deren Muskeln sich unter der Last der Hanteln bis zum Zerreißen spannten. Hatte sie sie bewundert? War sie erregt gewesen? Die großen Jungen aus der A-Jugend schlappten lässig in ihren Badelatschen herum. Er, nur mit einem Handtuch bekleidet, erkannte einen der Haie vom Badesee. Er versuchte, an ihm vorbei in den Duschraum zu schlüpfen, aber Hagen, der zweite Chef der Mofagang, langte von hinten um seine Hüfte und zog ihm das Handtuch weg: »He, schaut mal! Bist du Mitglied?«

Die anderen in der Kabine lachten, ohne eine Antwort abzuwarten.

»Laß mich in Frieden, du Arschloch!« schrie der Junge und legte sich die Hand vors Geschlecht, aber der vierschrötige Typ riß sie ihm weg. Der Junge versuchte, seine lange Vorhaut und seinen noch fast haarlosen Hodensack mit der anderen Hand zu verbergen. Er glaubte in den Knien einzuknicken und zitterte am ganzen Leib vor Scham.

»Was hast du gesagt? Ich bin wohl taub? Willst du was in die Fresse, Arschgesicht.«

Hagen war nicht viel größer als der Junge, aber der Junge sah ihm seine Wut an und seine Lust, ihn hier vor all seinen Freunden zusammenzuschlagen. Die Mannschaftskameraden des Jungen drehten sich weg, als hätten sie nichts gesehen, aber dann mischte sich Dennis Fischer persönlich ein und stellte sich vor den Jungen.

»Laß ihn, Hanno, der ist doch noch 'n Kind.«

»'n Sesselpupser ist das, der soll mich nicht noch mal anmachen.«

Hanno zeigte mit seinem dicken, verschrumpelten Finger auf den Jungen.

»Nur weil sein Alter hier den großen Max markiert. Ich krieg dich noch, Arschbläser!«

»Ist ja gut, Hanno.«

Fischer schob ihn ab. Aber der Vierschröter holte noch einmal aus und knallte dem Jungen mit der ganzen Kraft seines Arms eins mit dem Handtuch. »Ich denk an dich.« Es gab einen Knall. Der Junge schrie vor Schmerz auf. Auf seinem Schenkel hinterließ das nasse Handtuch rote Striemen. Danach nahm Ralf ihn mit zu den anderen unter die Dusche.

Er kam sich vor wie ein Aussätziger. Regungslos stellte er sich neben Ralf in eine Ecke des Duschraums und ließ die heiße, harte Wasserbürste auf sich herabprasseln. Er drehte sich zur Wand, stellte die Wärme ein und seifte sich ab. Dann hielt er den Kopf lange unter das Wasser. Nach einer Weile drehte er ab. Es war still. Die anderen waren schon dabei, sich umzuziehen.

Die zwei Dicken von der Abwehr spielten im Umkleideraum mit der wabbeligen Schicht um ihren Bauch, walkten ihre Fettwülste wie Bäcker und waren so vor den Kommentaren der Älteren geschützt, weil sie sich selber zum Affen machten. Den Jungen widerte das an. Er trödelte mit dem Anziehen so lange herum, bis er sicher war, daß Hagen, Fischer und die anderen weggegangen waren.

*

Bei der Abendfütterung, die heute wegen des Fests etwas vorgezogen war, grüßten die Arbeiter den Jungen und seinen Vater, als ob nichts geschehen wäre. Der Junge hatte zumindest ängstliche Seitenblicke erwartet. Irgend etwas, das andeutete, daß sich die Leute an ihre Versammlung erinnerten, daß es ihnen peinlich war, sie vielleicht Angst hatten, er hätte es weitererzählt. Aber nichts dergleichen. Keiner schien sich daran zu erinnern, daß einige von ihnen vor ein paar Stunden noch um Preikzat und Heinz herum auf der Holzkiste gestanden hatten. Preikzat war natürlich nicht da. Er hatte längst Feierabend und würde sich erst am Montagmorgen wieder auf die Geräte stürzen. Für Notfälle stand seine Telefonnummer neben dem Sicherungskasten in jedem Stall. Der Junge hoffte, daß er es geschafft hatte, das Fahrrad zu reparieren. Sonst würde er am Wochenende auf seine Eltern angewiesen sein – und dann kämen der Unfall und vielleicht auch das Schwänzen raus.

Heinz hatte eine andere Schicht. Die anderen schienen von den Ereignissen des Nachmittags nicht weiter berührt, was den Jungen erleichterte, aber auch erstaunte. Hatte er sie nicht klatschen sehen, als Preikzat und Heinz gerade zum Streik aufriefen und seinen Vater einen Lügner nannten? Jakob griff sich eine Schaufel – er hatte das, wegen seines schmerzenden Fußes, schon lange nicht mehr getan – und machte sich für eine Viertelstunde gemeinsam mit den anderen konzentriert an die Arbeit.

Voss hatte es überrascht, daß sein Sohn ihn gleich nach seiner Rückkehr in seinem Büro aufsuchte, um mit ihm in die Ställe zu gehen. Es freute ihn, und er schickte den Jungen, der sich Gummistiefel anziehen sollte, nur schnell ins Haus, bevor sie sich dem Arbeitstrupp auf dem Hof anschlossen. Der Junge hielt das Tor von Halle B auf, damit die Arbeiter die zwei Schubkarren mit der Spreu, den Schaufeln und einigen leeren Eimern in die Halle bekamen. Dann griff er sich selbst einen Eimer. Pahlke, der Bruder von Frau Kopsch aus der Buchhaltung, öffnete die Luke am Futtertrog. Mit Gedonner rutschten die Getreidepellets, die wie kleine Rollen gehärteten Zwiebelmetts aussahen, in die Rinne. Staub bildete sich, und die Männer im Stall mußten ein paar Schritte zurücktreten, um nicht von der Staubwolke des Trokkenfutters erfaßt zu werden.

Während das Futter dosiert in die Rinnen lief, halfen alle mit Schaufeln nach, stiegen jeweils zu viert in die Gehege und verteilten die Abendration. Jeweils einer aus der Gruppe suchte den Boden nach toten Tieren ab. Es kam fast jeden Tag vor, daß eine kleine Ente totgetrampelt wurde oder sich am Draht verletzte. Die Männer trugen Scheren im Gürtel, um zu scharf nachgewachsene Schnäbel stutzen zu können. Der Junge erneuerte mit seiner Plattschaufel die feuchten Stellen der Spreu um die Tränke. Aber etwas war heute ungewöhnlich: Seltsamerweise beachteten viele der kleineren Enten das Futter nicht. Sie hatten sich, vielleicht aufgeschreckt vom Rauschen des Preßschrots und der Futtermischung, in die hintere Ecke des Stalls zurückgezogen, saßen mit gesträubtem Gefieder zusammengedrängt in der Dunkelheit unter der Dachschräge. Die Zwei- bis Fünftwöchler, die links, in der hinteren Abteilung von Stall II, unter dem Rotlicht untergebracht waren, wirkten apathisch. Sie standen dicht beieinander, als hätten sie Schutz gesucht. Der Junge war nicht der einzige, dem das merkwürdig vorkam, aber die anderen wirkten nicht überrascht, eher in unangenehmen Befürchtungen bestätigt. Normalerweise wurde das Kratzgeräusch der in die Freßrinne laufenden Pellets übertönt von dem Geschrei, mit dem sich die Tiere aufs Fressen stürzten. Auch die Jungvögel stoben sofort darauf zu. Wenn der Junge nicht rechtzeitig wegkam, hackten sie gierig mit ihren Schnäbeln auf seine Gummistiefel ein. Heute mußte er sie nicht mit dem Fuß zur Seite schieben, um sich wieder einen Weg aus dem Gehege hinauszubahnen. Sie drehten den Kopf auf den Rücken und wichen rückwärts vor ihm zurück. Heute schienen sie kein Interesse zu haben am Futter. Die Tiere röchelten eigenartig.

»Papa«, rief der Junge seinem Vater zu, der in der Nähe der Tür die Hauptrutsche bediente, »komm mal, sieh dir mal an, was hier los ist.«

Sein Vater kam aus dem vorderen Gehege der bald schlachtreifen Tiere heraus und trat in den Mittelgang. »Was ist denn?«

Der Schweiß rann ihm von der Stirn. Es war heiß in der

Halle, unter dem Dach hatte sich die Hitze gestaut. Man würde bald die Ventilatoren einschalten müssen.

»Die Kleinen fressen nicht.«

Sein Vater setzte den Eimer ab, den er zum Einsammeln von Unrat und zerdrückten Küken mitgenommen hatte, stieg über den Zaun und kam zu dem Jungen. »Verdammt, genau wie bei den Puten.«

Er untersuchte ein Tier.

»Vielleicht ist es ja doch nur das Futter«, sagte Siegfried, der Schichtleiter war, zu seinem Bruder. Er beugte sich vor, zerrieb ein paar Pellets, prüfte schnuppernd und ging dann weiter.

»Ich rufe den Tierarzt an.« Jakob ging hinaus.

»Die Alten fressen das Zeug ja auch, also.« Siegfried zuckte die Achseln. »Die gewöhnen sich schon daran. Los, Nick, bring sie ran«, dirigierte er.

Der Junge ging in die Ecke und versuchte, die Küken in Richtung des Futters zu scheuchen.

Die Enten wichen nur langsam aus. Seine Gummistiefel rutschten auf der wäßrigen Geflügelkacke, die sich mit dem Stroh und der Sägespähnstreu zu einer übelriechenden gelbgrünen Pampe verbunden hatte. Auch das war seltsam, erst am Morgen war in Stall II gemistet worden. Schließlich bekam er doch einige an den Trog. Sie pickten das Futter auf, aber ohne großen Appetit.

»Du machst die anderen Ställe auch, ich möchte das beobachtet haben«, sagte sein Vater, der zurückgekommen war, um den Jungen zum Essen zu holen, zu Siegfried.

»Jawohl«, sagte Siegfried.

*

»Wie spät ist es?«

Jakob Voss legte sich seinen Smoking zurecht. Er stand in einem langen weißen Oberhemd und schwarzen Strümpfen vor dem Ankleidespiegel und knotete sich angestrengt seine Fliege.

Nach der Fütterung hatten sie zusammen gegessen. Den Jungen hatte es erstaunt, daß die Stimmung seiner Eltern wieder so gut, fast gelöst gewesen war. Beim Abendbrot, einer Kürbissuppe und leichtem Salat, hatte Jakob Ellen von seinem Tag bei der Bank und dem Hallenbauer erzählt. Er hatte das Finanzierungskonzept für die neuen Ställe noch einmal überarbeitet und eine Feasebility-Studie dazugelegt, nach deren Erstellung er sich die letzten Nächte nicht mehr ins Schlafzimmer geschlichen, sondern gleich auf die Couch in seinem Zimmer gelegt hatte. Ellen schien wieder beruhigt. Nach dem Essen gingen seine Mutter und sein Vater abwechselnd ins Bad.

»Kurz nach sechs«, rief Ellen aus dem Badezimmer, wo sie sich auszog. Es herrschte Partystimmung.

»Verdammt. Hast du mein Taschentuch gesehen?«

»Welches, das rote?« rief Ellen, die sich gerade ihre Beine rasiert hatte.

»Nein, das weiße.«

»Steck doch das rote ein.«

»Ich will aber das weiße.«

»Ich weiß nicht, wo es ist. Guck mal in der Schublade im Nachttisch.«

Der Junge, der in der Tür zum Schlafzimmer gestanden hatte, erschrak.

Jakob zog erst die obere Schulade auf, fand aber das Tuch nicht.

»Scheiße!« murmelte er in einer Mischung aus Mißvergnügen, Zeitdruck und zugleich doch auch Vorfreude auf das Fest.

Er zog die untere Schublade auf und wühlte in den Socken. Dann hielt er inne.

»Hast du's gefunden?« rief ihm Ellen aus dem Bad zu.

Der Junge hatte vor dem Schminkspiegel Platz genommen. Er sah seinen Vater noch einmal in der Schublade suchen, aus der er am Morgen das Buch genommen hatte. Sein Vater hielt wieder inne und schüttelte den Kopf, sagte dann aber, und der Junge hörte mit klopfendem Herzen das leichte Zögern in seiner Stimme: »Ja, ja.«

Jakob Voss schloß langsam die Schublade und sah zu seinem Sohn auf. Ihre Blicke trafen sich im Spiegel. Der Junge schaute schnell weg.

»Fönst du Nick noch das Haar?« rief Ellen aus dem Badezimmer.

»Mach ich.«

Jakob nahm die Bürste und den Fön. Er schien etwas sagen zu wollen, stellte dann aber den Fön an. Er benutzte Haarspray und zog dem Sohn mit dem schwarzen Kamm einen Scheitel. Er brauchte immer besondere Kämme aus Horn, deren dünne Seite mit den ganz feinen Zacken das Haar beim Durchstreichen weich und geschmeidig machte. Er sprühte das Haar des Jungen zusätzlich mit etwas Wasser ein, bevor er es fönte. »Dann hält es besser«, erklärte er. Zum Abschluß hielt er dem Jungen die Hand vor die Augen, als er nach dem Fönen noch einmal Haarspray ins Haar sprühte. Der Junge spürte, wie der Scheitel vorn verklebte. Jakob und sein Sohn hatten nun dieselbe Frisur.

»Du solltest Tante Hertha etwas mitbringen. Ich habe etwas besorgt, machst du das?« Seine Mutter war halbnackt, sie hatte sich ein Handtuch um den Leib geschlungen und jeweils ein weiteres um den Busen und um den Kopf. Sie hatte geduscht. »Das habe ich nach dem langen Tag dringend gebraucht«, sagte sie. Der Junge wollte aufstehen, aber sein Vater drückte ihn auf den Hocker zurück. Beide sahen sie in den Spiegel. Ellen legte ihr neues grünes Kleid heraus. Sie zog einen Slip und einen fast durchsichtigen Spitzen-BH an und schlüpfte dann in das Kleid, das sehr kurz war und ganz gerade geschnitten. Magda hatte ihr dazu geraten. Sie sah jung darin aus, ihr Kopf wirkte darüber wie eine Blume. Sie trug das Haar hochgesteckt und wählte jetzt zwischen einer roten und einer mattweißen Tasche, Goldschmuck und der Perlenkette. Sie ließ sich von ihrem Sohn und Jakob beraten. Dann kam die Schuhfrage. Der Junge nickte vorsichtig in den Spiegel, als sie sich elfenbeinfarbene Schuhe überstreifte.

»Du siehst toll aus, Ellen«, sagte Jakob. Der Junge glaubte, ein Zittern in den Händen seines Vaters zu spüren.

»Seid ihr fertig, ihr beiden?«

»Tatatataaa«, Jakob breitete seine Arme mit dem Fön und dem Kamm aus wie ein Opernstar und drehte den Jungen zu seiner Frau: »Nick und sein onduliertes Haar.«

Ellen fing an zu lachen, und der Junge war glücklich.

»Wir können das Fahrrad mitnehmen, dann könntest du morgen früh ganz allein kommen, und wir könnten ausschlafen«, schlug sie dem Jungen vor.

»Nein, nein«, wehrte der Junge ab. »Ich kann ja morgens mit zu Ralf gehen. Und wenn ihr dann mittags irgendwann Einkaufen fahrt, dann nehmt ihr mich mit zurück, o. k?«

»Guck mal, Jakob, der Junge denkt mit.«

»Ja, Nick wird groß.« Er strich ihm über den Kopf und brachte die schöne Frisur, die er ihm gemacht hatte, wieder durcheinander. Der Vater gab ihm einen Kuß, und der

Junge beugte sich vor, froh, daß auch die Sache mit seinem Fahrrad nicht herausgekommen war.

»Gut, dann ist es abgemacht! Du bleibst die Nacht bei Tante Hertha, und wir holen dich morgen mittag bei Ralf wieder ab. Und macht keinen Unsinn.«

Der Junge fragte sich, warum seine Mutter dies extra hinzufügte, aber er beeilte sich, aus dem Zimmer zu kommen.

»Ach, macht, was ihr mögt. Sie hat morgen sowieso alles vergessen«, rief sein Vater ihm gutgelaunt nach.

»Jakob!« hörte er seine Mutter sagen.

Der Junge drehte sich in der Tür zu ihnen um. Er sah, wie sein Vater seine Mutter in den Arm nahm und mit ihr vorm Spiegel hin und her schaukelte. Sie sahen beide sehr glücklich aus.

Der Junge ging in sein Zimmer.

»Seid nett zu ihr, ja?« sagte seine Mutter.

*

Unten klingelte es.

»Ich mache auf!« rief er aus seinem Zimmer.

Es war Meyer. Jakob kam die Treppe herunter. »Hallo, Hans!«

Er führte Meyer in sein Arbeitszimmer.

Der Junge machte im Wohnzimmer den Fernseher an, aber es lief nichts, was ihn interessierte. Und sie mußten ja eh bald gehen. Er schaltete ab und ging zur Arbeitszimmertür. Eigentlich hatte er vorgehabt, sich dazuzusetzen, doch als er schon die Hand auf der Klinke hatte, meinte er, daß es vielleicht besser war, jetzt nicht zu stören.

Er lehnte sich an den Türrahmen. Meyer sagte gerade: »Darf ich dir einen Rat geben, Jakob?«

Meyer wartete die Antwort nicht ab, oder sein Vater hatte einfach genickt, wie das seine Art war, wenn er ungeduldig wurde.

»Du mußt ihnen sagen, was los ist. Die Leute haben ein Recht darauf. Sie vertrauen dir.« Meyer schien abzuwarten, ob Jakob etwas dazu sagen würde, aber sein Vater schwieg.

Der Junge drückte seinen Kopf noch dichter an den Rahmen und zerstörte seine Fönfrisur damit vollständig. Plötzlich hatte er Magenkrämpfe.

»Glaubst du denn, du kommst damit durch? Alle im Dorf sprechen davon. Alle.«

»Was sagen sie denn, diese alle im Dorf?« Die Stimme seines Vaters klang leise, aber bedrohlich, als hätte er gerade die Hände gefaltet und seinem Gegenüber scharf lächelnd in die Augen geblickt. Der Junge versuchte, sich vorzustellen, daß Jakob jetzt so zumute war wie ihm. Er fühlte sich schwach und ein wenig wacklig auf den Beinen.

»Ich weiß, daß du keine schlechten Nachrichten magst, aber ich bin dein Freund ...« Meyer fing es also vorsichtig an. Er spürte den unterdrückten Zorn in Jakob.

»Mein Freund, aha! Dann laß mich mit dem Scheiß in Ruhe!« Bei den letzten Worten war sein Vater laut geworden. Es hörte sich an, als hätte er mit ausgestrecktem Arm alles vom Tisch gefegt, alles um sich herum mit einem Handkantenschlag ausgelöscht. Sogar die Tiere, die man draußen hörte, schienen für einen Moment still geworden zu sein. Sein Vater war böse.

»Was sagen sie denn, die Leute im Dorf? Daß ich ein Irrer bin, daß ich nicht hierhergehöre? Einer, der Geld verspricht und nichts einbringt? Die sollen mich kennenlernen. Die sollen mich kennenlernen!«

»Beruhige dich, Jakob«, Meyer versuchte ihn zu beschwichtigen.

»Beruhigen? Was glaubst du, was ich hier aufgebaut habe? Einen Kindergarten? Eine Selbstbedienungsanstalt? Das ist kein Kleckerkram, hier geht es um Zukunft, verstehst du das, Hans? Die Zukunft!«

»Das weiß ich doch, Jakob. Die Leute wollen aber jetzt ihr Geld und drohen zu gehen. Sie sagen, du kannst dir deine Anteilscheine in den Hintern stopfen und dein Mastgeflügel dazu. Wenn du ihnen nicht bis Montag ihr Geld gibst, dann sind sie raus aus dem Kontrakt.«

»Dann laß sie doch abhaun, laß sie. Ich finde neue.«

»Jakob, das ist es doch gerade, du findest hier niemanden mehr, der in dich im Augenblick großes Vertrauen setzt. Was glaubst du, warum der Gregorius von der Bank nicht kommt und dafür der Smietana? Der riecht das Geschäft mit deinem Geflügel, der wartet, bis du aufgibst, und dann kauft er dich aus. Jakob, als Freund ...«

»Ich habe all die Jahre immer wieder dasselbe erlebt, Hans. Immer wieder. Du tust alles. Du gibst den Leuten mehr, als sie wollen. Erst jubeln sie dir zu wie dem Weihnachtsmann, dann sind sie es gewohnt, und dann, wenn nur die klitzekleinste Schwierigkeit dazwischenkommt ..., verlassen sie dich.«

»Jakob, du hast den Arbeitern seit zwei Monaten den Lohn zur Hälfte mit höheren Gewinnanteilen ausgezahlt.«

»Aber die Leute machen doch dabei einen Riesengewinn! Willst du die Geschäftsberichte sehen? Da kommen schwarze Zahlen raus, noch in diesem Jahr. Außerdem, was war denn früher hier los. Nichts! Arbeitslosigkeit! Abwanderung, stumpfes Dahinvegetieren. Ich habe den Leuten Arbeit gegeben. Ich habe den Baathmanns, den Kuhns, den Ellerhoops Land abgekauft, völlig unproduktives Land, Traktoren abgekauft, ich hab den neuen Ostflügel der Schule gebaut, mit der Turnhalle. Die Gemeinde – alles verdient an mir, an mir! Was wären die denn ohne mich, was wär denn da los gewesen ohne mich? Und alles in nur einem Jahr!«

»Du hast ja recht! Aber sie wollen etwas sehen, Jakob. Das alles ist kein Geld. Was ist, wenn sie plötzlich vor dir stehen und ihre Anteile verkaufen wollen? Kannst du da einspringen? Das Recht haben sie!«

Sein Vater schwieg. Es gab eine unbehagliche Pause.

»Ich bin in einem Engpaß. Das heißt nicht, daß ich nicht nächste Woche wieder flüssig bin, wenn die Bank mir den Kredit verlängert.«

»Wird sie aber nicht.«

»Was meinst du? Hast du was gehört? Hans, was weißt du?«

»Nach dem, was in der Zeitung steht.«

»Was steht in der Zeitung?« fragte sein Vater, und jetzt hörte der Junge das erste Mal so etwas wie Entsetzen aus seiner Stimme heraus. Es raschelte, Meyer mußte ihm die Zeitung mitgebracht haben. Ein Weile war es still.

Dann fing sein Vater wieder an zu sprechen.

»Es ist schon seltsam, Hans. Du wirst geboren, du lebst und du stirbst. Und wenn du so etwas liest, dann denkst du doch, alles ist sinnlos.«

Wieder hörte der Junge eine Weile lang nichts. Vielleicht sah sein Vater noch einmal in die Zeitung. »Als ich sechs war und in die Schule kam«, fuhr Jakob dann fort, »das war damals im Lager in Dänemark – vorher hatten wir Kinder nie eine Schule gesehen, und jetzt waren wir mit vierzig anderen zusammen eingepfercht –, da dachte ich darüber nach, wie weit man wohl gehen müßte, um solch einem Leben zu entkommen. Sechsundvierzig war das. Und als mein Sohn geboren wurde, da flogen diese Jungs einfach mit einer Rakete zum Mond. Weißt du das noch? Da hing ich die ganze Zeit mit meinem Vater vor dem Fernseher, den ich ihm geschenkt hatte. Wir saßen einfach so da, und er fragte mich, ob ich nicht bald zu meiner Frau ins Krankenhaus fahren wollte und zu meinem Sohn. Den interessierte das alles nicht, die geschichtliche Dimension! Der erste Schritt auf den Mond – und er fragt nach meinem Sohn. Recht hat er gehabt.

Als ich in der Schule war und wir endlich aus dem Lager wieder rauskamen und dann in Deutschland neu anfangen konnten, da interessierte mich das mit den Raketen, und ich habe alles gelesen, was in den Zeitschriften stand und was ich in der Stadtbücherei kriegen konnte. Ich half meinem Vater auf dem Feld. Ich bin jeden Tag die zehn Kilometer zur Schule gelaufen. Gelaufen! Und ich habe es geschafft, meinem Vater einen Fernseher zu kaufen, als ich achtundzwanzig war und die die Mondlandung machten. Und mein Vater hat das verstanden. Er hat das verstanden, daß wir alle unseren Mond brauchen. Aber er hat auch verstanden, besser als ich damals, daß wir mit dem ersten Schritt auf den Mond auch nichts weiter getan haben, als ein neues Kapitel in unserer Geschichte aufzuschlagen. Und genau das hab ich hier versucht. Die Leute wollen also Geld, ja?«

»Sie sagen, du hast keins. Du weißt, wie die Leute sind. Gerüchte machen sie nervös. Man beginnt zu reden, sich Sorgen zu machen.«

»Und sie haben dich vorgeschickt, was? Nein, sag nichts. Sag ihnen, sie kriegen ihr Geld. Ich, Jakob Voss, gebe mein

Wort drauf, verstehst du? Sie sollen noch eine Woche abwarten. Und jetzt geh. Ich will allein sein. Ich rede mit meiner Bank.«

»Hör mal, Jakob, ich kann dir was geben, aber du mußt mir vertrauen, hörst du? Wie steht es um dich? Was soll in einer Woche geschehen? Was sagst du ihnen am Anfang des nächsten Monats, wenn die Lohntüte dann immer noch leer ist?«

»Hans, verdammt, wir haben investiert. Die Leute wußten das doch, daß wir mit ihrem Geld neue Ställe bauen. Darüber haben wir doch noch einmal abgestimmt. Wenn auch die Puten in ein, zwei Monaten laufen, kriegen die Leute eine Rendite, von denen ihre Dorfsparkasse nur träumen kann. Das sag denen mal.«

»Jakob, das hast du ihnen schon gesagt.«

»Dann sagst du es ihnen noch mal!«

Der Junge hörte, wie sein Vater anfing, im Zimmer auf und ab zu gehen.

»Glaubst du etwa, ich will mir das Ganze kaputtmachen lassen? Nur weil ein paar Wichser die Zeitungsschreiber gefüttert haben? *Der General und sein Hofstaat.* Natürlich war ich als Bürgermeister in meinem Ort der Entscheidungsträger. Natürlich war das, was ich entschieden habe, manchmal auch unpopulär. Aber die Leute haben mich geliebt, Hans, geliebt. Ich habe ihnen etwas gegeben.«

»Ja, so wie auf der Weihnachtsfeier …«

»Geh.«

»Ach was.«

»Ich finde schon eine Lösung!«

Ja, dachte der Junge. Sein Vater fand immer eine Lösung. Er hatte eine Lösung für die alten Leute in der Stadt gefunden, die keine Familie mehr hatten und für die er Feste organisierte und die er zu ihnen nach Hause eingeladen hatte, einmal im Jahr. Er hatte es ihnen leichter gemacht, sich mit dem Alleinsein abzufinden, mit dem Sterben. Aber Meyer konnte das nicht wissen.

»Aber du willst doch nicht das Angebot von Smietana annehmen und ihn in deinen Hofstaat einbauen, oder? Ich warne dich, Jakob, der ist gefährlich.«

»Was? Der Dicke?«

Beide fingen an zu lachen.

»Der General und sein Hofnarr.« Der Junge hörte, wie sein Vater die Schranktür des Sideboards öffnete, wo sein Cognac stand. Er hörte zwei Gläser klirren.

»Auf den Dicken und seine Zuchtexperten.«

Meyer äffte Smietana nach: »Die Fleischrasse ganz ohne Knochen. Super in Sahne ...«

Sie prusteten wieder los. Der Junge konnte sich nicht erklären, was der Grund für den plötzlichen Stimmungswechsel war.

»Hast du noch Geld, Jakob? Ich meine, vielleicht könntest du deinen Leuten ein bißchen was auszahlen und ihnen erklären, warum der Rest von der Gewinnausschüttung erst später kommt. Und daß sie, genauso wie du, am Risiko teilhaben müssen und nicht nur am Gewinn.«

»In ein paar Wochen ist der Kredit durch für die neuen Ställe. Da kann ich dann etwas abzweigen.«

»Also jetzt hast du nichts. Dann mußt du es ihnen sagen. Sie werden es verstehen, wenn du offen mit ihnen bist. Vielleicht. Ich weiß auch nicht, aber es ist immer noch eine Chance. Ihr könntet gleich am Montag eine Versammlung einberufen. Sprich mit Preikzat, der ist vielleicht noch vernünftig.«

In der Stille meinte der Junge das Kopfschütteln seines Vaters zu sehen. Dann fing Meyer wieder an:

»Ich könnte dir etwas leihen, Jakob. Damit du ihnen zeigen kannst, daß es weitergeht.«

Der Junge hörte, wie Meyer einen Koffer aufklappte und dann das Rascheln von Geldscheinen.

»Nein, das will ich nicht, Hans. Das geht nicht. Das ist zuviel. Dafür ist die Bank da.«

»Ja, aber die gibt dir jetzt nichts. Komm, Jakob, nimm es. Du kannst es mir später wiedergeben.«

»Willst du einen Vertrag?«

»Willst du einen Freund verlieren?«

»Danke, Hans.«

Ein paar Minuten später ging die Tür auf, und der Junge tauchte schnell in die Abseite, wo die Mäntel hingen und das Schuhregal stand. Meyer stand mit dem Rücken zu ihm und rief »Bis gleich also« in den Raum hinein. »Ich hol nur schnell noch Tassen aus der Gemeinschaftsküche. Magda hat Angst, daß es beim Büffet eng wird.« Als er mit einem Karton auf dem Arm die Haustür öffnete, drückte sich der Junge noch weiter in die Garderobe. Im Flur war kein Licht an. Die Kapuze eines Parkas verdeckte sein Gesicht. Meyer sah ihn nicht. Das falsche Fell roch muffig, und die Außenhaut war schon weich vom vielen Tragen. Meyer hatte die Tür nicht ganz hinter sich geschlossen. Der Junge schloß sie und ging wieder am Arbeitszimmer seines Vaters vorbei. Auch dessen Tür war nicht geschlossen. Er hörte, wie sein Vater schwer atmete und wie er sich dann Kaffee aus der Warmhaltekanne eingoß.

Sie fuhren mit drei Autos. Meyer fuhr zuerst in seinem gelben Mercedes. Dann folgten Jakob und der Junge. Auf der Fahrt zu Meyers redeten sie nicht viel miteinander. Hinter ihnen fuhr Ellen in ihrem eigenen Wagen. Sie hatte zwei große Kristallschüsseln mit Bowle und eine kalte Platte mit selbstgemachten Kanapees auf die Rückbank gestellt. Sie fuhr langsam. Der Junge hielt die »besondere Flasche« für Meyer und die Geschenkpackung mit Verpoorten-Eierlikör – sein Mitbringsel für Tante Hertha – auf dem Schoß. Auf dem Rücksitz standen zwei weitere Kartons mit Wein. Der Junge rührte sich nicht. Ihm spukten immer noch Preikzat, Meyer und die Versammlung im Kopf herum. Er fragte sich, was sein Vater wohl vorhatte. Der Himmel war blau, kein Wölkchen zu sehen. Es würde trocken bleiben, auch die Wettermeldung im Radio, das sein Vater jetzt lauter stellte, brachte eine beruhigende Voraussage für den Abend.

Sein Vater wirkte angespannt und fuhr sich öfter mit dem Finger unter den Kragen. Seine Lippen waren schmal und ganz blutleer, seine Zähne hatte er fest zusammengebissen. Er fuhr dicht hinter Meyer auf und hatte den Blick starr geradeaus auf das Heck des Mercedes gerichtet. Er wirkte so, als memorierte er etwas.

»Papa?«

»Mmh?«

»Ach, nichts.«

Sie bogen hinter Meyers Mercedes in die Auffahrt ein. Ellen parkte draußen vor dem Grundstück an der Hecke, sie wollte den Partyservice nicht behindern, dessen Aushilfskräfte hektisch drei kleine Lieferwagen entluden. Meyer hatte vorgesorgt, die Dorfpolizisten hatten die knappe grüne Rasenfläche, die ohne festen Bürgersteig war, mit rotweißem Plastikband abgesperrt. Hengens, ein Arbeiter von der Farm, war als Einweiser abgestellt worden und fragte Ellen nach den Wagenschlüsseln, aber sie sagte ihm, daß sie noch mal wegmüsse und er ihr danach einen schönen Parkplatz suchen könne. Sie drückte ihm statt der Schlüssel eine Schüssel mit Bowle in die Arme. Dann kam sie – mit der anderen Schüssel und Blumen für Magda – hinterher. Mit ihrer langen unter den Arm geklemmten weißen Tasche sah sie sehr elegant aus.

Im Garten brutzelte ein Schwein über dem Grill. Meyer hatte für die Spanferkel zwei Leute angeheuert. Die Schürzen über ihren kugeligen Bäuchen waren schon dick gesprenkelt von Fett, die Gesichter schwarz und schmierig vom Schweiß und vom Holzkohlerauch. Noch waren keine Gäste eingetroffen; die meisten würden in ihren Badezimmern vor den Spiegeln stehen, dachte der Junge, sich feinmachen fürs Fest. Frau Meyer brachte ihnen Drinks. Sie selber wollte, sagte sie, unbedingt sofort von der »phantastischen!« Melonenbowle probieren und »unbedingt« das Rezept dafür haben. Sie war schon in Partylaune. Zwei Leute von der Farm hängten noch Lampions auf.

Sie hatten sich gerade auf der Terrasse niedergelassen, als das Telefon klingelte. Frau Meyers Aushilfe, eine schüchterne Polin, brachte Magda das Telefon: »Hallo?« fragte sie und reichte dann den Hörer über den Jungen hinweg, den sie wieder nicht begrüßt hatte, an Jakob weiter.

»Jakob, es ist für dich. Dein Bruder.«

Frau Meyer machte sofort wieder Konversation.

»Das Kleid sieht wirklich wundervoll aus, nicht wahr, Hans? Ich habe es dir doch gesagt, daß wir ein Schnäppchen gemacht haben.«

»Ja, ganz recht, es ist sehr schön.« Meyer versuchte, das

Kompliment echt erscheinen zu lassen, aber eigentlich sah er gespannt auf Jakob, dem Siegfried mit seiner quäkigen Stimme etwas erzählte.

Jakob forderte Siegfried mit seinem lauernden »mh, mhh« auf, »schneller zum Punkt« zu kommen, und unterbrach ihn einmal kurz: »Hast du allen das neue Zusatzfutter gegeben?« Dann folgten wieder Siegfrieds Erklärungen und Jakobs »hmm, hmm«.

Sie saßen jetzt alle still um ihn herum. Niemand versuchte mehr zu vertuschen, daß er lauschte.

»O.k. Und es sind wirklich nur die Kleinen? ... Gut ... Bleib noch etwas da und berichte mir dann ... Das interessiert mich nicht, ob sie einen Aufstand macht ... Du hast Dienst ... Dann kommt ihr halt später. Ich bewahre euch vom Büffet etwas auf!«

Jakob Voss hielt Frau Meyer den Hörer hin. Lächelnd legte sie auf.

»So«, sagte Meyer und rieb sich die Hände. »Zur Begrüßung gibt's jetzt erst mal noch einen Drink.«

Er war an die Bar gegangen, hinter der er eine Flasche hervorholte mit einem bunten Etikett, auf dem ein Truthahn abgebildet war. Er winkte mit der Flasche in Jakobs Richtung. »Wild Turkey?«.

Er brachte drei Gläser zu ihnen an den Terrassentisch, von denen er eines Ellen und eins Jakob reichte. Seiner Frau schenkte er einfach nach, sie hatte noch einen Rest in ihrem Glas. Dem Jungen brachte Meyer eine Cola.

»Ist was passiert?« fragte Ellen besorgt.

»Nein, nein«, antwortete Jakob, »nur Kleinkram. Die Küken fressen immer noch nicht, wie sie sollen. Der Tierarzt war da. Wir werden es weiter beobachten, kein Grund zur Sorge.«

Meyer stellte sich in Positur: »Na, dann ist ja alles in Ordnung.«

Er sah zufrieden aus. Er schien sich jetzt wieder sicher, der Fels in der Brandung zu sein. Der Junge bemerkte, wie sich Meyer und sein Vater zunickten. Meyer hob sein Glas, und alle führten mit Schwung ihre Gläser zusammen.

»Auf den Erfolg! Helen, Jakob, Magda, Nick!«

Man sah sich beim Anstoßen tief in die Augen. Frau Meyer lächelte, als der Junge mit ihr anstoßen wollte. »Nicht über Kreuz! Das bringt Unglück.«

*

Das Haus von Tante Hertha lag an einer Kurve außerhalb des Dorfes, auf der entgegengesetzten Seite der Farm. Es war ein großer Hof mit altem Strohdach, über dem das elektrische Dauergeräusch eines Hochspannungsmastes lag. Neben dem Metallturm sah das Gehöft fast verloren aus. Er und Ellen stiegen aus, und die Mutter gab dem Jungen zusätzlich zu seiner in Stanniolpapier eingewickelten Flasche Eierlikör, die er Tante Hertha zum Dank für seine Übernachtung geben sollte, noch einen kleinen Kasten Fedora-Pralinen. Tante Hertha war die Kollektivtante des Dorfs. Keiner wußte genau, mit wie vielen der wichtigsten Familien sie über wie viele Ecken verwandt war, aber das spielte keine Rolle. Schon seit drei Generationen war sie die »Tante«, erzählte ihren jungen Schützlingen von früheren Zeiten, fütterte sie mit Süßigkeiten. Sie kannte die Väter und Mütter der Väter und Mütter von heute.

Sie hatte ausnahmsweise kein Tuch um den Kopf gebunden, als sie die Tür öffnete, roch aber, als käme sie direkt aus dem Hühnerstall, aus dem sie die Eier immer noch jeden Morgen selbst holte und mit zittriger Präzision in die Kartons legte, um sie einem ihrer Neffen zum Verkauf mitzugeben.

Sie begrüßte Ellen und den Jungen herzlich. Zu ihm sagte sie »min Jung«, und er hatte wegen der Pralinen und des Eierlikörs, den sie sofort auspackte, gleich bei ihr einen Stein im Brett. Zu dritt gingen sie durch die Diele, in der es nach Bohnerwachs roch, in das Fernsehzimmer. In den Glaskaraffen auf dem polierten Büffet leuchtete alter Likör in der Farbe geschmolzener Bonbons. Sie hatte die Flügeltür zum Eßzimmer geöffnet, damit die Gäste mehr Platz hatten. Der so entstandene Raum – hier der sonst nie benutzte vornehme Eßtisch mit den steifen Stühlen, dort der Fernseher und die Sessel – war seltsam zweigeteilt. In der belebten Hälfte, links, vor dem Fernseher, hielten sich schon einige Kinder auf. Ralf begrüßte ihn mit einer flüchtigen Handbewegung und sagte »Hallo« zu Ellen.

*

Nachdem seine Mutter gegangen war, bauten Ralf und er das Zelt auf. Sie fanden einen ebenen Platz unter dem Apfelbaum, der vom Haus aus nicht einzusehen war. Tante Hertha fragte, ob sie noch Wolldecken bräuchten. Die beiden lehnten ab. Das Zelt ließ sich schnell aufbauen. Danach gingen sie wieder ins Haus.

Tante Hertha fütterte sie mit Quality-Street-Sahnebonbons. Sie saßen vor dem Couchtisch mit den gestickten Decken und durften fernsehen. Zusätzlich waren Stühle aus der Küche aufgestellt. Die kleineren Kinder hatten sich aus Kissen auf dem Fußboden ein Lager gebaut.

Die erste Toffeebox war halb leer, als der Film endlich

begann. Tante Hertha machte das Deckenlicht aus und knipste die Stehlampe hinter dem Fernseher an, »damit es gemütlicher wird«. Der Vorspann kündigte den Titel des Films an: *Die drei Musketiere*. Der Apparat war ein alter Kasten mit grünlichem Schirm in einer großen Nußbaumbox und einer Schiebetür davor, eingebauten Lautsprechern und einer Uhr. Es mußte eines der ersten Farbfernsehermodelle auf dem Markt gewesen sein. D'Artagnan ritt auf seinem Ackergaul in einen Gasthof ein. Ein Provinzler, der die Schergen des Kardinals Richelieu in ihren purpurnen Mänteln schon noch das Fürchten lehren würde – aber zunächst bekam der Gascogner eins auf den Kopf. Die kleineren Kinder fieberten mit und riefen, von Tante Hertha unterstützt, bei jedem hitzigen Degengefecht: »Einer für alle – alle für einen!« Der Junge kannte den Film schon und war viel zu aufgeregt, um fernzusehen. Außerdem war Ruth noch nicht da. Wo mochte sie stecken? Der Gedanke an Ruth überlagerte sogar das mulmige Gefühl, das der Junge im Bauch hatte, wenn er an die Party dachte.

Sie kam spät, mit Dietmar und Heinz' Kindern im Schlepptau. Der Junge versuchte in Heinz' Gesicht zu lesen, ob sie wirklich schon für heute etwas geplant hatten, um seinem Vater das Fest zu verderben. Aber Heinz tat gelassen. Weil Siegfried seine Extra-Runde noch nicht beendet hatte, waren sein Cousin und seine Cousine vom Vorarbeiter gebracht worden. Ruth verabschiedete sich von Heinz, indem sie ihm kurz den Oberarm drückte, eine viel zu vertraute Geste. Ruth setzte sich sogleich in die Küche ab, und von dort würde sie wahrscheinlich nach draußen gehen, um zu rauchen.

Ruth konnte tun und lassen, was sie wollte. Sie war wie

ein mit Worten nicht mehr einzufangendes Wesen, etwas, das sich jeder Beschreibung entzog. Der Junge beneidete Ruth um ihre Stärke. Sie war selbständig und schien immer über allem zu stehen. Jeder wollte etwas von ihr, aber Ruth konnte alle mit einer einzigen Geste, einem spöttischen Lächeln, abschütteln, ohne kämpfen zu müssen. Er konnte das nicht. Vielleicht lag es daran, daß sie älter war. Aber vielleicht war das Geheimnis auch ihre Schönheit. Sie wirkte unberührbar, gerade weil die anderen alles daransetzten, sie zu berühren, und sie es, bis zu einem gewissen Grad, sogar geschehen ließ. Wie unten am See, dachte er. Sie war frei. Er dagegen mußte sich zu den anderen setzen und sich manchmal sogar über den Scheitel streicheln lassen von den Leuten, die bei Tante Hertha ihre Kinder abgaben, ehe sie zu Meyers Party fuhren. Er war für die meisten Erwachsenen noch ein Kind. Wenn jemand ihn nicht kannte, wurde er zum Gegenstand langer Erklärungen. Tante Hertha tuschelte den Erwachsenen ins Ohr, daß er doch der Sohn sei. »Ach der«, hieß es dann, »ja, genau, der von den Vossens, hübscher Bengel, wenigstens«. Endlich kam Ruth wieder ins Zimmer. Sie hatte noch kein Wort mit ihnen gewechselt. Sie setzte sich mit Dietmar zu Ralf und dem Jungen aufs Sofa. Ralf zeigte ihr die Taschenlampe und die Dose mit der Schminke, die er unter seinem Pullover im Gürtel versteckte. Der Film gefiel ihm jetzt doch.

Nach dem Film brachten Ruth und Tante Hertha die kleineren Kinder nach oben in die Schlafzimmer. Tante Hertha hatte eine Reihe von Feldbetten aufgestellt, solche, wie sie die Freiwillige Feuerwehr und das Technische Hilfswerk für eventuelle Notfälle bereithielten.

Hertha hatte Tee aufgesetzt. Es war Viertel vor zehn.

Auf dem Klo roch es, wie auch in den Schränken, nach

Seife, nach altem Parfüm und nach Talg. Ralf und der Junge hatten alles systematisch durchstöbert. In der Anrichte im Eßzimmer hatten sie Spielsachen entdeckt, Schachteln mit alten gemalten Bildern oben auf dem Deckel: *Fang den Hut*, *Das Angelspiel*, und dann die Oblaten, die Tante Hertha zusammen mit alten bedruckten Papierschnipseln in einer Zigarrenkiste aufbewahrte. Ralf war begeistert von dem Album, in das man die Sammelbildchen einklebte. Es enthielt zu jedem Bild von Flughunden, Vulkanen, Autos oder Negerstämmen im Kongo eine Beschreibung, kurz und prägnant, wie in seinen Quartetten.

Sie fanden auch alte glänzende Saurierfiguren aus Kunststoff. »Mit denen hat mein Bruder immer gespielt«, sagte sie, als der Junge vorsichtig eine in die Hand nahm.

Er tat so, als wäre er nicht erschrocken, aber er hatte nicht gehört, wie Tante Hertha die Treppe heruntergekommen war. Sie nahm ihm die Figur sanft aus der Hand und betrachtete sie versonnen. Es war ein Plesiosaurus, und er war, obwohl er doch eigentlich im Wasser lebte, an einem Sockel festgemacht, der voller Schilf- und Röhrichtimitat war; der lange Hals des Sauriers bog sich über den Rücken, das Maul mit den vielen spitzen Zähnen war weit aufgesperrt. Der Junge versuchte, sich den Bruder von Tante Hertha vorzustellen: einen großen Jungen mit dicken Händen, der *Fang den Hut* anpackte, so wie andere Ställe ausmisteten.

»Er ist im Krieg geblieben«, sagte die Tante, als wäre er irgendwo verlorengegangen.

Die finden ihn schon noch wieder, hätte der Junge gern erwidert. Aber er wußte, sie würden ihn nicht finden.

Die Tante holte den Tee und goß allen ein. Die Jungen und Ruth nippten nur daran. Tante Hertha erklärte ihnen die Vorzüge von Tee. »Man muß ihn nur etwas länger ziehen lassen«, sagte sie, »dann beruhigt Tee ungemein.« Sie goß sich eine zweite Tasse ein. »Früher wären wir froh gewesen, wenn wir überhaupt Tee gehabt hätten.« Sie nahm drei Löffel Zucker und etwas Zitrone. Die beiden Jungen saßen auf dem gelben Sofa, und Ruth stand auf, sagte, daß sie aufs Klo müsse. Das gelbe Sofa war noch immer in den schützenden Plastiküberzug eingeschweißt, mit dem es vor Jahren geliefert worden war. Wenn Ralf oder er sich bewegten, machte es ein glucksendes Geräusch, als befände man sich auf der Oberfläche eines Sumpfs und nur diese dünne, flexible Fläche aus Plastik verhinderte, daß man darin versank.

»Ist der Tee gut?« fragte Tante Herta. Der Junge nickte aus Höflichkeit. Mit genauen Blicken verfolgte er die Linien in ihrem dickgepuderten Gesicht. Ihre Augenbrauen hoben sich. Sie lächelte.

Tante Hertha hatte extra ein Damasttuch für die kleine Gesellschaft über den Tisch gebreitet. Sie strich Butterkekse und erzählte, wie es im Krieg gewesen war. Sie trank ihre dritte Tasse Tee. Das schwere Messer zitterte in ihrer blaugeäderten Hand, die voller Altersflecken war. Der Junge fühlte sich wohl. Auch Ralf schien es gutzugehen. Der Junge gähnte. Langsam wurde er schläfrig. Seit sie den Fernseher ausgeschaltet hatten, war aus dem Eßzimmer das Ticken einer Standuhr zu hören. Ein kleiner Dschungel breitete sich auf der Fensterbank aus. Die Möbel im Raum davor wirkten wie alte Hunde, die sich nachmittags zu Füßen von Tante Hertha zum Schlafen hingelegt haben. Als befände er sich in einer Welt der Fossilien. Er schaute zu Ralf hinüber. Sollten sie wirklich noch los?

*

Ruth war nicht wiedergekommen. Klar, sie hatte sich abgesetzt. »So war es nicht abgemacht. Wir wollten doch alle zusammen gehen«, flüsterte Ralf. Der Junge sah ihn nur bitter an. Er hatte so etwas geahnt. Tante Hertha vermißte Ruth nicht. Ihr Gedächtnis schien Löcher zu haben, und Ruth war hindurchgeschlüpft. Sie ging jetzt zum Eierlikör über. Sie trank schnell, und fast hatten die beiden Jungen erwartet, sie würde bald hin und her schwanken, wie die Tiere bei Daktari, wenn die Wildhüter nach einer wilden Jagd einer Antilope oder einem Nashorn aus dem Auto oder dem Flugzeug heraus einen Betäubungspfeil ins Hinterteil schossen. Tante Hertha schlief einfach ein. Ralf hatte ihren Kopf auf ein Kissen gebettet, die dicken Beine in den schlammbraunen Strümpfen auf das Sofa gehievt und eine Wolldecke über sie gebreitet. Dann hatte er ihr vorsichtig die Lider hochgezogen und mit der Taschenlampe in die Augen geleuchtet. Selbst davon war sie nicht aufgewacht. Es bestand also keine Gefahr. Sie schnarchte sogar.

Sie schlichen hinaus. Entschlossen schnürten sie ihre kleinen Rucksäcke auf, entnahmen ihnen ihre Mützen und die schwarzen Pullover. Dann kam der Uhrenvergleich: zwanzig nach zehn. Sie knipsten das Licht in der Diele aus. Ruth war nicht mehr im Haus, und der Junge bezweifelte, daß sie in der Nacht noch einmal zurückkommen würde.

Im Dunkeln pulsierte die Überlandleitung über ihren Köpfen, als sie aus dem Haus traten. Das Summen der Hochspannungsmasten war zu einem Dröhnen angeschwollen. Der Junge hielt den Atem an.

»Jetzt gilt es«, flüsterte Ralf neben ihm.

Sie setzten sich die Mützen auf. Einen Moment lang dachte der Junge daran, daß sie jetzt aussehen müßten wie Großversionen seiner Plastiksoldaten vom »Britischen Kommando«, die er in Ruths Zimmer hatte stehenlassen. Bei dem Gedanken an Ruth ärgerte er sich wieder. Hoffentlich hatte sie nicht gedacht, daß er die Persilschachtel mit den Spielfiguren aus einem anderen Grund mitgeschleppt hatte, als um sie Dietmar zu geben. Hielt sie ihn für ein Kind? War sie deshalb allein abgehauen? Die Mütze kratzte ihn. Die schwarze Wolle war viel zu warm in der lauen Nacht. Ralf hatte an seiner Mütze sogar den Rand heruntergeklappt und sich Augenlöcher hineingeschnitten. Wenn er sie tief ins Gesicht zog, sah er wirklich gefährlich aus. »Wie Bankräuber«, flüsterte Ralf, der seinen Blick bemerkt hatte. Dem Jungen fiel auf, wie verschieden sie manchmal dachten: Bankräuber – Kommandounternehmen. So ausgerüstet machten sie sich auf den Weg, Seite an Seite. Draußen war es stockdunkel. Über ihnen blinkte das Weltall mit seinen Sternen. Wäre es ihm nicht kindisch vorgekommen, hätte der Junge am liebsten laut aufgesummt, *Ich geh mit meiner Laterne, und meine Laterne mit mir* …

Er knipste die Taschenlampe noch einmal an, um die Batterien zu testen. Dann sendete er eine Morsebotschaft in den dunklen Himmel.

Fünf Die Party war schon in vollem Gange, als Ralf und der Junge sich Meyers Grundstück näherten. Das blaue Licht des Pools schimmerte durch die Hecke, schön und makellos wie importierter südlicher Himmel. Sie knipsten die Taschenlampen aus. Vor ihnen glitzerten die Glühbirnengirlanden in Meyers Garten. So sehen Kreuzfahrtschiffe auf Jungfernfahrt aus, dachte der Junge. Ralf hielt ihn zurück, als er direkt auf das Gefunkel losgehen wollte. Sie mußten vorsichtig sein. Sie hockten sich hinter die Autos, die draußen vor der Hecke auf dem Randstreifen standen, und schlichen sich, von Kofferraum zu Kofferraum huschend, immer näher.

Ralf fand die Lücke in der Hecke, die sie bei ihren Erkundungen entdeckt hatten. Sie schlugen sich durch das Gestrüpp. Der Junge knickte um, als er auf eine Wurzel trat. Ralf fluchte und beschwor ihn, leise zu sein. Sie kamen auf ein Blumenbeet. Dann, endlich, erreichten sie den Rasen. Das frischgemähte Gras strömte einen scharfen Geruch aus, fast wie Schweiß. Die abgemähten Halme waren vom Abendnebel feucht und klebten ihnen an den Knien und Fußsohlen. Sie hatten die Schuhe ausgezogen und schlichen jetzt, die Schuhe in der Hand, weiter.

Es war ein sehr großer Garten. Durch die Hecke von der Straße abgeschirmt, bildete der Rasen eine von Rhododendronbüschen unterbrochene Acht. Sauber an den Kanten gestochene Beete, die meisten mit Azaleen bepflanzt, rahmten ihn. Je näher sie dem Pool und der Terrasse kamen, desto häufiger tauchten kleine Inseln mit Büschen vor ihnen auf oder einzelne Bäume, die in den gepflegten Rasen gesetzt worden waren, um den Eindruck einer geheimnisvollen Kunstlandschaft zu vermitteln.

Anders als sein Vater beschäftigte Meyer einen Gärtner.

Sie kamen an die Stelle, wo Buschwerk die Acht wie eine Taille einschnürte. Ralf nahm das Fernglas und versuchte, die Silhouetten auf der Terrasse zu erkennen.

»Deine Eltern sind da, Hartmanns, meine Mutter … Da kommt Frau Meyer … Deinen Onkel kann ich nicht sehen.«

Der Junge ließ sich das Glas geben. Die Männer am Pool wirkten aus der Entfernung wie Pinguine unter einer eiskalten Höhensonne. Ihre Smokinghemden schienen das blaue Licht anzusaugen, das aus dem von innen beleuchteten Pool an ihnen hochfloß. Pinguine mit Drinks in den Händen. Nur seine Mutter konnte der Junge deutlich erkennen. Das Grün ihres Kleids ließ sich nicht von dem blauen Licht schlucken.

»Jetzt könnten wir ein Nachtsichtgerät gebrauchen«, flüsterte Nick.

Er schwenkte das Glas langsam im Halbkreis, von der einen unbeleuchteten Seite des Hauses zur anderen.

»Wofür?«

»Ein Nachtsichtgerät. Mit Infrarot. Damit man im Dunkeln sehen kann.«

Der Junge musterte die gesamte Breite des Hauses, erkannte das Servierpersonal an den Schürzen und den altmodischen Westen. In der Küche wurde das Büffet vorbereitet. Aus Meyers Wohnzimmer fiel Licht, ein weißer Keil auf die buntbeleuchtete Terrasse und den blauen Pool.

»Aber die haben doch extra Lampen aufgehängt«, wandte Ralf ein. »Lichterketten. Lampions. Was willst du mehr?«

»Sehen, was im Dunkeln los ist.«

»Nick, du spinnst.«

Der Junge gab Ralf das Fernglas zurück und zog ihn am Arm weiter.

»Komm. Wir müssen näher ran, damit wir hören, was sie reden.«

Ralf und der Junge hatten Meyers Grundstück in den vergangenen Tagen gründlich ausgekundschaftet. Sie wußten, daß der Partyservice durch den Eingang links vom Pool, hinter Meyers Rauchzimmer, die Getränke und die kalten Platten anliefern würde. Sie hatten beobachtet, wie die Lampions und die Girlanden aufgehängt wurden. Sie hatten sich einen Zickzackpfad am Rasen entlang, immer im Schatten der Büsche, zurechtgelegt und sogar Pläne gezeichnet. Doch jetzt, im Dunkeln, war alles anders. Der Junge stieß fast das Vogelhäuschen aus Birkenholz um. »Paß doch auf!« zischte Ralf. Sie wollten möglichst nahe an den Pool und die Terrasse heran und doch dicht bei den Büschen bleiben, um notfalls Deckung zu haben. Sie hatten sich vorgestellt, daß, je später es wurde und je mehr die Leute getrunken und getanzt hatten, manche von ihnen in die Dunkelheit abtauchen würden, um sich ein »stilles Plätzchen« für Sex zu suchen. Ruth hatte sie in dieser Vorstellung bestärkt, »na klar. Jede Party endet in einer Orgie. Da hoppeln sie alle irgendwann durcheinander.« Aber Ruth hatte sich abgesetzt. Ihm stieß es bitter auf. *Frauen warten nicht.* Sie huschten weiter.

Die beiden duckten sich, als sie an den Rhododendren entlanggingen, die den Pool an den Längsseiten einfaßten. Sie hockten sich hin. Ralf holte eine Tube mit Theaterschminke aus der Hosentasche: »Von Ruth«, flüsterte er. Er verteilte einen Streifen auf seiner Hand und schwärzte sich dann das Gesicht, soweit die Mütze es frei ließ, und die Handrücken. Anschließend hielt er die Tube dem Jungen hin. *Von Ruth*, echote es in seinem Kopf. Er hatte Ralf nicht erzählt, daß er mit den Schminkutensilien seiner Cousine schon Bekanntschaft gemacht hatte. Er war Ralf ausgewichen, als der ihn nach dem *Bravo*-Starschnitt von David Bowie fragen wollte, den er in seinem Zimmer gesehen hatte. Plötzlich, es traf ihn wie ein Boxhieb, kam ihm der Gedanke, daß Ruth mit Ralf das gleiche Spiel gespielt haben könnte. Er wehrte die Schminke ab und kroch über den offenen Rasen, wo nur die Hollywoodschaukel und ein kleinerer Busch etwas Deckung gaben. Er setzte vorsichtig eine Hand vor die andere, bemüht, kein Geräusch zu machen. Über ihm flatterten die Klänge der Musik durch die Dunkelheit. *Waterloo, ubabalooa, Waterloo*. Ralf mochte Abba, das wußte der Junge, besonders die blonde Sängerin in den langen Schlaghosen, Agnetha Fältskog. Er hörte ihn hinter sich keuchen. »Warte!« flüsterte Ralf. Es war ihm egal, was Ruth mit Ralf gemacht hatte. Sollte sie doch! Erst Fischer, jetzt Ralf.

Die Hollywoodschaukel lag gerade außerhalb des Lichtkreises der Innenbeleuchtung des Pools. Seine Beine juckten von all den hängengebliebenen Grashalmen. Er kratzte sich. Ralf hockte sich neben ihm hin. »Was ist denn los?« fragte er.

Der Junge holte das Fernglas aus der Umhängetasche. »Nichts«, antwortete er. Daß Ruth verschwunden war, hatte ihm schon den Abend verdorben. Nun kam noch die Sache mit Ralf und Ruths Schminke dazu. Er schüttelte den Gedanken ab, setzte das Glas an und besah sich die Reihen der Gäste.

Im Pool vor ihnen spiegelte sich das flache Dach des Hauses. An einer vorstehenden Kante war ein Strahler befestigt, der die Terrasse beleuchtete. Der Schatten, den das Stück Dach warf, fiel auf einige der Gäste, die am Beckenrand standen. Im Wasser gespiegelt, wirkte die Dachkante wie der Bug eines Schiffes, das in den Pool hineinfahren wollte. Nur undeutlich sah man unter dem Schatten noch die blauen Kacheln, die bunten Kleider und die weißen Smokinghemden aufleuchten. Der Pool war fast zwanzig Meter lang und zehn Meter breit. Die Musik und das Geschnatter der Gäste hallten von der Terrasse über das Wasser zu ihnen herüber.

Es war ein Gesumme wie von einem riesigen Tier oder einem Bienenstock. Nur ab und zu lösten sich eine einzelne Stimme oder Gelächter heraus. Manchmal schnappte er einen Gesprächsfetzen auf. Nur diejenigen, die am Rand des Pools an extra aufgebauten Plastiktischen Platz genommen hatten, waren halbwegs zu verstehen. Er würde sich konzentrieren und sich seinen Teil dazu denken müssen, dachte der Junge.

Es fiel deutlich auf, wer es gewohnt war, auf solchen Veranstaltungen aufzutreten. Seine Eltern, der Landrat und Dr. Bost, und natürlich die Gastgeber, hatten sich schwer in Schale geworfen. Die Männer trugen Fliegen, Smokingjacken oder elegant geschnittene dunkle Anzüge, die neu aussahen, in denen sie sich aber wohl fühlten – ganz im Gegensatz zu der üblichen Landbevölkerung, die zwischen karierten Jacketts und abgeänderten Konfirmationsanzügen alles zu tragen schien, was man nicht trug und was, deutete man ihre Steifheit und die Angewohnheit, mit den Fingern in den Kragen zu greifen, unbequem war. Der Junge stellte das Glas schärfer. Die älteren Landfrauen trugen bunte Kleider, die schlecht abgenäht waren, jedenfalls sah man bei einigen die BHs oder die Hüftbänder der Höschen sich unter dem billigen Stoff abzeichnen. Viele wirkten unbeholfen, brauchten noch etwas Alkohol, um die Steifheit hier bei der Feier der reichen Meyers, die sie, ohne es zu wissen, selbst durch ihr Unbehagen produzierten, ganz abzulegen. Drinnen in Meyers Wohnzimmer ging es hoch her. Die großen Glasschiebetüren zur Terrasse waren geöffnet. Das eigentliche Büffet war unter dem Dachvorsprung aufgebaut. Links am Haus, fast am Ausgang des Gartens zur Einfahrt hin, sah der Junge die Reste des Spanferkels am Grill rotieren. Aus den Tiefen des Hauses quollen immer noch mehr Gäste auf die Terrasse, wo die Musik spielte. Thomsen machte den DJ. Viele tanzten.

Frau Bost ging in einem gelben Faltenkleid an seinem Vater vorbei. Es schimmerte durchsichtig im blauen Licht des Pools. Sie stellte das Glas ab, das sie gerade in einem Zug geleert hatte, griff sich ein neues und trank weiter. Über dem Rand des Glases wirkten, durch den Feldstecher betrachtet, ihre Augen wie große Münder, die sich durch den Sekt arbeiteten. Sie sah seinen Vater an, als wollte sie ihn verschlingen, und leckte Sekt aus dem Glas. Einen Augenblick lang glaubte der Junge, ihre Zunge durch das Glas huschen zu sehen. Es sah aus, als ob sie beide lachten.

Meyer trat von hinten an Jakob heran, legte ihm die rechte Hand auf die Schulter und stieß mit ihm an. Der Junge gewann den Eindruck, daß sein Vater doch recht gelöst wirkte. Hatte er eine Entscheidung gefällt? Vielleicht schon Preikzat und Heinz beiseite genommen und in Ruhe mit ihnen gesprochen, ihnen den Aufruhr vom Nachmittag verziehen und sie um ihre Mitarbeit in dieser schwierigen Zeit gebeten? Nein, es sah nicht so aus. Preikzat und Heinz saßen, offensichtlich mißgelaunt, an einem der Tische am Pool und beobachteten ihren Chef mit Widerwillen. Der

Junge schwenkte zurück. Thomsen legte jetzt etwas Neues auf den Plattenteller. Baccarat. *Yessir I can Boogie, I can Boogie all night long.* Der Junge summte unwillkürlich mit und sah, wie die Tänzer auf der Tanzfläche ihre Hüften kreisen ließen. Eine Frau kreischte vor Begeisterung auf und klatschte in die Hände. Am anderen Ende warf Ralfs Mutter den Kopf hoch und fuhr sich durchs Haar. Thomsen, an der Musikbank, hatte alles im Griff. Er lächelte stolz. *Yessir I can Boogie* war ein richtiger Ohrwurm.

»Hey«, brüllte Thomsen, »I can Boogie!«

Putzig, aus der Schlachtabteilung, stand in der Nähe und ließ ein Stück Eis aus seinem Glas in seinen Mund gleiten und tat dann so, als lutschte er daran. Der Eiswürfel glitt zwischen seinen roten Lippen raus und rein. Eine junge Frau neben ihm lachte. Putzig hatte Flecken an seinem Hemd. Seine Frau, die in einem geblümten Kleid am Tisch mit der Melonenbowle stand, schüttelte den Kopf. Das störte ihn nicht, er nahm sich einen Cognac und tanzte mit dem Schwenker in der Hand wieder in die Gruppe der Tänzer hinein. Dort griff er sich Conny Busser, die auf der Farm die Buchhaltung machte, und ging in die Knie. Er hob das Cognacglas, setzte den Fuß des Schwenkers auf seine Stirn und tanzte dann an Conny hoch, ohne das Glas abzustützen. Seine Lippen hatten sich in der Konzentration nach außen gestülpt. Er rief etwas, das der Junge von da, wo er hockte, nicht verstehen konnte, es klang wie »Hussa!«, ließ mit einer Kopfdrehung das Glas in die Höhe schnellen und fing es unter Beifall wieder auf. Er schnaufte, als er sich auf Connys Schulter stützte und sich wieder ganz aufrichtete.

*

Jenseits des Pools, auf der Tanzfläche in der Mitte der Terrasse, hatten die Tänzer wieder das Kommando übernommen. Thomsen hatte sich Putzig gegriffen, den Schlachter, und mit ihm zog er zwei Frauen aus dem Kreis der Umstehenden in die Mitte. Sie stellten sich in eine Reihe. Thomsen machte ein Zeichen, und Heinz, der an der Anlage stand, drehte die Musik noch lauter auf. *AhAhhahaa, du bist so heiß wie ein Vulkan, AhAhhahaa, vielleicht verbrenn ich mich daran.* Putzig tanzte an die unbekannte Frau heran und knöpfte ihr einen Knopf von ihrer Bluse auf. Beim Tanzen schlugen die Enden ihres Halstuchs wie Kaninchenohren auf den Ansatz ihrer Brüste.

Siegfried und seine Frau, die gerade erst gekommen waren, standen am Rand der Terrasse. Wie bestellt und nicht abgeholt, dachte er. Seine Tante hielt einen Longdrink mit Schirmchen in der Hand und grüßte jeden, den sie sah, freundlich, als wäre sie dankbar, daß sie hier sein durfte. Siegfried, in ein zu kleines und zu warmes Tweedjackett gezwängt, trat jetzt auf Jakob zu und redete auf ihn ein. Der löste sich aus einer Gruppe um den Landrat und sprach mit seinem Bruder. Sein Vater hörte unwirsch zu, was Siegfried ihm zu sagen hatte, wahrscheinlich fühlte er sich gestört. Vielleicht auch belästigt. Oder er hatte herausbekommen, daß sein eigener Bruder am Nachmittag bei der Versammlung gegen ihn gewesen war, jedenfalls stieß Jakob Siegfried unwillig beiseite. Es mußte trotzdem etwas Wichtiges sein, denn Jakob ging sofort auf Meyer zu. Sie wechselten ein paar Worte. Jakob deutete auf die Tür und dann dorthin, wo Ellen stand. Sie beobachtete seinen Vater von der Hollywoodschaukel aus. Der Junge dachte, daß es auch möglicherweise wegen des Futters etwas zu regeln gab. Vielleicht mußten sie bloß eine Umstellung vornehmen, um die Tiere morgen wieder mit dem regulären Schrot zu füttern. Sein Vater würde kurz auf der Farm anrufen und sich dann wieder ganz dem Fest widmen.

Ellen wirkte gelöst. Die Spannung des Nachmittags schien vollkommen von ihr abgefallen zu sein. Plötzlich tauchte Frau Meyer neben ihr auf, jetzt nicht mehr nur leicht angeschwipst, sondern betrunken, was sie durch eine betont gerade Haltung zu kaschieren versuchte. Sie deutete mit einer abfälligen Kopfbewegung auf Siegfrieds Frau. Offensichtlich suchte sie bei Ellen Bestätigung.

Seine Tante hatte sich inzwischen auf einen Stuhl gesetzt. Noch immer nickte sie jedesmal eifrig, wenn jemand mit einem Glas an ihr vorbeiging.

Frau Meyer griff sich von einem Mann, der mit zwei Gläsern an ihr vorbeiging, das zweite Glas, lächelte ihn entschuldigend an und nippte an ihrem neuen Getränk.

Der Junge dachte daran, daß seine Mutter den Kontakt mit »dieser Person«, wie Frau Meyer seine Tante nannte, immer vermieden hatte.

Vielleicht hatte sie Angst davor, eines Tages genauso zu werden: eine komische Gestalt mit einem altmodischen Hut. Aber waren sie nicht alle hier draußen auf dem Land die ganze Zeit ausgeschlossen gewesen? Frau Meyer erhob sich und rauschte dann am Arm von Doktor Bost, der seine Frau suchte, davon. Sie ging zur Terrasse zurück, wo überall getanzt wurde.

Alle, die da am Pool tanzten, wußten von dem Unglück, das sich hier ereignet hatte, wußten von Meyers kleinem Sohn, der hier ertrunken war. Die Leute hatten sich diese Geschichte wieder und wieder erzählt, sich das Maul zerrissen, genau wie über seinen Vater und seine Mutter. Jetzt tanzten sie zum *Dschingerassabum* und zur *Message in the Bottle*, zu den Beatles und Abba, sie tanzten, sie tranken und lachten, tranken und lachten hemmungslos – die Geschichte schien völlig vergessen.

Er rutschte unruhig auf den Knien herum. Seine Mutter hatte schon eine Weile allein auf der Schaukel gesessen, als der Helfer von Smietana auf sie zukam. Kregel, in einem korrekten Geschäftsanzug, den mittleren Knopf des Jakketts zugeknöpft, trug vorsichtig balancierend zwei Gläser, die er an der Bar mit Wodka, Eis und Zitronensaft gefüllt hatte, in der linken Hand. Mit der Rechten hielt er eine angerauchte Zigarette, die ausgegangen war. Ellen schien überrascht, ihn zu sehen. Sie stand auf, um ihn zu begrüßen.

Ralf wollte schon ins Dunkel zurückweichen, aber der Junge hielt ihn zurück.

»Hier, bitte schön«, sagte Kregel und berührte Ellens Unterarm, als sie sich in die Schaukel setzten.

»Woher wissen Sie eigentlich, daß ich Wodka mag?« fragte Ellen erstaunt.

Kregel zuckte mit den Schultern und sagte, während sie dankbar an dem Drink nippte:

»Von Ihrem Mann.« Sie saßen reichlich dicht beeinander, fand der Junge. Seine Mutter nahm die Füße hoch und hockte wie ein junges Mädchen da. Kregel stieß die Schaukel leicht ab.

»Ziemlich scharf das Zeug, finden Sie nicht?«

»Meinen Sie die Party, mich oder die Musik?« Kregel sah seine Mutter an, und seine Mutter blinzelte amüsiert zurück. Kregel hatte ihr anscheinend Humor gar nicht zugetraut.

Dann lachten sie beide. Auf der Tanzfläche bildeten einige der Tänzer ein Knäuel um Putzig, Frau Meyer, Helga Hartmann, Conny Busser und eine Frau, die vorhin, als es mit *Boogie Woogie* losging, laut aufgeschrien hatte. Kregel sah grinsend in sein Glas.

»Gefällt es Ihnen?« fragte Ellen.

Kregel antwortete nicht. Stattdessen drehte er den Kopf zur Seite, nippte an seinem Drink und toastete jemandem am Pool zu.

»Ach, Frau Voss.« Er nahm vorsichtig noch einen Schluck aus dem fast vollen Glas. »Ich weiß nicht, ob Begeisterung Ihnen weiterhilft.«

»Wie meinen Sie das?«

Die Party schien jetzt weit weg zu sein. Der Junge beobachtete die Leute, wie sie im Schein des Pools hin und her schwankten, Schreie ausstießen, Jauchzer und sich nicht losließen bei ihren Drehungen um sich selbst. Sie erschienen ihm plötzlich fremd, wie Plastikfiguren. Selbst der Boden, auf dem er hockte, der feucht geworden war von der Nacht, roch nicht echt.

»Ich habe mit Ihrem Mann gesprochen, Frau Voss. Ich weiß, daß Sie mich verstehen. Ich weiß, daß er blufft. Und Sie wissen das auch.«

Seine Mutter zupfte an den Kordeln der Kissenbezüge. »Wie meinen Sie das?«

Er sah auf seinen Drink, dann fuhr er fort: »Sie haben alles in die Farm gesteckt, alles auf die Farm gesetzt …«

Seine Mutter antwortete nicht.

»Und das beunruhigt Sie. Nein, gehen Sie nicht, Frau Voss.«

Kregel faßte seine Mutter am Handgelenk, bevor sie sich ganz von ihm wegdrehen konnte. Der Junge wäre am liebsten aufgesprungen und hätte dem Mann dessen Drink ins Gesicht geschüttet.

»Sie wollen doch bloß ein Geschäft mit ihm machen. Wie alle anderen auch!«

»Ganz richtig, Frau Voss, wie alle anderen auch. Bloß ein Geschäft mit ihm machen. Das wollten wir von Anfang an. Aber, verstehen Sie, ein Geschäft hat zwei Seiten ...«

»Was meinen Sie?«

Kregel zuckte mit den Schultern. Er trank sein Glas aus und sagte mehr zu sich selbst: »Ihre Kreditwürdigkeit. Die Leute glauben, daß nichts mehr dahintersteckt. Auf den Höfen spricht man davon, daß Sie bald aufgeben.«

Der Junge griff mit beiden Händen in den Rasen.

»Mein Mann gibt nicht auf.«

Smietanas Helfer lächelte und blickte dann in die Nacht. Seine Mutter war von ihm abgerückt, saß wieder in der Ecke, in Abwehrstellung. Kregel atmete tief durch, rückte sich seine Krawatte zurecht und trank einen tiefen Schluck. Dann fuhr er fort: »Nein, Ihr Mann vielleicht nicht.«

Der Junge war sich sicher, daß Kregel auf gut Glück im Dunkeln herumstocherte.

»Aber er hat doch alles wieder im Griff, Sie haben es doch selber mitbekommen.«

»Frau Voss, Ihr Mann hat fast nichts mehr! Er ist nicht liquide. All die Gewinne, die er im Augenblick macht, gehen voll in die Zinsen und in den Kapitaldienst. Da bleibt nichts mehr. Seine Betriebskosten fressen ihn auf, und er will vergrößern. Wir könnten ihm helfen.« Er machte eine Bewegung, als wollte er ihr ein Angebot, schriftlich, aus seiner unsichtbaren Aktentasche vorlegen. »Wenn der Kapitaldienst in diesem Jahr nicht bedient wird, macht die Bank die Farm zu, dann ist Ihr Mann am Ende, Frau Voss.«

Ellen antwortete zuerst nicht. Dann sagte sie: »Das geht Sie nichts an.«

»Nein, entschuldigen Sie. Natürlich nicht. Aber es wäre schade, wenn er das Beteiligungsangebot von Herrn Smietana nicht noch einmal überdenkt. Herr Smietana hat Ihrem Mann ja auch schon ein Kaufangebot gemacht, da könnten Sie dann alle zurück in die Stadt ...«

Smietanas Helfer stand auf. Er sagte: »Wenn Sie wollen, können wir nachher ja noch einmal tanzen.«

»Ja, das können wir«, sagte seine Mutter in einem Ton, als wüßte sie überhaupt nicht, was sie da sagte.

Kregel wandte sich ab und ging zurück zu der improvisierten Bar. Er stellte sein Glas ab und ging dann, die Hände in seinen Anzugtaschen, ins Haus. Wahrscheinlich suchte er seinen Chef.

*

Viele Gäste hatten inzwischen den beleuchteten Bereich um den Pool herum verlassen, die Party erstreckte sich nun immer mehr ins Dunkel, tiefer in den Garten hinein. Die beiden Jungen mußten aufpassen, nicht eingeschlossen zu werden von Gästen, die sich in die Büsche schlugen. Ralf meinte, daß sie sich jetzt vielleicht lieber weiter zurückziehen sollten. Der Junge war einverstanden. Aber schon nach ein paar Schritten in die Dunkelheit hinein hielt Ralf ihn zurück.

Vor ihnen raschelte es. Einen Augenblick hoffte der Junge, es wäre seine Mutter, diesmal mit seinem Vater – und sie küßten sich und lebten glücklich alle Tage. Aber es war nicht sein Vater, und es war auch nicht seine Mutter – es war Putzig, der Schlachter, mit Conny Busser. Fast wären sie in das Paar hineingelaufen. Er hatte sich eine Flasche Scharlachberg Meisterbrand unter den Arm geklemmt, den er, wie der Junge beobachtet hatte, auf der Farm heimlich aus seinem Spind holte, wenn er Pause machte. Er hatte sein Hemd bereits irgendwo im Dunkeln ausgezogen und stand im Unterhemd da. Über dem Feinripp baumelten ein Kreuz und ein dickes goldenes Kettchen, an dem Conny jetzt nestelte.

Sie küßten sich, Putzig knöpfte Connys Bluse auf. Keine zwei Armlängen vor ihnen. Dem Jungen blieb fast die Luft weg. Kaum hatte Putzig Conny die Bluse ausgezogen, fing er an, ihre bloßen Brüste zu kneten. Dann beugte er seinen Kopf herunter und drückte seinen Mund mit dem dünnen Oberlippenbärtchen zwischen sie. Ihre Brustwarzen waren von dem Geknete steif geworden, und als Putzig sich zwischen Connys Beine schob und grunzend an seiner Hose herumfummelte, geriet ihm seine Kette dazwischen.

»Los, mach«, sagte Conny. »Die merken sonst was.«

Conny war mit Eckehardt Rohde zusammen, dem Elektriker, der in seiner Freizeit wahlweise an seiner protzigen Gartenmauer mit der Löweneinfahrt oder den halbausgeschlachteten Mantas auf den zwei Hebebühnen neben dem Haus herumwerkelte. Conny und Rohde waren verlobt. Aber sie hatten noch nichts Festes geplant, so sagte Ralf jedenfalls.

»Ja, ja!«

Ralf und der Junge hockten im Schatten der Hecke und gaben keinen Ton von sich.

Conny schob Putzig von sich herunter und setzte sich auf ihn. Der Junge sah, daß sie kein Höschen anhatte. Sie hob ihren Rock, näherte ihr Becken Putzigs Kopf. Er fing sofort an, ihre Möse zu lecken.

»Eine 69er Nummer«, flüsterte Ralf ihm zu.

69. Conny Busser und Christian Putzig lagen aufeinander, spärlich vom Terrassenlicht beleuchtet, und leckten sich gegenseitig. Dem Jungen wurde schlecht vor Geilheit. Es war zuviel, er wollte weiter. Ralf flüsterte, daß es ihn irgendwie ans Melken erinnere.

Direkt vor ihren Augen rieben und saugten sie aneinander. Putzig stieß sein Becken hoch, und sein Schwanz drang tief in Connys Mund ein. Der Junge mußte an Maschinen denken. Er sah, daß beide Körper dampften. Schwitztend saugten sie.

Putzig stöhnte auf und spritzte ab. Und tatsächlich, Ralf hatte recht: Conny, die keine zwei Meter von ihnen entfernt die ganze Ladung ins Gesicht bekommen hatte, leckte sich die Lippen, als hätte sie Milch getrunken.

Nach zwei, drei Minuten, in denen die halbnackten Körper regungslos aufeinandergelegen hatten, standen sie auf. Putzig schnaufte und zog sich den Reißverschluß wieder zu. Conny klopfte sich das Gras vom Rock, zupfte es aus ihrem Haar. Sie knöpfte sich die Bluse zu. Dann gingen beide zur Party zurück, getrennt. Der Junge und Ralf folgten ihnen; auf der Terrasse wurde es unruhig; es schien etwas vorzugehen. Würde sein Vater jetzt sprechen? Er zog Ralf am Pullover. Sie sollten schneller gehen, er wollte das hören! Plötzlich setzte die Angst wieder ein, die er am Nachmittag gehabt hatte, als er die Arbeiter bei ihrer Versammlung in der Schlachthalle überraschte. Was, wenn Smietanas Helfer recht hatte? Seine Mutter hatte ihm schließlich nicht widersprochen. Kam jetzt der Streik? Diesmal näherten sie sich der Terrasse ein wenig von links, wo drei Weiden mit ihren bis auf den Boden herabhängenden Ästen ein dichtes, höhlenartiges Versteck für sie bildeten.

»Alles mal herhören!« Meyer brüllte gegen den Lärm an und machte mit über dem Kopf wedelnden Armen auf sich aufmerksam. Auf sein Zeichen hin stellte Thomsen die Musik ab. Zuerst gab es ein unwilliges Murren und viele »Achs« und »Ohs« von der Tanzfläche her, aber dann kamen die Gäste aus dem Halbrund um die Terrasse bereitwillig näher. »Hallo, Leute, hört mal her!«

Alle waren gespannt, was nun kommen würde, und jetzt konnten der Junge und Ralf Meyers Stimme klar und deutlich verstehen. Die Stille war so groß, daß der Junge sogar meinte, das Wasser im Pool schwappen zu hören.

»Leute, ihr wißt genausogut wie ich, warum wir heute hier sind.«

»Poadiie!« brüllte einer, der schon betrunken war.

Meyer winkte beschwichtigend in das aufbrausende Gelächter hinein. Dann sprach er weiter: »Wir sind heute abend hier, um zu feiern.«

»Musik an!« grölte der Betrunkene, wurde aber ausgezischt.

»Wir feiern das einjährige Bestehen eines neuen, großartigen Unternehmens«, sagte Meyer mit einem wohlgefälligen Seitenblick auf Jakob. »Wir feiern einen Mann, der hierhergekommen ist, um uns etwas zu zeigen, was wir vergessen haben: daß Geld und Arbeit nicht unbedingt in einem unauflöslichen Widerspruch verbleiben müssen …«

Es gab Zwischenrufe: »Geld!«, »Ja, Voss, wo ist die Lohntüte dieses Mal wieder hin!«.

Der Junge fürchtete plötzlich, es könnte zu dem gleichen Ausbruch von Haß gegen seinen Vater kommen, wie er ihn am Nachmittag erlebt hatte. Meyer schien sich verrechnet zu haben. Und jetzt war das halbe Dorf dabei! Aber Meyer und Jakob Voss ließen sich nicht irritieren. Meyer verzog keine Miene, als er weitersprach: »Und wir feiern den Mann, der das alles ermöglicht hat – ein dreifaches Hoch auf Jakob Voss.«

Er zog Jakob neben sich und schüttelte ihm mit einer Geste, die der Junge aus Filmen kannte, und einem Lächeln, als ob er fotografiert würde, fest die Hand.

»Möge er noch lange erfolgreich sein. Auf die nächsten zehn Jahre!«

»Mindestens!« Das kam jetzt von Preikzat. Aber die Freundlichkeit des Wunsches wurde von seiner finster verzogenen Miene weggewischt. Der Junge kam sich gefangen vor. Warum war er bloß gekommen? Es war doch abzusehen gewesen, daß es heute abend zu einem Zwischenfall kommen würde! Er spürte im Dunkeln Ralfs fragende Blicke, fast quälerisch, auf sich gerichtet. Er blickte stur geradeaus.

Sein Vater sah Preikzat durchdringend an, nickte, lächelte höflich und stieß klirrend mit Meyer an.

»Und zehn Jahre werden wir auch noch auf den versprochenen Gewinn warten!« Preikzat blickte triumphierend in die Runde. Bei vielen erntete er beifälliges Nicken.

Jakob blickte zu Boden, als suchte er zwischen den eingegossenen Steinen in den Waschbetonplatten der Terrasse nach einer Lösung. Die Arme des Jungen fingen an zu schmerzen, er setzte das Glas ab. Sein Vater war auch so gut zu erkennen. Die Gäste hatten einen weiten Halbkreis um ihn gebildet. Alle sahen ihn erwartungsvoll an, gespannt, wie er auf Preikzats höhnische Bemerkung reagieren würde. Der Junge suchte seine Mutter. Sie stand, etwas im Hintergrund, neben Frau Meyer vor der geöffneten Schiebetür zum Wohnzimmer. Sie zitterte nervös. Frau Meyer hielt ihr anscheinend die Hand.

»Ja, ich verstehe«, sagte Jakob. »Ich verstehe, daß ihr enttäuscht seid. Es war eine schwierige Zeit. Wir haben alle geschuftet. Ihr habt mir damals, vor einem halben Jahr, euer Vertrauen gegeben. Bitte zieht es jetzt nicht ab. Wir haben hier etwas aufgebaut, etwas, das es so noch nicht gegeben hat. Wir werden weitermachen. Ich habe euch einen Kindergarten versprochen, der wird gebaut, sobald die Putenställe fertig sind. Ich weiß, ihr fragt euch, warum es so wenig Geld in der Monatsabrechnung ergibt, wenn ihr doch auf die ersten Anteile am Gewinn wartet. Noch ist es schwierig. Aber ich garantiere euch: Das Vertrauen, das ihr in mich gesetzt habt, wird nicht enttäuscht werden. Wir expandieren – und ihr wißt, daß das Geschäft läuft! Über 15 000 Enten allein heute. Aber alles braucht Zeit.«

Heinz rief dazwischen: »Du hast dich verschätzt, Voss!«

»Nein, Marek. Ich habe euch immer gesagt, daß es dauern kann. Ich habe gedacht, daß es möglich wäre, euch bereits jetzt eine erste Marge vom Gewinn auszuzahlen …«

Jetzt riefen mehrere: »Ja!«, »Her damit, Voss!«.

»… aber der Gewinn ist ja auch an euch weitergeleitet worden – in Form von neuen Anteilscheinen auf den Gewinn für die Puten, die wir in den nächsten Wochen einstallen.«

Der Junge beobachtete, wie einige der Gäste, die nichts mit der Farm zu tun hatten, überrascht, ja fast amüsiert die aufschäumende Feindseligkeit betrachteten, der sich sein Vater plötzlich ausgesetzt sah. Der Landrat zog sich unwillkürlich weiter weg von Jakob und Meyer in den Schatten zurück. Sie hatten natürlich keine Ahnung.

»Wir müssen expandieren, investieren, die Zeit ist günstig – oder wollt ihr, daß wir diese Chance nicht nutzen? Wir können den Gewinn innerhalb eines Jahres verdoppeln, wenn wir jetzt zusammenstehen. Ich garantiere euch …«

»Was garantierst du uns, Voss?« rief Preikzat dazwischen. Er war hinter der Bar hervorgetreten und schwenkte eine Flasche mit Korn. »Was willst du? Daß wir dir noch mehr Geld in den Rachen schmeißen? Geld, das eigentlich uns gehört? Damit du neue Kredite ziehen kannst? Was willst du noch? Noch einen Wagen? Noch ein Haus? Das ist doch Betrug! Los, Leute, zeigt's ihm.«

Einige aus dem Halbkreis traten einen Schritt vor, als Preikzat mit der Flasche auf Jakob deutete.

»Nein, Preikzat. Ihr habt alle mit eurem letzten Lohn neue Anteilscheine bekommen, die euch garantieren, daß ihr am Gewinn aus den Puten um drei Prozent höher dabei seid als bisher an den Enten. Wir haben mit der Entscheidung für die Putenlinie unsere Chancen noch erheblich vergrößert. Soll ich euch die Auftragsbücher zeigen? Sie sind voll! Wir kommen schon nicht mehr nach! In drei Monaten summt es hier nur so von LKWs.«

»Laßt euch doch nicht verarschen, Leute!« rief Preikzat. »Anteilscheine! Das sind doch nur Lappen.«

Voss ging auf Preikzat zu, der ihn immer noch höhnisch anblickte. »Du glaubst mir also nicht?«

Preikzat grinste breit.

»Näh.«

Der Junge sah, wie sich auf der Stirn von Meyer, der neben seinem Vater stand, Schweißtropfen bildeten. Sein Vater griff in die Innentasche seines Smokings. Er zog ein rosa Papier heraus und hielt es Preikzat unter die Nase.

»Du glaubst also nicht, daß dieser Anteilschein etwas wert ist.«

Das Papier in Jakobs Hand zitterte leicht.

»Näh.«

Preikzats Grinsen war noch breiter geworden. Wie bei

einem Piraten, der sich anschickt, das feindliche Schiff zu entern. Siegessicher. Einer, der seine Meute hinter sich wußte. Ein Grinsen, wie in Holz geschnitten. Der Junge wartete, was sein Vater, so in die Zange genommen, jetzt tun würde. Ralf faßte ihn am Arm und versuchte, ihn wegzuziehen. »Komm, wir gehn jetzt lieber«, flüsterte er ihm ins Ohr. Der Junge schüttelte ihn ab und blickte gebannt auf seinen Vater.

»Ist das hier dein Name oder nicht, Preikzat?« Jakob Voss deutete auf eine Stelle rechts unten auf dem Schein.

Preikzat nickte. Er schien das Spiel wie eine Katze zu genießen. Sollte die Maus in der Falle ruhig noch einen Moment zappeln!

»Mit deiner Unterschrift hast du eingewilligt, daß zwanzig Prozent von deinem Nettolohn auf ein Jahr gegen Gewinnbeteiligung zur Kapitalrücklage revolvierend angelegt werden. Ist das richtig?«

»Das ist nur noch Dreck wert.«

»Das sind seit Dezember letzten Jahres etwas über viertausendachthundert Mark, die du angelegt hast.«

Preikzat sagte: »Abgezogen hab ich die gekriegt! Ja.«

»Und die willst du jetzt zurückhaben und aus der Firma ziehen?«

»Das kannst du doch sowieso nicht.«

Der Junge merkte, daß sich in Preikzats Ton etwas wie Zweifel eingeschlichen hatte. Sein Vater griff wieder in die Westentasche seines Jacketts, holte ein Bündel mit Geldscheinen heraus und warf es ihm zu. Preikzat fing es auf. Dann zerriß Voss den rosa Schein vor aller Augen und ließ die zwei Hälften vor sich auf den Boden fallen.

»Ihr habt es alle gehört. Das sind sechstausendneunhundertzwanzig Mark, siebzig Mark davon sind dein Anteil an dem zu erwartenden Gewinn aus der letzten Schlachtung heute morgen. Wenn es mehr wird, dann schickt Frau Busser dir einen Scheck. Bis dahin. Du bist raus, Jannis.«

Preikzats Lächeln löste sich in Verlegenheit auf. Er drehte sich zu den anderen um. »Aber, aber …« Unglauben spiegelte sich in seinen Zügen wider. Der Junge begriff, daß sein Vater diese Aktion am Nachmittag, als er von Meyer das Bargeld erhalten hatte, genauestens geplant haben mußte. Wahrscheinlich hatte er sich die Verträge kommen lassen und auf die Schnelle genau durchgerechnet, wieviel er Preikzat, und wieviel er auch Heinz, dem anderen Rädelsführer des versuchten Aufstands vom Nachmittag, auszuzahlen hatte – für den Fall, daß es soweit kam.

Jakob Voss ließ Preikzat keine Zeit, sich zu sammeln und noch irgendeinen weiteren Kommentar abzugeben. Er fragte, über Preikzat hinweg, in die schweigende Menge: »Wer will noch seinen Anteil?«

Die Leute wirkten wie benommen. Niemand antwortete. Putzig wandte sich von Preikzat ab. Heinz ebenso. Conny wich zurück.

»Nun? Sagt doch!«

Sein Vater hatte sich in Rage geredet. »Wem soll ich noch sein Geld wiedergeben?«

Meyer trat an ihn heran und versuchte, ihn zurückzuhalten. Aber Jakob Voss ließ sich jetzt nicht mehr aufhalten. Er zeigte mit dem Finger auf Heinz.

»Dir, Marek?«

Marek blickte zu Boden.

»Oder Ihnen, Frau Busser?«

Conny wurde rot und schüttelte den Kopf.

»Putzig?«

»Nein, Chef!«

»Dann ist es ja gut. Feiern wir weiter. Feiern wir. Trinken wir auf die nächsten Jahre. Trinken wir auf den Erfolg, und daß wir noch lange gut zusammenarbeiten. Laßt uns alle Unstimmigkeiten vergessen.«

Jakobs Augen funkelten wild. Er hob sein Glas, das Meyer ihm gereicht hatte.

»Auf die Farm«, brachte er den Toast aus. »Auf die Farm«, antworteten die Gäste. Sie stießen an. Der Junge wischte sich erleichtert übers Gesicht. Er hatte gar nicht gemerkt, wie er zu schwitzen angefangen hatte. Sein Vater hatte erreicht, was er wollte.

Er tippte Ralf, der mit seinem geschwärzten Gesicht immer noch gebannt auf die Terrasse starrte, auf die Schulter und flüsterte ihm zu, daß er schnell pinkeln gehen würde. Als er zurückkam, kniete Ralf dichter bei den Rosenbüschen im Schatten der Garage. Vor ihnen tauchten Smietana und sein Vater auf. Der Junge hatte den Dicken vorher nicht bemerkt. Er mußte die ganze Zeit im Haus gewesen und erst auf die Terrasse herausgetreten sein, als sich alles auf Jakob konzentrierte. Die beiden Männer blieben an einem der Plastiktische stehen. Smietana fischte sich Knabberzeug aus einer tiefen Holzschale und grunzte genießerisch.

»Wissen Sie, Voss, was Mozart nach der Aufführung seiner ersten wirklich erfolgreichen Oper von Kaiser Leopold gesagt bekam? Ganz schön, ganz schön. Das ist alles ganz schön, lieber Mozart. Aber die Musik! Zuviele Noten! Nun stellen Sie sich das vor, Voss! Zuviele Noten! Aber, Voss, das könnte ich auch zu Ihnen sagen: Zuviele Worte!«

»Gerade so viele, wie notwendig sind.«

»Ah, Sie kennen sich aus. Gebildeter Mann. Sollte man nicht unterschätzen. Ja, das hat er gesagt. Und recht hat er gehabt, natürlich. Ist aber arm gestorben, der Mann«, sagte Smietana und machte eine skeptische Miene.

»Kommen wir jetzt mal zur Sache, Voss. So können Sie nicht weitermachen. Das ganze schöne Geld, das am Ende der Bande in die Hände fällt, die Sie eben noch fertigmachen wollte. Nein, nein, Voss, da müssen wir uns etwas ausdenken. Warten Sie mal.« Smietana legte den Zeigefinger an seine Lippen, auf denen noch das Salz von all den Chips, die er gegessen hatte, glänzte.

»Wie soll das weitergehen? Was meinen Sie, wie lange Ihr kleiner Trick funktioniert? Wollen wir sagen, zwei, drei Wochen?«

Jakob antwortete nicht. Er nagte mit den Zähnen an seiner Oberlippe.

»Länger, meinen Sie? Also gut, länger. Vielleicht ein, zwei Monate. Und dann?«

Smietana machte eine kleine Pause und stopfte sich eine Handvoll Erdnußflips in den Mund.

»Spätestens dann fehlt Ihnen das Geld, das Meyer Ihnen vielleicht gerade eben noch gegeben hat ... Sehen Sie mich nicht so erstaunt an, Voss. Woher hätten Sie's denn sonst haben sollen? Die Banken geben Ihnen doch nichts mehr. Und Meyer hat's auch nicht mehr dicke!«

Jakob sah ihn an.

»Na ja, vielleicht geht es ja gut. Mit meiner Bürgschaft zum Beispiel, Voss. Überlegen Sie mal! Mit mir als Partner. Da hätten wir doch was!« Der Junge schüttelte im Dunkeln verzweifelt den Kopf.

Smietana ging um den Tisch herum und baute sich vor seinem Vater auf.

»Dann könnte keiner von Ihren ›Teilhabern‹ mehr kommen und Radau machen, und Sie müßten niemanden mehr auszahlen vor allen Leuten. Was hätten Sie eigentlich gemacht, wenn noch ein paar andere ihr Geld gewollt hätten? Na ja, rein theoretische Frage. Wir beide würden das still erledigen, jeden für sich, mit ein bißchen Handgeld dazu – und ab. Sie sind der Chef, und alle sind's zufrieden. Das wär's. Und Sie könnten wieder von oben spielen – eine Position der Stärke. Das ist es doch, worum es geht, Voss, Sie verstehn mich.«

Smietanas Hand, die eben noch nach den Erdnußflips gegriffen hatte, ballte sich vor Jakobs Gesicht.

Der Junge hörte seinen Vater leise fragen: »Und was springt für Sie dabei raus?«

Smietana betrachtete sein Glas Cognac. »Für mich?«

»Ja, Sie wollen doch was ganz Bestimmtes.«

»Was ich will, Voss, sind Sie. Ihre Energie, Ihre Ideen! Sie sind mein Kapital. Zusammen sind wir unschlagbar. Ich will nur Ihr stiller Teilhaber sein, keine Angst, ich mische mich nicht ein. Sie haben einen guten Riecher, Voss. Auch die Beteiligung und Ihre Idee der Finanzierung sind zumindest kreativ. Aber sehen's ja selber: zuviel Reform und Sie enden wie Owen: als abgesetzter Utopist. Haben nicht gedacht, daß ich den kenne, was, Voss? Sie können gut reden, Voss, das wußten wir schon. Aber hier nützt das nichts. Ich mische mich nicht ein. Werden Sie alles selber rausfinden. Einmal im Monat essen wir zusammen, und Sie teilen mir mit, wie es bei Ihnen läuft. Oder ich schicke Johann zu Ihnen. Ansonsten kriegen Sie mich nicht zu Gesicht. Ich weiß, Voss, ich weiß. Sie brauchen mir nichts zu sagen. Sie mögen mich nicht. Gut. Sie müssen mir hier nur einen Stall für Züchtungen reservieren. Geflügel gehört die Zukunft, da haben Sie recht. Ist gesünder, keine Frage. Luxus zum Billigpreis – wunderbar. Die Mittel sind längst noch nicht ausgeschöpft. Betriebswirtschaftlich gesehen. Ah, Sie haben da noch Möglichkeiten.«

»Haben Sie jemanden bei mir eingeschleust?« unterbrach ihn Jakob Voss.

»Ah, Voss. Natürlich. Woher hätte ich sonst meine Informationen?« Smietana quietschte vor Vergnügen. »Ach, Spaß beiseite! Machen Sie sich keine Sorgen. Sie würden nie drauf kommen. Denken Sie mal, was da noch an Möglichkeiten versteckt liegt: Wenn wir Ihre Farm als Standbein nutzen und hier unsere Versuche machen. Haben doch schon drüber gesprochen. Züchtung, Voss! Nicht bloß Hormonspritzen, Futteroptimierung und das ganze Zeug. Das bringt nichts – langfristig. Die Zukunft gehört der perfekten Kreuzung. Das Material schicke ich. Das ist alles. Die Leute, die ich Ihnen anvertraue, sind Spezialisten – alles gebildete Männer und Frauen. Werden groß einsteigen! Größer, als Sie sich das jetzt vorstellen können. Werden Spaß haben zusammen, Voss, das verspreche ich. Können wir nächste Woche alles vertraglich klarmachen. Ich schicke Johann vorbei – und die Kreditlinie bei meiner Bank steht Ihnen offen. So, und jetzt kommen Sie, wir sollten's wenigstens Ihrer Gattin sagen. Abgemacht?«

Er streckte ihm seine von den Erdnußflips fettige Hand hin.

Jakob ergriff sie nicht.

»Schlafen Sie drüber! Aber warten Sie nicht zu lang, Voss, wer weiß, was noch kommt.« Sie gingen zum Haus zurück und mischten sich unter die Leute. Der Junge begriff plötzlich, daß Smietana auch dieses Gespräch mit seinem Vater wie eine feste Abmachung hatte klingen lassen.

*

Sie gingen langsam und schweigend den Weg zurück. Die Baumkronen spannten ein dunkles Zelt vor den Himmel. Es hatte sich etwas bezogen. Durch die Bäume blinkten nur vereinzelte Sterne, die er im Gehen betrachtete. Sie waren hier draußen sonst viel klarer zu sehen als in der Stadt. Das war schön.

Sie sahen Ruth auf der Landstraße wieder. Der Junge hatte gehofft, daß er allein bei der Dorftante im Wohnzimmer sitzen und auf sie warten könnte. Aber bevor er eine Entscheidung hatte treffen können, ob er Ralf von seinem Abenteuer in Ruths Zimmer erzählen sollte oder nicht, hörten sie ein Dröhnen, und dann sah er Ruth an sich vorbeirauschen. Das Kleid, das sie sich aus Fahrradschläuchen genäht hatte, flatterte ihr um die Schenkel. Sie hatte die Haare hochtoupiert und das Rouge auf ihren Wangen war verschmiert, wahrscheinlich vom Knutschen. Sie hatte ihn gleich erkannt und, als die kleine Flottille die beiden Jungen überholte, sofort ein Zeichen gegeben, daß sie anhalten sollten. Offensichtlich war sie tanzen gewesen, mit Fischer und seiner Bande, statt mit ihnen auf die Party zu gehen. Der Junge spuckte aus. Fischer, der sie nun auf seiner Maschine nach Hause fuhr. Wie eine Beute hatte er sie vor sich auf den Bock geklemmt. Sie hielt sich am Lenker fest und lachte in den Wind.

Aber es war nicht Fischer.

Es waren die drei Typen vom See. Sie betrog also auch Fischer. Fischer, den Ralf und er für unbesiegbar gehalten hatten. Fischer, den Bandenchef der Mofagang. Fast hätte der Junge ihn bedauert.

Es waren schwere Maschinen, fast schon richtige Motorräder. Die drei kurvten um ihn und Ralf herum, gaben extra Gas, ließen die Motoren aufheulen. Der Kerl, der

Ruth auf dem Bock hatte, kam dem Jungen so nahe, daß Ruths Rock-Schläuche an ihn schlugen.

Dann hielten sie.

Lässig, als hätten sie es von James Dean gelernt, bockten sie ihre zwei Zündapps und die Kreidler auf, ließen aber die Lichter an, so daß ein heller Platz entstand, in dessen Mitte sich die beiden Jungen befanden.

Der eine, er mußte der Anführer sein, dachte der Junge, kam betont langsam auf ihn zu, bis er direkt vor ihm stand. Er war nicht größer als der Junge, in ein paar Jahren hätte Nick ihn sicher überholt.

»Na, Kleiner, so spät noch unterwegs? Und mit Tarnkappe?«

Er zog Nick die Mütze vom Kopf und hielt sie ihm ins Gesicht. Als der Junge nicht reagierte, warf er sie einem seiner beiden Kameraden zu, die grinsend an ihren Maschinen lehnten.

Ralf wollte helfen. »He«, schrie er. »Gib das zurück!«

Aber damit heizte er das Spiel erst richtig an.

»Hol sie dir doch, Babyspeck«, lockte ihn der Kerl, der die Mütze hielt. Er schwenkte sie herausfordernd hin und her. Als Ralf wütend auf ihn zustampfte, warf er sie in hohem Bogen dem dritten Typen zu, der sich kichernd mit ihr über den Hintern fuhr und sie dann mit der geübten Bewegung eines Handballspielers an den Anführer weitergab.

Der Junge hatte sich die ganze Zeit nicht gerührt. Er betrachtete Ruth, die auf der Maschine des Anführers saß und ihn gar nicht beachtete. Sie schwankte und wirkte völlig weggetreten. Als Ralf bemerkte, daß der Junge nichts unternahm, um das Mützenspiel zu beenden, blieb er stehen, riß sich seine eigene Mütze vom Kopf und schleuderte sie vor dem Jungen auf die Straße.

»Sag mal, läßt du dir von diesen Idioten eigentlich alles gefallen? Was bist du, eine Memme?«

»Ralf, laß. Es ist nur eine Mütze.«

»Nur eine Mütze? Was weißt du denn.« Ralf schrie ihn an: »Du kannst doch nicht zugucken. Du mußt dich wehren! Was machst du denn, wenn die dich von jetzt an jedesmal hopsnehmen, wenn du vorbeikommst? Mit so jemandem will ich nichts zu tun haben, kapiert?«

Ralf hatte ihn am Kragen gepackt und schüttelte ihn durch. »Kapiert?«

»Ja. Kapiert«, sagte der Junge.

Der Anführer schlug Ralf auf den Hinterkopf.

»Ei, Kleiner, jetzt laß mal deine großen Töne. Du furzt ja schon aus 'm Maul.«

Die beiden anderen hatten den Kreis um den Jungen und Ralf enger gezogen. Der Anführer verzog verschmitzt das Gesicht.

»Kennst du Flippern?« fragte er. Er war nahe an Ralf und den Jungen herangetreten. Nick roch seine Bierfahne.

»Ja, Randy, laß uns flippern«, johlten die beiden anderen.

Randy winkte Ruth heran. Sie stieg sofort gehorsam vom Bock. Randys Kumpane gingen zu ihren Maschinen und schwenkten die Vorderräder herum, so daß Randys Zündapp im Rampenlicht stand.

Randy gab Ruth ein Zeichen, daß sie stehenbleiben sollte. Dann ging er zu ihr und strich ihr mit den Händen, die beide in Lederhandschuhen steckten, sanft über den Hals. Nick hörte, wie Ralf neben ihm schluckte. Die beiden anderen kamen heran, und auf Randys Zeichen hin hievten sie Ruth wieder auf den Bock und hoben ihre Beine an, die sie spreizte, als sie sich langsam nach hinten über den Sitz legte. Sie kicherte. Sie hat zuviel getrunken, dachte Nick.

Randy drehte sich nach Ralf und Nick um, als wollte er sich versichern, daß sie auch alles sahen. Er bleckte die Zähne, schob Ruths Beine weit auseinander und schlug den Schlauchrock hoch. Mit der Linken hielt er sie an den Knöcheln fest. Die Scheinwerfer der beiden anderen Mokicks schienen direkt in sie hinein. Ruth hatte keine Haare unten. Sie mußte sie rasiert haben. Deutlich sah man eine kleine rote Schnittwunde oberhalb der Scheide. Randy spreizte ihre Schenkel noch mehr, so daß sie zu zittern begann. Sie keuchte, ihre Brüste hoben und senkten sich.

»Und jetzt kommt die Kugel.«

Sie stöhnte laut auf, als er ihre Scheide durch sanftes Berühren mit dem Finger öffnete.

»Seht ihr hin?« fragte Randy. »Los, ihr könnt auch anfassen. Sie mag das!«

Die zwei anderen, die Ruth hielten, grinsten.

Ruth lallte: »Randy, laß, ich mach's euch ja nachher!«

Aber die beiden ließen sie nicht los, und Randy hörte nicht auf. Er strich ihre Schenkel entlang, und Ruth sagte nichts mehr.

Ralf, der angefangen hatte zu weinen, rannte davon. Auch Nick drehte sich um und ging zu Meyers Grundstück zurück. Die drei Mofafahrer kümmerten sich nicht um ihn.

*

Es war dunkel. Kein Stern stand am Himmel. Da war nichts, was seine Blicke in die tieferen Schichten der Dunkelheit hätte locken können, in die unendliche Ferne von Beteigeuze und Aldebaran, all den Planeten, von denen er so gerne in Büchern las. Alles, was er sah, war Dunkelheit. Nick war wie betäubt. Er fühlte sich, als hätte man ihm in den Magen geschlagen. Das konnte doch nicht sein! Wieso hatten er und Ralf nicht eingegriffen und die Säue verprügelt? Einen Moment lang sah er es genau vor sich: Ralf und er, Seite an Seite, wie sie den dreien ihre Mokicks unter den Ärschen wegtraten, Ralf, in Prügellaune wie das Ding, und er holte sich Ruth aus den Klauen von Randy, mit langen, elastischen Armen, ein junger Reed Richards. Aber dann zerplatzte die Phantasie wie eine Seifenblase. Ruth hatte mitgemacht. Sie war es gewesen, die sich rausgeschlichen hatte. Sie mußte das schon am Nachmittag mit den Typen verabredet haben, am See. Die ganze Zeit hatte sie nicht vorgehabt, mit Ralf und ihm den Abend zu verbringen. Und wieso auch! Auf einmal wurde er wütend, mit Toffees am Fernsehtisch? Mit kleinen Jungen durch die Gegend schleichen, wenn sie Sex haben konnte? Wie naiv waren sie eigentlich gewesen. Nick spuckte angewidert aus. Aber auch dadurch, daß er wütend gegen einen der Jägerzäune am Straßenrand trat, konnte er den Film mit Ruth in seinem Kopf nicht stoppen.

Als er an Meyers Garten vorbeiging, stolperte ein Betrunkener auf ihn zu. Nick erkannte Dr. Bost an seiner gebückten Haltung – er litt an Bechterew, was ihm im Dorf den Spitznamen »Quasimodo« eingebracht hatte. Der Arzt hielt sich am Türgriff seines Wagens fest, stieg ein und fuhr mit quietschenden Reifen los. Er war allein, ohne seine Frau.

Der Junge hörte, wie die Hochspannungsleitung über ihm surrte. In Gedanken folgte er den Drähten über das Feld. Auf der anderen Seite käme er zum Hof von Tante Hertha zurück.

Nein, zurückgehen würde er nicht. Er stellte sich vor, wie sie schlief. Die Hände mit den dicken blauen Adern über der Decke, der Kopf auf dem kleinen Kissen, das sie ihr untergeschoben hatten, der Mund weit aufgesperrt, genau so, wie Ralf und er sie verlassen hatten.

Ihm war, als müßte ihm gleich der Kopf platzen, wenn er nur eine Minute länger im Dorf bliebe. Seine Oberschenkel schmerzten, wenn er die Beine hob, der Muskelkater vom Fußballtraining am Nachmittag hatte eingesetzt. Die Schemen einzelner Bäume erhoben sich vor ihm. Bäume, Hecken, Zäune waren jetzt Widerstände im Wind, nichts außer Klängen und der bloßen Ahnung von massigen Gebilden, gegen die man besser nicht lief. Er spürte sie, als hätten sie eine Aura oder ein sich über die Spannung der Haut mitteilendes Sicherheitsfeld.

Obwohl es immer noch warm war, fröstelte ihn. Er war den Berg heruntergelaufen, dann über die Kreuzung der leeren Bundesstraße gewandert, auf der es ihn am Morgen fast erwischt hatte. Das alles schien unendlich weit weg zu sein.

Als er sich der Farm näherte, merkte er, wie erschöpft er war. Seine Füße waren in der schwülen Hitze der Nacht angeschwollen, so daß ihm die Schuhe plötzlich zu klein vorkamen. Er bewegte sich mechanisch, kam sich wie eine Marionette vor. Als er gerade das Waldstück durchquerte, hinter dem gleich die Farm auftauchen würde, hörte er das Geräusch eines sich nähernden Autos. Unwillkürlich duckte er sich und ging hinter den Brombeerbüschen in Dekkung, die rechts und links die Straße säumten, gerade noch, bevor ihn die Lichtkegel des Wagens erfaßten. Der Wagen sauste an ihm vorbei, ohne daß er die Marke erkennen konnte. Er wollte gerade weitergehen, als er aus derselben Richtung, vom Dorf her, noch einen Wagen herankommen sah. Diesmal erkannte er deutlich den Benzstern auf dem Kühler. Der Junge fragte sich, ob das Meyer war. Aber was wollte der hier? Das Fest war doch noch nicht vorbei, ihr großes Fest zum Jubiläum der Farm. Zwischen den Baumreihen, schwarzen Nadelhölzern, die einmal jemand regelmäßig eingesetzt hatte, wie Blumen in eine Palette, schwang der brummende Ton eines schweren Motors nach, als würden Schallwellen eingesperrt. Selbst Meyer, den Immobilienmakler, hatte das vernachlässigte Gemeindegrundstück in keiner Weise interessiert, weil er die forstwirtschaftliche Gewinnspanne in der Gegend als äußerst gering einschätzte. Wie Pingpongbälle prallten die Geräusche von einer Seite zur anderen, bis sie schließlich so schwach geworden waren, daß sie herabfielen und irgendwo auf dem Asphalt zwischen den dunklen Bäumen verstummten. Der Junge ging schneller. Trotz seiner Erschöpfung schien es ihm wichtig, schnell nach Hause zu kommen. Ein weiteres Brummen wurde hinter ihm hörbar. Diesmal machte er sich nicht die Mühe, sich zu verstecken, trat ganz einfach von der Straße und blieb auf dem Randstreifen stehen. Er schaute sich um, die Scheinwerfer blendeten ihn. Es waren vier Wagen, dicht hintereinander. Diesmal war er sich sicher, zumindest ein Auto erkannt zu haben: das von Heinz, der fuhr einen roten Jetta mit Heckspoiler und einem – zur Zeit kaputten – Seitenfenster aus Pappe. Neugierig geworden, wo die alle hinwollten, verfiel er jetzt in einen leichten Trab. Die nassen Socken quietschten in den Schuhen, die Füße rutschten unangenehm, er dachte daran, daß er sich Blasen laufen würde. Hinter der Biegung, die die Straße aus dem Wald heraus machte, blieb er keuchend stehen. Er sah Licht. Überraschend viel Licht. Für einen Moment schien ihm diese Kuppel aus Licht unnatürlich. Sie pulsierte fast, wie der gewaltige Körper eines angeschwemmten Riesenfischs aus der Tiefsee, dessen anlockendes Glühen die Nacht zerriß. Ein großer Bogen zeichnete sich vor ihm ab, in dessen Gewölbe die schwarzen Silhouetten der Hofgebäude, der Stallungen und des Siloturms wie Fussel auf einer Glühbirne wirkten. Der Junge hatte die Farm nachts noch nie so hell gesehen.

Hier, vom Waldsaum aus, glaubte er nur einen leichten Wind zu hören, der die Gräser aneinanderrieb.

Der Junge streckte die Hände aus, um das Drahttor im Zaun aufzustoßen. Er war auf der Straße geblieben, bis er die breite Öffnung der Seiteneinfahrt vor sich sah. Diesmal kam ein Auto von vorn auf ihn zu, beschleunigte immer mehr. Er konnte den Fahrer erkennen, wie er konzentriert an seinem Radio oder dem Zigarettenanzünder fummelte. Er hatte das Deckenlicht eingeschaltet. Es war Meyer. Der Junge schloß das Tor wieder. Wie am Morgen nahm er die Abkürzung über den Siloturm, der wie ein startbereites Raumschiff vor ihm aufragte. Das Licht vom Hof blendete. Er war zu weit weg, um genau zu erkennen, was los war. Draußen rauschten immer wieder neue Fahrzeuge heran, auf die Haupteinfahrt zu.

Der Junge mußte unwillkürlich daran denken, daß die Tiere in ihrem Schlaf gestört sein würden. Normalerweise lief auf der Farm nachts alles vollautomatisch. Ein Programm fester Schlafzeiten war über eine Automatik eingerichtet worden. Das Lichtregime war so eingestellt, daß die Tiere morgens um 5 Uhr 30 geweckt würden. Die Tiere lebten, außer bei kurzem Auslauf, wenn die Ställe gesäubert wurden, oder beim Umstallen, permanent unter künstlichem Licht. Helles, weißes Licht, das hatte ihm sein Vater erklärt, bewirkte, daß sie schneller zunahmen. Deshalb wurden die Wände in den Ställen auch immer wieder weiß gestrichen, *Yessir,* damit sie das Licht der Glühbirnen möglichst gut reflektierten. Sein Vater hatte weiter ausgeführt, daß sie bereits von Anfang an mit Schockbeleuchtung experimentiert und gute Erfahrungen bei den ersten Geflügelgenerationen gemacht hätten. Schockbeleuchtung: das bedeutete, daß am Morgen Licht mit der Intensität von 1500 Watt für 5 Sekunden aufleuchtete. Die Pupillen der Tiere weiteten sich schlagartig, einen Moment waren sie blind. Das augenblickliche Wachsein, das diese explosionsartige Tagessimulation herstellte, regte zu schnellerem Wachstum an.

Jakob hatte dem Jungen erklärt, wie wichtig es war, daß sie eine genau auf die Altersstufe abgestimmte Lichtmenge zuführten, um die Geschlechtsreife zu beschleunigen. Darüber hinaus mußten auch Vitamine – A, D und E – in synthetischer Form zugegeben werden, denn schlampte man, konnte es dazu führen, daß Mangelerscheinungen auftraten. Besonders die ausreichende Gabe an Vitamin D war nötig, um die wachstumsfördernde Wirkung des Lichts voll auszunutzen, sagte Voss.

In den ersten Lebenstagen wurde jeder Kükenring mit einer 100-Watt-Birne dauerbeleuchtet, weil die Küken nach dem Schlüpfen schlecht sahen. Nach zwei bis drei Wochen konnte die Lichtintensität reduziert werden, und die Tagesdosierungen wurden schrittweise heruntergefahren. Die Küken hatten so von Anfang an keinen 24-Stunden-, sondern einen 25-Stunden-Tag. Das hatte sich als günstig für die Mast erwiesen, hatte sein Vater gesagt. Eine Stunde mehr. *Eine Stunde mehr* – und schon wuchs man schneller.

Die Lichtintensität hatte vor allem Einfluß auf das Verhalten der Tiere. War es zu dunkel, verfielen sie in Apathie. Der Junge hatte das Wort erst nicht verstanden, und sein Vater erklärte ihm, es bedeutete, daß man keinen Appetit habe, zu nichts Lust und am liebsten dauernd nur schlafen würde. Apathische Küken wuchsen langsam. Der Junge hatte daran gedacht, daß sein Vater ja selbst in Apathie verfallen war, damals, als er nicht mehr Bürgermeister war und sich eingeschlossen hatte in seinem Arbeitszimmer im alten Haus. Aber für die Küken war das immer noch besser, als wenn sie zuviel Licht bekamen, fuhr sein Vater fort. Von einer Überdosis Licht bekamen sie Herzrasen und fraßen sich gegenseitig auf, wie Kannibalen. Seltsam, dachte der Junge, daß jemand überhaupt herausgefunden hatte, daß man mit Hilfe von Licht und Futter und künstlich geregelten Tageszeiten Größe und Gewicht von Tieren bestimmen konnte.

Als kleiner Junge hatte er selbst Schlafexperimente gemacht. Er stellte zum Beispiel den Wecker auf halb fünf, wachte auf und stellte dann den Wecker eine halbe Stunde vor, damit er noch ein-, zweimal einschlafen konnte, bevor er aufstehen mußte. Später verkürzte oder verlängerte er die Intervalle. Er hatte es gemocht, im Dunkeln zu liegen und auf den Digitalwecker zu starren, damit er das Umspringen der Ziffern nicht verpaßte, 5:44, 5:44, 5:45, was manchmal geschah, während er blinzelte. Oft schlief er dabei ein. Dann lag er steif da, wenn er aufwachte. Mit den Schlafexperimenten, hatte der Junge sich eingebildet, modellierte er auch seine Träume.

Aber diesmal war es kein Traum. Er trat in die erste Gasse zwischen den hinteren Ställen. Jemand kam auf ihn zugerannt, schrie ihn an. Er wurde von einer Hand gepackt und fortgezogen. Der Mann führte ihn auf den kleinen Versorgungsweg zurück, der am Innern des Zauns weiterlief, und machte eine Bewegung hin zu den Bürogebäuden und den Wohnhäusern. Dann setzte er sich im Trab wieder in

Bewegung und verschwand zwischen den Ställen. Überall schwärmten Leute aus. Arbeiter von der Farm, einige noch halb in ihrem Party- und Sonntagsstaat, mit gelockerten Schlipsen oder – die Jacketts abgelegt – im offenen Hemd. Sie hatten Gummistiefel an, die Hosenbeine hastig hineingestopft, was den grauen und schwarzen Stoff seltsam in der Luft flattern ließ. Den Jungen erinnerte das an Filme über russische Bauern, *Doktor Schiwago*, bei dem hatte seine Mutter immer ganz gerührt geweint. Die Leute hasteten über den Hof und zwischen den Ställen hin und her. Jetzt sah er eine andere Gruppe von Männern ausschwärmen, offenbar Mitgliedern der freiwilligen Feuerwehr, die in ihrer Montur schwitzen mußten, auch wenn sie keine Schläuche trugen. Gebrannt hatte es nicht, das hätte man schon von weitem gerochen. Zwei grüne Uniformen sah der Junge. Auf dem Hof parkten Autos mit Blaulicht. Unbekannte Männer standen um eine Kühlerhaube versammelt, wandten sich ab und zu um und gestikulierten in Richtung der Ställe. Eine Abteilung der Feuerwehr rollte, unterstützt von einigen Arbeitern und Leuten aus dem Dorf – der Junge erkannte Heinz und auch Harms – rotweißes Absperrband aus. Hastig wurden Eisenpflöcke in den Boden gerammt, ein, zwei Schläge mit dem Hammer, dann saß der Pflock, und das Band wurde eingehakt, einmal um die Spitze gewickelt und weiter abgerollt. Sie kreisten die Hallen ein. Der Junge gelangte an den Rand des Hofs. Dort, wo früher die Senke für den Misthaufen gewesen war, wo am Weihnachtsfest die Bäume gestanden hatten und unter Gelächter umgefallen waren, hatte man eine mobile Lichtbatterie aufgebaut, die den Hof in diese taggrelle Helle tauchte. Das Licht machte es schwer, die Mienen der Menschen zu erkennen, die dort umherschwirrten.

Der Junge schaute an der Büro- und Schlachtraumseite hoch, da war auch Licht, alle Türen offen, im Vorzimmer zum Büro seines Vaters sah er fremde Leute von den zwei Apparaten aus aufgeregt telefonieren. Es würde nichts gebracht haben, sich zu verstecken, aber niemand achtete auf ihn. Der Junge ging am Rand des Hofs zwischen den Leuten hindurch auf ihr Haus zu. Auf der Auffahrt vor ihrem Haus stand nur der BMW seines Vaters.

Der Junge blickte über die Schulter zurück und starrte auf die dunkle Tür des großen Stalls, in dem er am frühen Abend noch gefüttert hatte. Man hatte sie nicht wieder geschlossen. Ein großer Schlund schien aufgerissen zu sein.

Aus dem Stall trat jetzt sein Vater, gefolgt von Dr. Bost, der sich immer wieder mit der Hand über den halbkahlen Hinterkopf strich und den Kopf dabei schüttelte. Sie gingen beide auf die Gruppe um den Polizeiwagen zu. Der Mann mit dem Plan – er war wohl nicht auf der Party gewesen, der Junge konnte sich nicht an ihn erinnern, er trug eine leichte Sommerjacke ohne Krawatte und sah müde aus, so als hätte man ihn aus dem Bett geklingelt – sah kurz auf, sah seinen Vater mitleidig an und fuhr dann mit der Erklärung fort, die er dem Landrat, der bei ihm stand, gerade gegeben hatte. Der hatte seine Fliege gelockert und fingerte nervös an einem Stück Papier in der Größe einer Einladungskarte, das er immer wieder einrollte. Schräg gegenüber, aus dem alten Pferdestall, wo Preikzats Werkstatt war, schoben drei Leute von der Farm eine alte Zinkwanne auf den Hof, die ein anderer Mann in weißem Overall mit einer blauen Flüssigkeit aus einem Kanister füllte. Der Mann am Polizeiwagen bedeutete Nicks Vater und Dr. Bost, dorthin zu gehen. Der Mann in Weiß ließ sie mit ihren Gummistiefeln in die Wanne treten, drückte ihnen eine Bürste in die Hand, und sie begannen die Stiefel bis an die Schäfte mit den Bürsten zu reinigen. Als sie fertig waren, spritzte ein Arbeiter – der Junge glaubte, es war einer der Cousins des Vorarbeiters Heinz – die Stiefel mit einem Schlauch ab. Mittlerweile waren die anderen Arbeiter und die Feuerwehrleute auf den Hof zurückgekehrt. Sie legten das übriggebliebene Absperrband am Polizeiwagen ab und reinigten ihre Stiefel auf dieselbe Weise. Dann gab es Kaffee. Die meisten stellten sich um die kreuz und quer auf dem Hof geparkten Autos in Grüppchen auf, während ein weiterer Mann in Weiß hinter dem Wohnhaus der Voss' auftauchte und auf den Absperring zumarschierte. Ein VW-Transporter kam über den Hof gefahren und hielt an der Misthaufensenke. Die Seitentür ging auf, vier Männer liefen auf ein Zeichen des Mannes in Weiß mit ihm auf Voss' Wohnhaus zu und verschwanden hinter der Garage im Garten. Der Junge blickte zu seinem Vater hin, der das alles kaum zu bemerken schien. Alles geschah so selbstverständlich, als gehörte das Haus nicht länger ihnen. Voss wandte sich von dem Polizeiwagen ab und ging an dem Jungen vorbei, ohne ihn anzusehen. Sein Gesicht war verzerrt. Er ging auf die Leute zu, die um Heinz' verspoilten Jetta herum vor der Schlachthalle standen, und schickte sie zu den anderen, die die Absperrung komplettierten, vor die Ställe. Einige der Arbeiter gestikulierten und diskutierten mit seinem Vater, was jetzt zu tun sei. Putzig schien völlig auszuflippen, aber sein Vater legte ihm die Hand auf die Schulter, und das schien ihn zu beruhigen. Der Junge ging auf sie zu. Putzig, der ihn kommen sah, sagte etwas zu seinem Vater, und der drehte sich um. Putzig hatte Tränen im Gesicht.

»Hallo, Junge, was machst du hier?« Die Frage klang erstaunt. Dem Jungen erschien die Stimme seines Vaters seltsam vertraut. Sie hatte etwas Ruhiges, Beherrschtes. Fast war es, als freute er sich, seinen Sohn hier zu sehen. Er nahm ihn bei der Schulter und legte seinen Arm um ihn. Dann standen sie beide gemeinsam in der Gruppe um Heinz' Wagen.

»Ihr müßt jetzt nicht gleich durchdrehen. Wir schaffen das schon. Vielleicht ist es ja nichts. Vielleicht sind es nicht alle. Wir müssen abwarten.«

Der Junge sah in die mutlosen Gesichter von Heinz, Putzig und den anderen. Sie schienen nicht davon überzeugt zu sein, daß Abwarten etwas bringen würde, aber man sah ihnen auch an, daß sie keine Energie mehr hatten, um irgend etwas anderes zu tun als das, was sein Vater ihnen vorschlug.

»Mehr könnt ihr jetzt nicht tun. Geht nach Hause, holt eure Frauen bei Meyer ab, schlaft erst einmal aus. Macht euch jetzt nicht verrückt. Wenn es irgendwie geht, kriegen wir das in den Griff.«

Die Leute nickten, schlichen zum Parkplatz und machten sich auf den Weg.

»Ich bleib bei dir, Chef«, sagte Heinz, der nicht in seinen Jetta gestiegen war.

»Danke, Marek, aber das ist nicht nötig. Die haben, so wie es aussieht, alles unter Kontrolle.«

Er drehte sich um und zeigte mit einem Arm auf die Feuerwehrleute, die beiden Wachtmeister und die Gruppe der Männer in den weißen Overalls, die von einem weiteren Kleinbus mit Kieler Kennzeichen Verstärkung erhalten hatten.

Heinz blickte sich um und sah ein, daß Voss recht hatte.

Er nickte ihnen zu, bevor er den Wagen anließ und mit einem Kavaliersstart vom Hof setzte.

Der Junge und sein Vater standen jetzt als einzige Nicht-Uniformierte auf der gewölbten Fläche zwischen dem neuausgebauten Geschäfts- und dem ehemaligen Stallgebäude.

Sein Vater hatte seine Fliege gelockert und steckte sie jetzt ganz weg, in die Jackettasche seines Smokings. Der Junge dachte, daß sie auf die hektisch sich hin und her bewegenden Männer, die um sie herum Dienst taten, wie seltsam verirrte Gäste eines fernen Kostümfestes wirken mußten. Jakob nahm Nick am Arm und zog ihn mit sich. Sie gingen zum Haus.

»Wir müssen deine Mutter anrufen und sagen, daß uns nichts passiert ist.«

Sein Vater sah ihn an, als erwarte er die Zustimmung seines Sohnes.

»O. k.«, sagte Nick.

Das Telefon in Voss' Arbeitszimmer war belegt.

»Das Gesundheitsamt«, sagte sein Vater, »die haben sich im Garten einquartiert.« Also benutzten sie den Wandapparat in der Küche, den zweiten Anschluß, den sie angebracht hatten, als klar war, daß Jakob sein Arbeitszimmer im Haus auch als Büroraum gebrauchen würde, um sich von dem Trubel im Verwaltungsgebäude mit seinem Mini-Sekretariat zurückzuziehen. Jakob tippte Meyers Nummer in die Tastatur, während Nick sich ein Glas Cola eingoß. Er trank es in einem Zug aus. Sein Vater bekam niemanden ans Telefon. Aus dem Arbeitszimmer am anderen Ende des Flurs drangen leise Stimmen zu ihnen herüber. Er probierte es noch einmal. Diesmal ließ er es länger klingeln.

»Komm schon, komm schon, geh jemand ran«, murmelte er.

Der Junge versuchte, sich vorzustellen, wie es am anderen Ende der Leitung aussehen mochte, warum niemand abnahm. Ob sie es nicht hörten, weil immer noch soviel Lärm auf der Party war und die Tanzmusik weiterlief, aber inzwischen mußten sie ja gehört haben, daß auf der Farm etwas passiert war. War nicht Meyer deshalb extra zurückgefahren? Wo blieb seine Mutter?

»Scheiße«, murmelte sein Vater jetzt und knallte den Hörer auf.

Die Tür zu seinem Arbeitszimmer öffnete sich, ein Mann in Weiß trat heraus und wandte sich an Jakob Voss: »Entschuldigen Sie, könnten Sie mal kurz kommen?«

»Natürlich!«

Jakob und Nick folgten dem Mann in das volle Arbeitszimmer.

»Entschuldige Junge«, sagte ein Mann, dem Nick im Weg stand. Sein Vater suchte in seinem Schreibtisch nach Unterlagen, die die Männer benötigten, und Nick trat durch die Terrassentür in den Garten hinaus.

Der Garten erinnerte den Jungen wieder an jenen ersten Tag auf der Farm, damals vor einem Jahr, als sie erst die Farm und dann die Fische gekauft hatten. Auf der Terrasse trampelten Männer in Schutzanzügen herum. Sie standen auch nahe beim Teich. Jemand hätte ihnen sagen müssen, daß sie die Fische erschreckten. Man hatte große silberne Koffer auf der Terrasse abgestellt, auf dem Gartentisch vor dem Zimmer seines Vaters sortierten zwei Männer Instrumente, hantierten mit Fläschchen herum, trugen etwas in Listen ein. Einer, der der Chef zu sein schien, kam gerade durch die offene Terrassentür aus dem Zimmer heraus und gab Anweisungen. Er teilte sein Team, das heftig nickte, in Gruppen ein. Er herrschte den Jungen an, was er hier zu suchen habe, so daß er sich vorsichtshalber tiefer in den Garten zurückzog. Er ging um die Rosenbeete, die Blutbuche und die japanische Zierkirsche herum, störte aber offenbar auch hier, denn einer der Männer stieß ihn an.

Als der Junge sich wegdrehte, sah er für einen Moment seinen eigenen Kopf im Fischteich auftauchen. Träge wölbten sich die Rücken der Kois gegen die Wasseroberfläche, ihre Schuppen glänzten silbern, rot und blau im ungewohnten späten Licht.

Er sah, wie sein Vater von seinem Schreibtisch aufstand. Er redete kurz mit dem Leiter der Leute vom Gesundheitsamt, drückte ihm die Hand und ging dann in den Flur zurück.

Der Junge wollte ihm nicht durch all die Menschen folgen, die nun an den zwei Tischen an ihren Mikroskopen saßen und die Aktenordner seines Vaters studierten. Er ging ganz um den Teich herum und schlüpfte durch die Öffnung der Hecke an der Garage in die Auffahrt, wo das automatische Licht immer wieder anging, sobald jemand die Lichtschranke durchquerte.

Sein Vater war in sein Auto gestiegen. Der BMW stand mit dem Kofferraum zur Garage. Er steckte den Schlüssel gerade ins Zündschloß. Nick konnte sehen, wie er sich nach unten beugte, weil das Schloß in seinem Alpina ungünstig unter der Lenksäule saß. Voss drehte den Schlüssel um. Der Wagen sprang nicht an. Er versuchte es noch einmal. Der Motor kam nicht. Der Junge hörte es unter der Haube nur leise klicken. Vielleicht hatte ein Marder die Leitung gekappt. Sein Vater versuchte es wieder. Und noch einmal. Nichts. Jakobs Gesicht verzerrte sich wütend. Aber nur das Klicken war zu hören, immer wieder.

Er schlug mit der Hand auf das Lenkrad. Dabei löste er die Hupe aus. Erschreckt fuhr er hoch und sah plötzlich den Jungen direkt vor der Haube stehen. Sein Mund löste sich aus der Verspannung, als begriffe er erst jetzt, was er tat.

Der Junge verstand, daß sein Vater wegwollte. Nur weg.

Jakob pumpte mit dem Fuß abwechselnd die Kupplung und das Gas, versuchte es wieder, vergeblich. Es war die Panik eines Ertrinkenden. Er kam nicht weg, das Coupé sprang nicht an. Sein Auto ließ ihn im Stich. Nick fühlte, wie sich ein Strudel auftat. Ihm war schwindlig. Sein Vater hatte seine Fassade, die ihm eben noch so fest erschienen war, abgelegt, diese beherrschte, fast heitere Ruhe, mit der er das kommentierte, was hier auf einmal um ihn herum vorging. Wie ein Kranker, der sich nach langem Kampf in die Hände des Arztes begeben hatte und nun, bar der Verantwortung für sein eigenes Leben, plötzlich aufatmete. Auch an ihm, das spürte der Junge, würde sich sein Vater nicht festhalten.

Der Junge trat auf den Wagen zu. Er wollte seinen Vater gern umarmen, aber die Scheibe trennte sie. Sein Vater schien in einem Nichts angelangt zu sein, in einer Leere, die sie trennte, die von nun an immer dasein würde. Dieser Abstand war weiter als alles, was er sich jemals hatte vorstellen können. Sein Vater schien weiter weg als zu der Zeit, als er sich in seinem Zimmer verborgen hatte nach der Abstimmungsniederlage, die ihn damals sein Bürgermeisteramt gekostet und sie alle überhaupt erst hierher auf die Farm gebracht hatte, weiter weg als zu der Zeit, als der Junge und seine Mutter noch ohne ihn allein in der Stadt gelebt hatten.

Jakob stieg aus. »Springt nicht an«, sagte er. Der Junge blieb stumm.

»Du darfst nicht schlecht von mir denken, Nick, versprich es mir.«

»O. k.«

»Wir haben immer noch eine Chance. Es ist noch nicht vorbei.« Aber der Junge spürte, daß sein Vater das nur zu sich selber sagte, und daß er wahrscheinlich selbst nicht mehr daran glaubte.

»Ich muß deine Mutter anrufen, bleib hier, ja?« Jakob wendete sich wieder ins Haus. Nachdem sein Vater drinnen verschwunden war, drehte sich der Junge um und ging in den Pferdestall, in Preikzats Werkstatt.

Preikzat hatte das Rad in die Ecke gestellt. Er hatte es repariert, nach dem Unfall am Morgen, eine neue Kette aufgezogen, es gesäubert und geölt. Die Räder waren gewechselt. Er hatte sogar an neue Noppengriffe gedacht. Er prüfte die Vorderradbremse. Preikzat hatte einen neuen Bremszug eingefädelt. Sie hatten sich wirklich gemocht, Preikzat und er. Die Kalenderblätter mit den nackten Frauen würden verwaisen. Obwohl der Geruch nach Schmieröl derselbe wie gestern war, spürte der Junge bereits die Abwesenheit des Mannes, seine kalten Kippen, die ewigen Zigaretten. Der Junge fragte sich, ob Preikzat wohl noch einmal herkommen würde, um seine Sachen abzuholen, während er das Rad auf den Hof schob. Niemand beachtete ihn. Ruhig stieg er auf und fuhr aus dem Tor. Der Morgen begann zu dämmern. Er fuhr in Richtung des hinteren Tors, fand es verschlossen, legte sein Fahrrad ab und kletterte über den Zaun. Das war an dieser Stelle nicht schwierig. Halle B, die vor ihm aufragte, lag am weitesten vom Hof entfernt. Es sah aus, als wären die Leute vom Gesundheitsamt noch gar nicht hier gewesen, es war auch kein Absperrband aufgespannt. Das Licht war zerfasert, als hätten die Teilchen, die später den Tag erhellen sollten, noch nicht zueinandergefunden. Am Horizont leuchtete der Himmel erst rosenrot, dann aprikosenfarben. Am Stalltor fiel ihm auf, wie unheimlich still es war. Kein Windhauch. Der Junge sah auf seine Armbanduhr, wo die Digitalanzeige von fünf auf fünf Uhr und eins umsprang. Er lauschte. Von drinnen hörte er nichts. Kein Schnattern, kein Flügelschlagen, kein einziger knarrender Balken. Normalerweise hätten die Enten längst an den Tränken sein müssen und bekämen in diesem, dem neuesten Stall, gleich automatisch über die Rutsche das Futter zugeteilt. Die Härchen an seinen Armen stellten sich auf, ihn fror plötzlich. Er drückte die Löffelklinke, deren Dorn den Riegel erst nicht aus der Sperre hob. Er drückte noch einmal fest mit dem Daumen. Endlich öffnete sich die Tür, und er trat ein. Die Lampen im Innern des Stalls brannten. Das Lichtregime funktionierte. Aber die Lampen beleuchteten ein Totenhaus.

Die meisten Tiere lagen am Boden. Die Totenstarre hatte bereits eingesetzt. Einige Enten zuckten noch, als hätte ihnen jemand das Rückgrat gebrochen. Der Junge öffnete das Gatter zum nächsten Karree. Das Rotlicht, das die Küken nach dem Schlüpfen einige Tage lang wärmte, strahlte seine Hitze in den Raum. Es stank süßlich nach Kotze und Kot. Der Junge hielt sich einen Ärmel vor die Nase. Vor ihm lagen die Tiere in irren Posen. Einigen lief Blut aus den Schnäbeln. Der Junge sah Flügel, die in steilen Winkeln in der Luft standen, starr, wie eingefroren. An den Luftschächten lagen die Küken zu Haufen getürmt, offenbar hatten sie Kühlung gesucht. Die ventilierte Luft strich ihnen wie ein unsichtbarer Kamm durch den Flaum. Federn flogen dem Jungen um die Stirn, er hustete und begann gleichzeitig zu schwitzen. Eine kleine Entenkralle ragte aus der Masse der Vögel heraus. Sie zuckte. Der Junge begriff nicht. Er starrte ungläubig auf den gelben Hügel auf der schmierigen, von Blut und Vogelexkrementen durchtränkten Spreu. Sie hatten doch gestern hier noch gemistet. Es war doch alles nur die Futterumstellung gewesen. Oder doch etwas anderes? Ein erstes Zeichen des Sterbens? Er schüttelte den Kopf, aber es half nichts. Dies war kein Traum. Er drehte sich um, als ein Küken gegen seinen Fuß stieß. Mit einem Tritt schoß er es weg. Fast war ihm, als hätte er durch die dünnen Turnschuhe an seinen Zehen die Knochen des Vogels gespürt. Blutige Speichelfäden und dünner Kot hingen im Flaum, als hätte man Drähte durch seinen Körper gezogen. Der Vogel quiekte und zuckte mit den Stummeln seiner Flügel. Seine dumpfen schwarzen Augen saugten das Licht auf, das Küken warf sich hin und her, ruderte mit den Flügeln, versuchte, wieder auf die Beine zu kommen, knickte aber wieder ein und fiel auf die Seite.

Als der Junge aus der Halle kam, hatte sich die Sonne über den Rand des Daches geschoben. Helles Licht fiel in die Fenster ihres fernen Wohnhauses und der Autos auf der Hofanlage. Der Tag begann. Beim Klettern über den Zaun sah er deutlich Leute umhergehen und die Scheinwerfer ausschalten. Über den Versorgungsweg wäre er in drei Minuten zu Hause gewesen. Er hob sein Fahrrad auf und fuhr in Richtung Dorf.

Umschlaggestaltung: Nina Rothfos und Patrick Gabler, Hamburg
Typografie: Birgit Thiel, Berlin Verlag
Gesetzt aus der Berling von Greiner & Reichel, Köln
Druck und Bindung: Ebner & Spiegel, Ulm
Printed in Germany
ISBN 3-8270-0609-0

Ingo Schulze *Neue Leben*

Rien ne va plus – es gibt kein Zurück und alle Wege stehen offen: Ostdeutsche Provinz, Januar 1990.
Enrico Türmer, Theatermann und heimlicher Schriftsteller, kehrt der Kunst den Rücken zu und heuert bei einer neu gegründeten Zeitung an. Scheinbar erlöst vom Zwang, die Welt zu beschreiben, stürzt Türmer sich ins tätige Leben. Unter der Leitung seines Mephisto, des allgegenwärtigen Clemens von Barrista, entwickelt der Schöngeist einen ungeahnten Aufstiegswillen …

»Etwas Besseres konnte der deutschen Literatur nicht passieren.« Thomas Steinfeld, FAZ

Ingo Schulze
Neue Leben
Roman
ca. 800 Seiten. Leinen
ISBN 3-8270-0052-1

Bisher erschienen im Berlin Verlag:

Ingo Schulze
33 Augenblicke des Glücks
272 Seiten. Leinen. ISBN 3-8270-0050-5

Ingo Schulze
Simple Storys
304 Seiten. Gebunden. ISBN 3-8270-0051-3

BERLIN VERLAG

Elke Schmitter *Kein Spaniel*

Ein schmaler, kompakter Lyrikband, der die Autorin der Romane *Frau Sartoris* und *Leichte Verfehlungen* von einer bislang wenig bekannten Seite zeigt.

»Elke Schmitter fasziniert durch ihr untrügliches Gespür für Spannungen zwischen der Oberfläche und dem, was darunter liegt – Spannungen, die sie in der Sprache selbst sichtbar werden lässt.« Times Literary Supplement

Elke Schmitter
Kein Spaniel
Liebesgedichte
64 Seiten. Gebunden
ISBN 3-8270-0603-1

Bisher erschienen im Berliner Taschenbuch Verlag:

Elke Schmitter
Leichte Verfehlungen
Roman
312 Seiten.
ISBN 3-8333-0034-5

Elke Schmitter
Frau Sartoris
Roman
312 Seiten.
ISBN 3-8333-0119-8

BERLIN VERLAG